Author
林落
Illustrator
九品
今天
喜歡上
我了嗎
Will You
Fall For Me?

Chapter 1

何以蔚從小就知道自己是同性戀，在他還沒聽過「同性戀」這個詞彙時，他就知道自己喜歡男人。

也許是對自己了解得早，同齡人還在適應青春期身體變化時，他便已拋棄童貞，跨進了成人遊戲的領域。

何以蔚第一次的對象是個男人，職業是老師，還是他的班導師。

他也曾經純情過，以爲會跟老師在一起一輩子。直到畢業典禮時聽到那人說「我們的關係就到此爲止吧，我要結婚了，你以後也是要找個女人結婚的」。

那天，他哭得特別傷心，同學都以爲他是不捨畢業的別離，他沒解釋，將錯就錯。

能在一堆小毛頭裡讓老師青眼有加，何以蔚的外在條件自然很好，除了有良好的基因外，也歸功於優渥的家境。從小上的禮儀課程，讓他知道如何說話得體，也知道怎麼笑最好看，這些對他長大後勾引男人很有幫助。

何以蔚的高中生活依然多采多姿——當然是指課外活動。

他認爲男子高中是教育史上最偉大的發明，把精力旺盛、對性好奇又憧憬的男學生集中在一起，怎麼可能不發生點什麼？尤其是校內不乏他喜歡的類型。

他喜歡的類型很廣泛，也很單一，陽光、內斂、幽默、痞氣……什麼都可以，總歸都得是器大活好長得帥。

他自認不是隨便的人，也想找個人好好過日子。但隨著幾段感情無疾而終，他漸漸發現愛情不是件容易的事，至少在同性間不容易，儘管大部分男性都不介意和他來場有性無愛的身體交流——包括直男。

可惜直男的問題太多，即便雙方都爽到了，他們還是看不起同性戀，言談和眼神間無意識流露的蔑視和鄙夷洩露了真實想法，他們隨時都準備回歸「正常」。

跌倒的次數多了，也就學乖了。

跌一次是涉世未深，跌兩次是運氣不好，跌三次就是作踐自己。

他還沒那麼賤。

大概吧？

這年頭大學教育也搞cost down，大一的共同必修經常是兩、三個班一起上，尤其是被歸類爲成本低好賺錢的文法商三院，學生們更是經常在共同必修上碰面。

何以蔚第一次看見邵秦，就是在共同必修的國文課上。

那時上課鈴剛響完，何以蔚單肩斜背著背包，雙手插入口袋，拖著漫不經心的腳步走進教室，第一眼就看上了坐在第一排的邵秦。

在他看來，邵秦就像雞群裡的一隻鶴，鮮明又與眾不同。

於是之後的每堂國文課何以蔚都不蹺課了，固定坐在第二排第四列的座位，那個角度可以光明正大地看著邵秦的側臉，整整兩節課。

他發現邵秦的人緣很好，和班上同學處得都不錯。有幾個女生特別喜歡跟他借筆記，邵秦幾乎來者不拒，但還筆記時夾帶的粉紅色信封他都沒看，只是巧妙地遺忘在抽屜裡。

眞是溫柔的拒絕，要是他以前遇見的人都這麼溫柔，該有多好。

邵秦是個溫柔的人，卻也很理性。

何以蔚偷偷去旁聽過幾堂法律系的課，他坐在最後一排，遠遠看著邵秦在課堂上和教授討論法條時邏輯清晰、有理有據的樣子，特別帥氣。

何以蔚喜歡才貌兼備的男人。

嗯，誰不喜歡呢？

比起邵秦念的法律系，何以蔚念的企管系課業實在輕鬆得不像話，只要期中期末抱抱佛腳，以他的天資all pass不是問題。何以蔚對此非常滿意，這樣他才有時間去「夜色」——本市平均水準最高的gay bar。

對邵秦的那點心思並不妨礙他和別的男人做愛，他看得很開，享受這種靈肉分離互不干擾的狀態。喜歡不一定要得到，得到了就意味著總有一天要失去，而他並不喜歡失去。

學校宿舍有保留名額給大一新生，只要低廉的費用就可以住宿，不過名額有限，大二以上就要抽籤。

何以蔚考上大學時，何家就在附近買了套公寓給他，但何以蔚沒住過宿舍想圖個新鮮，大一就跟著大家一起住宿舍。

他經常故意按錯電梯樓層，以便「不小心」路過法律系那一層，偶爾就能巧遇邵秦。儘管邵秦不認得他，見了面也只是擦身而過，然而何以蔚就是覺得開心，樂此不疲。

何以蔚想過主動搭訕邵秦，反正他們有共同必修，也都住在宿舍，不難找到藉口說上話，不過他從未行動。他不是口拙的人，只是對於第一次正式見面有著更美好的想像——對於雞群裡的鶴總該有點特別的對待。

思來想去，這事就拖過了一年。距離產生美感，這樣遠遠看著對方也不是壞事，總比熟了之後發現自己看上的還是一隻雞來得好。

直到大二開學前幾日，何以蔚突然發現邵秦在學校法律系社團裡張貼急徵室友的貼文，直覺機會來了。

不要問何以蔚一個企管系學生怎麼會加入法律系社團，也不要問管理員爲什麼看到帥哥頭像就點了同意加入。

邵秦在貼文裡表示，原本要一起租屋的同學因私人原因臨時休學，所以上來緊急徵求室友。

臨近開學，大家幾乎都已經找好租屋處，邵秦突然失去分攤房租的同學，簡直急得要瘋了，開出的條件也極其寬鬆——性別限定男性，愛乾淨即可，其他可議。

邵秦在社團發出貼文時沒有抱著太大的希望，想不到五分鐘內就收到了私訊，對方沒問細節便決定要一起租屋。

「你真的要租嗎？有沒有其他想問的？」邵秦雖然高興，但個性沉穩謹慎，就多問了兩句。

何以蔚想了想，只問了一個問題，「你是法律大二的邵秦嗎？」

「對，如果你不放心，等我們碰面，我可以給你看學生證。」邵秦以爲對方確認身分是怕被騙，這年頭對陌生人有點戒心也是正常。

「不用，確定是你就好，我沒什麼問題了。」何以蔚停頓了一會，怕自己這句話居心不良的意圖太過明顯，便補了一句，「我是企管大二的何以蔚。」

邵秦想了想，爲了避免生活習慣不同產生摩擦，有些事情得先約法三章，便將事先打好的文字檔傳給何以蔚，「這是生活公約。」

何以蔚點開檔案，快速看完十條生活公約，不能帶異性朋友回來過夜、定時倒垃圾、公共區域不能亂丟垃圾、午夜十二點後要放輕音量……反正何以蔚覺得不難。

「沒問題，我都能遵守。」

邵秦就算不放心也只能放心，將公寓地址傳了過去，「你什麼時候要搬進來？」

「今天可以嗎？」想到能光明正大去找邵秦，何以蔚立刻開心地取消今晚的約。

這麼快？邵秦敲打鍵盤的手停了有三分鐘之久，思索著何以蔚會不會是什麼壞人，順手點開何以蔚的個人頁面。映入眼裡的是一位長相清秀、看起來開朗的男生，個人動態上都是和同學的互動，除了感覺愛玩了點，其他都很正常。

就算何以蔚是壞人，自己一個窮學生也沒什麼好讓人覬覦的。一番思索後，邵秦便答應了，「好。」

當天下午，何以蔚拎著背包入住。

「你好，我是何以蔚。請問是邵同學嗎？」

「我是。」

他們的對話生疏有禮，何以蔚卻因此心情大好了三天，床伴都不理解他臉上的笑容是怎麼回事。

「笑什麼？我的十七公分還沒被笑過。」怎麼說也是亞洲人平均值以上好嗎？床伴有點鬱悶。

何以蔚笑容不減，「沒事，你繼續動。」

邵秦和何以蔚租的是一間位於四樓、屋齡四十多年沒電梯的老公寓，有兩間臥室、一套共用衛浴、一間連著廚房的客廳。整體維護得還不錯，乾淨整潔，設備堪用，房東太太還特別親切。

當初邵秦和同學來看房時，房東太太便拉著邵秦的手，說能體諒學生生活不易，願意每個月減免房租三千元。

邵秦的同學被晾在一旁，深深體會到什麼叫做人帥眞好。

首當其衝的邵秦禮貌地保持微笑，低調又不失禮地將手抽開，還不忘稱讚房東太太駐顏有術、人美心善。讓懷著少女心的房東太太笑得花枝亂顫，覺得這房租減得非常值得。

減價後的租金很有吸引力，邵秦和同學對視一眼，立刻有了共識，當天就簽下租約。

這套公寓完全滿足了他們設定的目標，房租便宜地點又好，過條馬路就能到學校，上課很方便。雖然房子舊了點，但以他們的預算來說，沒什麼好挑剔。

上述優點何以蔚完全無感，他只要能和邵秦當室友就夠了，這樣他就不用去查邵秦班上的課表，再假藉旁聽的名義偷看邵秦了。畢竟大二沒有共同必修，他猜不到邵秦選了什麼通識課，也對法律系的課興致缺缺。

至於當上室友後要做什麼，何以蔚完全沒有計畫，僅僅是一時腦熱就送出訊息。

住進來的第一天，何以蔚只拎了一個背包，背包裡除了鑰匙、皮夾及一套換洗衣物外，還有一盒保險套。

何以蔚根本不記得背包裡放了保險套，打開背包翻找學生證時也沒特別留意，導致那個小盒子不慎從背包裡掉了出來，正好落在邵秦面前。

「你的東西掉了。」邵秦彎腰撿起，看清是保險套時愣了一下，面上表情似笑非笑。

何以蔚順著邵秦的目光看去，眼熟的綠橘色盒裝、大大的logo和「杜蕾斯螺紋裝衛生套」九個字如此顯眼，想裝傻說是糖果盒都不行。

何以蔚臉上一熱，彷彿已登上人生尷尬巔峰，瞬間連想死的心都有了。可以挖個坑把自己埋了嗎？能裝作不是自己的東西嗎？

邵秦看何以蔚遲遲沒伸手接過，忍著笑，眼睛微微瞇起，低沉嗓音帶著磁性，「我確定不是我的。」

何以蔚瞬間心臟無力，能不能不要在他正因爲尷尬損血時對他放電嗎？小心肝承受不住啊！

「謝、謝謝。」何以蔚終究還是接過，快速把小盒子扔回背包裡。

他發誓自己對邵秦沒有邪念，至少現在沒有，他暫時還沒有想要和心中的鶴來一場深入的身體交流。

何以蔚自我反省了三分鐘，都怪他習慣往包裡扔一盒保險套。畢竟忘記帶套子是一件很掃興的事，加上他只做零號，沒戴套就算不得病，光是清理就很麻煩。

當一件事變成習慣後，做起來就會像是反射動作，不會特別記住。他差不多每個包裡都有一盒保險套，和女生會在包包裡放衛生棉以備不時之需一樣，再正常不過了。

何況他要是眞有那種意思，他還會多帶一些助興道具的！

但是這些話他都沒辦法向邵秦解釋，說了只會加深負面印象吧？他不想愈描愈黑。大概是看何以蔚尷尬得連一句話都說不出口，邵秦選擇主動開口緩和氣氛，「你有女朋友？」

何以蔚搖頭，急忙澄清，「沒有！」

「哦？」邵秦頓了頓，投以理解的眼神，釋出善意，「沒關係，每個人都有交友自由，只要遵守生活公約，不要把女生帶回來，我沒有意見。」

「不是你想的那樣。」何以蔚無力地反駁。

邵秦深邃的黑眸裡閃過一絲促狹，好看的唇角往上彎起，體貼地轉移話題，「走吧，你應該想看看你的房間？」

何以蔚放棄掙扎，就當作是邵秦想的那樣吧。反正他們還不熟，他喜歡異性或同性對邵秦而言並不重要。

公寓裡兩個臥房在同一側，夾著共用衛浴門對門。如果沒關門的話，彼此都可以隱約瞄見對方在房裡做些什麼。

邵秦的房間東西不多，單人床、衣櫃、書桌椅，皆已就定位，井然有序。

邵秦帶何以蔚來到唯一空著的房間，房間約莫三四坪，比何以蔚家裡的廁所還小一點。房內家具只有一張單人床、老舊的衣櫃和書桌椅子，優點是採光充足，只是窗戶望出去正對著不知道誰家廚房的排煙管，以後這扇窗八成要按三餐關上了。

「看起來不錯。」何以蔚禮貌性地笑了笑，從小到大的教養讓他非常擅長說些違心的話，不過他覺得這句話不算說謊，因為他是看著邵秦的臉說的。

「喜歡就好。」邵秦放下一顆懸著的心，他不用再去找室友了。

「很喜歡。」這次何以蔚也是看著邵秦的臉說的。

何以蔚入住的第一晚，他和邵秦一起去買了麥當勞慶祝，兩人在客廳裡邊吃邊聊，輪流自我介紹。

邵秦是南部人，考上大學後北上念書，父親是工廠作業員，母親在菜市場的菜攤工作，邵秦還有兩個弟弟，可以想像家裡經濟並不寬裕。

「生活上夠用就好，兩個弟弟也都很懂事。」邵秦是長子，一直比同齡人懂事，娓娓道來時也不自卑。他相信日子會愈過愈好，等到三兄弟長大一切都會改善。

何以蔚點點頭，吃著薯條，安靜地聽著。只要和邵秦有關的他都想知道，知道得愈多，他就愈理解邵秦，也愈被邵秦堅毅、自信的靈魂吸引且著迷。

邵秦聰明上進外也很懂事，上了大學後不想跟家裡拿錢，大一開始接家教，經常在學校和家教地點之間往返。爲了每學期都能拿到獎學金，空暇時他也大多待在圖書館。

何以蔚對此有些失望，這表示兩人碰面的時間不會太多，但轉念一想，他又不是來追邵秦的，就算相處時間不長，也比大一時候多了。畢竟邵秦晚上總是要回房間睡覺，從頻率上來看已經是飛躍般的進步了。

爲了多看看邵秦，何以蔚考慮減少夜生活的頻率，或者每晚迎接他的鶴回家後再出門。

「有事就打手機，如果沒接就傳訊息給我。」邵秦拿出手機，兩人互相加了通訊軟體的好友。

「有事才能傳？」何以蔚隨手丟了一張畫風奇特的兔子扭屁股貼圖，傳出去後才想起這張圖是他平常丟給床伴的，多少帶點性暗示。

何以蔚心下頓覺不妙，擔心被邵秦看出端倪，只得努力控制表情，不動聲色地抬眼看向邵秦。

邵秦沒有發現異常，微微一笑，「這隻兔子扭得太誇張了。」

「對啊，覺得好玩就買了。」何以蔚打哈哈帶過。

邵秦回了一張中規中矩的熊熊比讚圖，這套熊熊貼圖是軟體內建的，他不會花錢買付費貼圖。

輪到何以蔚自我介紹，他說家裡是開公司做點小生意的，生活還過得去，父母健在，有一個妹妹剛到中部上大學。

他沒說謊，只是每個人對「小生意」和「還過得去」的標準不太一樣。

邵秦放下手機，喝了口可樂，略帶困惑，「都快開學了，你怎麼還沒租好房子？」

「唉，我也沒想到會這樣。」何以蔚一聽，立刻垮下臉，說謊都不用打草稿，「前幾天，房東才告訴我房子賣人了，要我這兩天就搬走，說是押金和房租全退，還會給我半個月房租當作補償。我沒辦法，只好開始找房子，剛好看到你的貼文。」

「眞巧，我們也算有緣。」邵秦沒有懷疑就接受了何以蔚的說法，也許是何以蔚的演技太好，更可能是因爲他心思純正，願意相信室友。

何以蔚壓下心中浮現的一點罪惡感，附和道：「對，我們能當上室友肯定是有緣分。」

「我看你只帶了一個背包，今晚眞的要在這裡睡？」邵秦不是不歡迎，只是覺得新室友言談和氣質俱佳，像是吃好用好衣食不缺的公子哥，沒想到如此不拘小節。

「我原本住的地方爲了搬家弄得一團亂，這裡反而比較乾淨。你不會不讓我睡吧？」何以蔚一時口快，說完後覺得最後一句很不對勁，耳根發熱，暗暗祈禱，希望邵秦別往那方面想。

這時，何以蔚不得不慶幸邵秦是直男，也有點惋惜邵秦是直男。

「怎麼會？既然你已經確定要租，我沒理由阻止你。」邵秦不覺有異，看著何以蔚的眼裡沒有半點綺念，面色柔和，對新室友釋出善意，「雖然白天天氣熱，但是晚上不蓋被子說不定會著涼，我有多帶一件薄被，借你蓋吧？放心，是洗過的。」

何以蔚笑容燦爛地道謝，心想就算沒洗過他也不介意啊。

「我這兩天就把東西搬過來，到時候就能把被子還給你。」

邵秦一聽，便問：「需要幫忙嗎？」

「不用了，沒多少東西，已經有朋友要幫忙了。」何以蔚笑著婉拒，他的東西都放在父親買給他的飯店式小豪宅裡，屋內寬敞舒適還有精美裝修，要是被邵秦發現眞相，室友就做不成了。

「嗯，有需要再跟我說。」

「好。」何以蔚嘴上說好，不著痕跡地轉移話題，「你那位無緣的室友怎麼了？」好奇之心人皆有之，何以蔚想著哪天見了面，應該要感謝那位不知姓名的同學。

聽何以蔚提起，邵秦表情無奈又帶點同情，「他吃麻辣鍋燙傷了。」

「燙傷……能燙傷哪裡？嘴巴？」

「這件事當事人自己在社群上發了動態，我想應該不需要特別保密。」邵秦清了清喉嚨，盡量讓自己語氣平穩不帶戲謔，「他打翻了剛熱好的麻辣鍋，燙傷了腰部以下你能想像得到的範圍，目前還在住院觀察，生命徵象穩定，只是每天換藥痛苦了點。」

「腰部以下？『那裡』也燙到了？」何以蔚不敢置信地追問。

邵秦點頭，他當初聽見時也是差不多的表情。

何以蔚瞪大眼睛，倒吸了一口氣，雖然沒有經歷過，卻幾乎可以想像那是多麼痛苦的傷，何況還不是一般熱湯，是麻辣鍋啊！

隔天，何以蔚回到他的小豪宅。

他從手機裡找到名字被取作「182◆68◆17」這串神祕數字的聯絡人，撥打電話給號稱十七公分沒被笑過的床伴，「有空嗎？」

電話那頭傳來渾厚有力的男性嗓音，聲音裡帶點雀躍，「大白天的，你想要了喔？」

何以蔚翻了個白眼，反正對方看不到，「有沒有空？一句話。」

「有有有，有空，當然有空！」

「地址傳給你，半小時後見。」

「沒問題！」

於是，神祕數字代號青年匆匆換上新內褲，喝了一罐蜆精，用最快的速度趕到何以蔚給的地址。

何以蔚站在小豪宅客廳，透過電控給十七公分開了門。

青年笑容爽朗，穿著白色T恤，胸肌把衣服撐得滿滿的，可以想見平時鍛鍊有素，一進門就忍不住驚嘆，「哇！這是你哪個乾爹的家嗎？也太奢華了吧！」

何以蔚不答，他沒必要解釋房子是誰的，指著客廳的五個大紙箱，「開始吧。」

江同學視力沒問題，眼色卻不好，大概是精蟲衝腦，以爲何以蔚要在客廳做，立刻脫掉上衣，露出鍛鍊有成的結實肌肉，張開雙臂，「來吧，寶貝！」

何以蔚傻眼，高聲制止，「你脫衣服做什麼？」有必要急色成這樣嗎？

「不是要做嗎？」十七公分覺得很委屈，立正站好垂頭喪氣，像隻大型犬。

「我是請你來搬家的。」

何以蔚原本想找搬家公司，但能付得起錢找搬家公司的人沒理由合租低廉的老舊公寓，這會讓邵秦起疑。加上他和班上同學沒那麼熟，上學期末他才說想自己住，拒絕了同學合租的提議，要是同學知道他改變心意和他人合租，肯定會產生心結，所以也不能找同學幫忙。

「搬家？」

「對。」

「電話裡沒說要搬家吧？」

「電話裡也沒說不搬家吧？」何以蔚目露凶光，拿出手機，點開通訊軟體把狀態改爲封鎖後將畫面轉向對方，「這點忙都不幫，我看以後不要聯絡了。」

「等一下，別封鎖我！」十七公分慘叫阻止。

合適的床伴不好找，長得好看、身體又有默契的更是可遇不可求。

十七公分安慰自己，至少何以蔚需要幫忙時有想到自己，這應該算是一種肯定吧？

養兵千日用在一時，他的肌肉正好可以派上用場，證明自己是一個可靠的床伴。

「所以？」何以蔚微笑，挑了挑眉。

「交給我！搬家算什麼，一塊小蛋糕嘛！再怎麼說我也是體院的！」

「嗯，我記得你是體院的。」何以蔚約炮不問對方姓名，當然也不會問學校，他會知道只是因爲交友檔案上有寫。

何家經商，何以蔚從小耳濡目染，知道知人善任的重要，遇上搬家這種事，首選當然是體院的十七公分。

江同學發現自己在何以蔚手機裡的名字有點奇怪，多看了一眼，「等一下，爲什麼我的名字是182◆68◆17？」

「你自己在『約約』上面這麼打的。」何以蔚不覺得有什麼問題。

「約約」是一款排解空虛寂寞的交友軟體，在圈內有約炮神器的美譽，何以蔚想換口味的時候就會在上面物色對象。

「怪不得你沒叫過我的名字。」十七公分之前就覺得哪裡怪怪的，此時突然省悟。

何以蔚搞不懂這有什麼好大驚小怪的，「怎麼了，你說過自己的名字嗎？」

「說過啊！」十七公分虎目含淚，有些受傷，再怎麼說他可是把何以蔚的名字打成寶貝，怎麼自己在何以蔚這裡只是一串數字？

「你沒說過。」何以蔚覺得自己記憶力沒那麼差，如果說過他應該有印象。

「我不是讓你在床上叫我十七嗎？」

「所以？」

「我叫江時戚。」

何以蔚腦海中回放江時戚在床上勇猛抽送時嚷著「叫我十七」的畫面，忍俊不禁，捧腹大笑，「我還想你是不是有病，上床還要我叫你十七公分。」

「笑屁啊？」江時戚又羞又怒，還有點淡淡的哀傷，叫這個名字也不是他願意的。而且他突然想到，以後是不是不能跟床伴說他的十七公分沒被笑過了啊？

「好了，幫你把名字改好了，這樣可以了吧？」何以蔚把手機畫面給江同學看，名字已經從一串數字變成「江十七」。

「字不對啊，時間的時，心有戚戚焉的戚。」

床伴而已，那麼講究做什麼？何以蔚不耐煩地擺擺手，「快走吧，我下午還有課，上午一定要搬完。」

「好吧。」江十七無奈地妥協了，反正他從小到大的朋友幾乎都把他的名字打錯——當然都是故意的。

「對了，在四樓，沒電梯。」何以蔚幽幽地補了一句。

「什麼！」

九月開學季，也是豔陽高照的季節。

江十七爬著樓梯，揮汗如雨，卻也不忘八卦，「你是被乾爹趕出來嗎？」

「不是。」何以蔚瞪了江十七一眼，「不要亂說。」

何以蔚不想有什麼奇怪的傳言傳到邵秦那裡去，看著四下無人才暗暗放心。

「你要是沒地方住，可以住我那裡，是電梯大樓，環境比這裡好多了，而且我一個人住。」

「不用麻煩了，我們沒那麼熟。」何以蔚手上抱了一個相對小的箱子，走在前面帶路。

江十七不滿地反問：「我們這樣還不算熟？」

何以蔚皺眉，「你是不是沒搞清楚我們的關係？」

「我們是朋友。」

何以蔚回頭，低聲糾正，「明明是炮友。」

爬了四層樓搬了五箱重物，就算滿身都是肌肉也是會累的。搬完後，江十七站在公寓客廳，拉起上衣擦掉臉上的汗。

「有個『友』字就是朋友，朋友有難，當然要挺身而出，我現在不就是挺身而出幫你搬家嗎？」

何以蔚無法反駁，只好順著江十七，「好，我們就是普通朋友，但你要知道，我們不會有比這個更進一步的可能了。」

何以蔚遇過的男人太多了，其中不乏不滿足炮友關係想和他進一步交往的，所以感覺不太對勁，他就會提早把話說開，挑明了對大家都好。

江十七聽懂何以蔚的暗示，說沒受傷是騙人的，他以爲兩人經過靈肉交融，多少算有點感情基礎，原來只是他的一廂情願嗎？然而男人愛面子，嘴硬是必須的，「我喜歡和你打炮，不代表我愛你。大家都是成年人了，我分得清楚。」

何以蔚對江十七的自覺給予肯定，看著江十七，唇角綻出微笑，「很好。」

才剛嘴硬的江十七看見那個笑容突然胸口一緊，心跳快了一拍。該死，長得好看就算了，爲什麼笑起來還更好看，他不是暈船了吧？

何以蔚那五個大紙箱，一個裝了電腦主機和螢幕，三個箱子裝了衣服、鞋子、帽子等等裝飾品，最後一箱最重，江十七搬得幹幹叫。

「那箱到底裝了什麼，從乾爹金庫幹來的金條嗎？」

「跟你說了沒有乾爹，再讓我聽到，我們就不要聯絡了。」何以蔚實在不喜歡江十七這張嘴，口無遮攔。雖然言者無心，但這麼愛亂瞎猜著實讓人困擾。

「好好好，我開玩笑的。」江十七在心裡暗暗承認，他確實存了想多了解何以蔚的心，想藉著開玩笑讓何以蔚多透漏點自己的事，無奈接連失敗。好在他生性豁達，笑笑地回到上個話題，指著紙箱，「所以那箱放了什麼？」

「書。」爲了證明所言不虛，何以蔚把第五個箱子的封箱膠帶撕開，露出九成滿的書，包含了原文教科書、商管雜誌、文史哲各領域的書籍，每一本都新得像是沒翻過。

「你這麼愛看書？」江十七看到這麼多書，覺得頭有點暈。

「有意見？」

何以蔚當然沒那麼愛看書，只是他發現邵秦房裡有滿櫃子的書，覺得自己不能輸太多，書櫃裡擺點書說不定能刷點好感，就把家裡買來裝飾的書給帶來了。而且，說不定哪天他眞的會翻？

「都快十二點半了，今天謝了。」何以蔚微笑地拍拍江十七，往門口做出請的動作，明擺著送客。

江十七沒動，「一起吃飯？」

「下次吧。」

「欸？通常不是應該要請吃飯什麼的？」江十七不小心練太壯後就經常受託爲親友同學們搬家，搬到很有經驗了。

何以蔚知道該有所表示，朝江十七揚起唇角，而後眨了眨眼，「明晚九點，老地方，這樣夠了吧？」

江十七會意，頓時眼睛一亮，心想今天沒白來，「好，那就說定了！」

「你是不是該走了？」

「立刻！」現在要江十七做什麼他都能馬上答應。

江十七剛走到門邊，大門就先從外面被打開了，邵秦手上拎著兩本書，背著背包走進門來，撞見門口的何以蔚與江十七，微微一愣。

何以蔚別過頭扶額，他沒想到邵秦中午會回來，應該早點讓江十七離開。

雖然邵秦不認識江十七，但看兩人站在一起，大概是熟識，便從容地打了招呼，

「你好？」

何以蔚不想讓邵秦知道自己放蕩的另一面，根本就不願意將炮友介紹給邵秦認識。然而現在兩人碰上了，不介紹反而奇怪，只好硬著頭皮對著邵秦說：「他是我朋友，來幫我搬家，叫江十七，隔壁體院的。」

「你好，我是邵秦，以蔚的室友。」邵秦朝江十七伸出手。

「你好你好！」江十七咧嘴一笑，熱烈地握住邵秦的手，透過邵秦，他總算知道寶貝的名字了。而且這是何以蔚第一次和別人介紹自己，自己現在是何以蔚親口認證的朋友了。

邵秦對著過分熱情的江十七仍保持笑容，只當他是個性外向，禮貌地回握後，笑笑地放開手，「原來是體院的，怪不得體格很好。」

「好像是練游泳的。」何以蔚隨口搭話，給了江十七一個警告的眼神，提醒他快點離開。

「我是練田徑的。」江十七只顧著哀傷，沒接收到何以蔚的眼神，「我記得我說過。」

「反正差不多。」江十七在床上的話太多，他被弄得兩腿發軟時哪能每句都記得。

「你們吃過了嗎？」邵秦笑了笑，只當兩人在開玩笑。

「還——」

江十七才說了一個字，立刻就被何以蔚拍肩打斷，把話接了過去，「他還有事要趕著回學校，我們一起吃吧！」

何以蔚及時扼殺三人共進午餐的可能性，一邊是炮友，一邊是單戀對象，這種午餐組合光想就胃痛，能避則避。

江十七哀怨地看了一眼何以蔚，「那我走了，別忘了我們明晚有約。」

「快走吧。」何以蔚露出完美笑容，眼角彎起彷彿春風拂過，唇角上揚宛若冰雪消融，讓人心情跟著好起來，完全不像在趕人。

江十七無法招架，只好穿上鞋認命地走了，反正明天晚上會在汽車旅館碰面，有的是時間好好用身體談心、深入交流。

何以蔚看著大門闔上，轉頭看向邵秦，他的鶴今天穿了白色polo衫配藍色牛仔褲，身形修長，五官深邃立體。

「我以爲你中午不回來？」

「回來看你有沒有需要幫忙。」

「你對人都這麼好？」何以蔚既開心又有點不開心。

「總覺得你會需要幫忙，還是我想太多了？」邵秦微微一愣，也覺得自己會不會表現得太過關心，於是又給了一個回公寓的理由，「剛好回來放課本，帶一整天太重了。」

何以蔚噗哧一笑，「你絕對是來放課本的。」

就當作是這樣吧，邵秦笑了笑，「中午想吃什麼？」

「你平常都吃什麼？」

「樓下有家麵館我還滿常去的。」邵秦不知道新室友的喜好，隨口提議。

「就那家吧，我不挑。」何以蔚笑得隨和。

他挑的是吃飯的對象。

「你記得我們大一的時候說過話嗎？」

某日，邵秦在客廳翻著小六法背法條，何以蔚買了消夜回來，突然就說了這麼一句。

邵秦被香氣吸引，放下小六法，拿竹籤戳了一塊雞排，聞言，訝異回問：「有嗎？」

「我們大一國文課一起上的，教室在文七〇一，老師很喜歡叫人起來念課文。」

邵秦回憶起大一國文課，當時的國文老師確實特別喜歡叫人念課文，他光上學期就被點了十次，會心一笑，「是邱老師。」

「應該是？」何以蔚眨眨眼，不記得了，他能記得教室已經不錯了。

「他不只是很喜歡叫人起來念課文，更喜歡叫前排的人起來念課文。」邵秦早就有此懷疑。

「原來你有感覺？」何以蔚特別看了邵秦一眼，「我還以爲他喜歡叫帥哥念課文。」

邵秦愣了一秒，嘴角上揚，回了一句，「我不記得他叫過你。」

「這是在誇我長得好看嗎？」何以蔚很樂，他不知道爲什麼國文老師不叫他念課文，難道是他無心上課的樣子特別明顯嗎？

「我沒誇你。」雖然是禮尚往來，但何以蔚確實好看。

邵秦帥氣英挺，眉宇間帶點銳氣，不過他待人體貼削弱了這點銳氣，顯得好親近；何以蔚俊秀，五官精緻，笑起來帶有跨越性別的美。兩人各有特色。

何以蔚秒懂，更開心了，「對，你不是在誇我，只是在陳述事實而已。」

邵秦就是如此坦率，他喜歡。

「我們說過什麼話？」

「有一次國文課下課，有個女生纏著你一起去圖書館看書，我故意過去跟她說她的裙子沾到東西了，那個女生聽了就往廁所衝，你還跟我道謝。」

邵秦想起來了，「原來是你。」

「舉手之勞而已，你也幫過我。」何以蔚知道邵秦忘了，咬了口香嫩可口的雞排，「大一上學期，我和一個外系的人有點不愉快，不巧在學校裡遇到，我被他推了一把，重心不穩跌到地上，你路過時制止了那個人，還拉了我一把。」

何以蔚沒說的是，來找麻煩的外系同學是他的床伴之一，斷絕來往後心生不滿，狹路相逢下一言不合就動手。他那陣子過敏，上下學經常戴口罩，邵秦沒認出他也很合理。

邵秦想起來了，當時他趕著上下一堂課，看動手的人慌亂跑走，確認何以蔚沒有受傷後便離開了，「我只是剛好路過，沒幫上什麼忙。」

對他來說只是舉手之勞，他不過是說了兩句話，又拉了何以蔚一把，根本沒放在心上，早就忘了。

「路上看熱鬧的人很多，可是只有你幫我。」那時候何以蔚認識的同學都不在，多虧了邵秦站出來幫他。

「你後來還好嗎？」

「沒事了。」

「那就好。」

這番相認後，何以蔚覺得邵秦對他好像更親近了一點，他們更常一起吃飯，有空時就用何以蔚的帳號上影音平台看電影，分享對各種事物的看法。

和何以蔚來往過的那些床伴相比，邵秦簡直就是個乏味的人，以前的何以蔚一定不會和這樣的人做朋友。

邵秦對玩樂的事一竅不通，比如說唱歌、喝酒、夜衝這些大學生都會做的事，何以蔚沒見邵秦參加過。

至於社團，邵秦是爲了訓練口才才加入辯論社，這學期又多接了幾堂家教，社團就去得更少了。聯誼活動則是一概不參加，何以蔚聽見幾次有人邀邵秦去聯誼，都被拒絕了。

「爲什麼不去聯誼？」何以蔚很確定邵秦是直的，在圈子久了，看男人這方面他都有種特別靈的直覺。

兩人剛一起下樓吃過晚餐，邵秦坐在客廳的木製長椅上，大腿擱放著陽春的文書型筆電，邊查資料邊和何以蔚說話，「浪費時間。」

「大學不是該交交女朋友嗎？」何以蔚坐在邵秦右前方另一張椅子上，百無聊賴地滑手機，拒絕了一個床伴的過夜邀請，覺得約上數百則搭訕訊息太煩，索性關了檔案。

邵秦抬頭看了何以蔚一眼，似笑非笑，「那你怎麼不去聯誼？」

開學沒多久，涉世未深的大一學妹們剛進來，處於人生地不熟的階段，正需要學長們的關心和照顧。大二以上的單身男性們無不虎視眈眈，爲了讓聯誼順利談成，名單裡總要放進幾個帥哥撐場面，即便不喜歡女生們的注意力都在帥哥身上，還是會詢問班上幾位顏值擔當的意願。

何以蔚前幾天剛當著邵秦的面推掉一個聯誼邀約，此時聽邵秦提起，立刻故作神祕，避重就輕地回道：「我有自己的交友管道。」

邵秦點點頭，語氣如常，「祝你順利把套子用完。」

何以蔚抬頭，一臉驚訝地看向邵秦，「你也會開這種玩笑？」

邵秦不覺得有什麼問題，反倒覺得何以蔚大驚小怪，「你買了不就是要用嗎？」

何以蔚無法反駁，他不知道該不該說已經用完了，雖然不是套在他身上。

何以蔚沉默半晌，看見邵秦嘴邊泛起促狹的笑意，知道自己被捉弄了，立刻不甘示弱地反擊，「我不信你沒買過！」

「就是沒買過。」邵秦臉不紅氣不喘，神色自若。

「你不戴的嗎？」何以蔚不知道自己爲什麼有些氣息不順，他到底在緊張什麼？邵秦戴不戴套關他屁事！

邵秦啞然失笑，理所當然地回答，「沒對象，用不到。」

「原來是這樣。」何以蔚尷尬地笑了笑，莫名放下心來。

邵秦這不就是在說自己沒經驗嗎？何以蔚忍不住將盯著邵秦側臉的視線，偷偷往下移動——原來那裡沒用過嗎？

何以蔚臉頰發熱，裝作口渴去廚房裡倒了杯水，稍稍冷靜後坐回原位，「你要是有急用，就去我房間拿，左邊第二個抽屜。」

「那我也得先有交往對象呀。」

何以蔚由衷感嘆，「眞可惜。」邵秦這副樣貌和身材，不拿來用實在是暴殄天物啊。

「可惜什麼？」邵秦抬頭就看到何以蔚惋惜的表情，不知不覺被逗笑了，怎麼他自己無感的東西，新室友的反應比他還大。

「你不交女朋友嗎？」

「我太忙了，沒時間談戀愛。」

「找個獨立一點的？總會有人能體諒你，不用時時刻刻需要人陪。」何以蔚偷偷想了一下，如果自己和邵秦交往會是什麼樣子？他應該不會時時刻刻纏著邵秦，不會無理取鬧要求隨傳隨到，不會揮霍戀人的耐心和體貼，除了性別之外，條件簡直完美。

邵秦聞言只是笑笑，沒有當眞，家庭條件不好，他必須更懂事，走在正確的道路上，雖然不排斥談戀愛，但現在不是最恰當的時候。

「我不需要女朋友。」

「那男朋友呢？」何以蔚故意用開玩笑的口氣說著。

「如果長得像你這麼帥，我就勉強接受吧。」邵秦配合地把球丟了回來，眼睛還是看著電腦螢幕，手上飛快地打了幾個字，一心二用。

何以蔚承認他心裡有點飄飄然，不過他知道邵秦只是開玩笑，立刻笑罵回道：「我才不要跟你交往。」

邵秦停下打字，有些困惑，然後不甘示弱地看向何以蔚，「爲什麼？」

因爲你不喜歡我。何以蔚不敢說出口，只是笑笑地隨口扯了個理由，「因爲我無法想像抱著你的畫面。」

太美好的東西他不敢要，也不敢想，他看著就好。

何以蔚的答案聽起來很直男，邵秦沒多想，跟著笑了笑，「我也想像不出來。」

邵秦理性、體貼，凡事都有自己的看法，他同時頭腦靈活、反應快，如果能說服他，他也能很快就接受新的想法。

何以蔚自幼便知道該如何說話，只要他願意，就能成為細心、知趣、有涵養的優秀傾聽者。雖然愛玩了點，但他從小就看得多，且眼界廣，真要討論起什麼議題也能似模似樣地說出一套論點。

兩人什麼話題都能聊，正經的不正經的，一句接一句，氣氛融洽，漸漸也有幾分投契的感覺。

而當邵秦專心看書時，何以蔚就在旁邊待著，滑滑手機、看看邵秦，自得其樂，兩個人在一屋子裡就算不說話也很自在。

兩人也會相約出門，湊在一起討論買什麼生活用品、挑沐浴乳與洗髮精、討論晚上煮火鍋買什麼食材，這個我喜歡、那個你不吃，笑罵兩句後又相視一笑。

有時候邵秦讓著何以蔚，有時候何以蔚順著邵秦。

們。

偶爾會有路人覺得他們看起來很親密，用一種不好言說的眼神含蓄又熱切地看著他們。

邵秦不覺有異，何以蔚則是毫不介意，心裡暗暗覺得這樣的日子太美好。

除了沒牽手外，他們和情侶也沒差別吧？

在日益頻繁的交流與觀察中，何以蔚漸漸發現邵秦是那種看起來和誰都好，卻也保持著一點距離的人。

比如說邵秦和系上、社團的人常有互動，時常會有人打電話邀他出去或者問問題，卻很少見他邀請誰來公寓。偶爾有來找邵秦借筆記的，都是在門口就解決了，邵秦都沒邀人進門的意思。

但邵秦確實是一個溫柔的人。比如說，邵秦的課表排滿了早八的課，每天七點就會起床，不過他開門總是輕輕的，不會弄出太大聲響吵到還在睡的何以蔚。

又比如說，何以蔚曾說邵秦泡完咖啡後滿屋子都是咖啡香，讓他起床後聞著咖啡香就想喝咖啡，可惜趕著上課經常來不及泡。邵秦聽了，隔日早上便會順手幫何以蔚泡一杯咖啡，放在咖啡壺裡保溫，讓何以蔚醒來就有熱咖啡喝。

咖啡壺是何以蔚帶過來的，咖啡豆是兩人逛超市時一起挑的，不苦不澀的平價豆，味道沒什麼記憶點，然而有兩人的共同回憶，何以蔚覺得特別好喝。

以往何以蔚的早餐就是一杯黑咖啡，沒有別的了。

沒幾日，何以蔚早餐只喝黑咖啡的事被邵秦發現，他就開始幫何以蔚張羅早餐，通常是煎兩片吐司，夾上一顆半熟蛋，偶爾會有美式煎蛋或者蘿蔔糕。做好的早餐放進保溫便當盒裡，何以蔚九點、十點起來時還是熱的。

廚房裡的食材是用兩人共同基金買的，兩人提交了相同的金額，用完了再補。

邵秦也不是每天都幫何以蔚準備早餐，他手上有一份何以蔚的課表，是何同學主動上繳的，爲了證明週三和週五上午沒課，可以光明正大睡到中午。

邵秦看了下課表，對貪睡的何以蔚不置可否，並暗暗記下週三和週五不用準備何以蔚的早餐，但如果沒事且他剛好能回公寓一趟的話，就可以順手幫對方準備午餐。

「你很會照顧人。」何以蔚說出這句話時心情很複雜，一方面喜歡邵秦這份體貼，另一方面又怕自己陷入太深。

「習慣了，大概因爲我是長子吧？」

邵秦聳了下肩，把做好的早餐放到何以蔚面前。他從沒想過會幫家人以外的人做早餐，之前的室友也完全沒有讓他想做早餐的欲望。可是何以蔚實在太不會照顧自己，他忍不住就多做了一份給何以蔚。

看著何以蔚收到早餐時開心的表情與從不吝惜大力稱讚，就讓他既開心又很有成就感。久而久之，便不介意對何以蔚更好一點……或許就像照顧弟弟一樣吧？

「我也是長子，我就沒辦法。」何以蔚想起妹妹，他從小就被囑咐要照顧妹妹，卻做不到像邵秦這樣體貼周到，只能盡量讓著她。

邵秦只是笑笑，不妄下評斷，何以蔚未必對妹妹不好，「每個人家裡狀況不同。」

何以蔚覺得和邵秦說話很舒服，邵秦不只會照顧人，還很聰明會說話，沒有虛僞的安慰和客套，也沒傻傻地跳進話裡的圈套，他愈來愈欣賞邵秦。

只是有一點何以蔚不是很滿意，便半開玩笑地問：「你對每個人都是這樣無微不至嗎？」

「不是。」邵秦搖頭。

何以蔚裝作不在意地問：「那爲什麼對我這麼好？」

邵秦很快找到一個正當的理由，故意嘆了一口氣，「怕你跑掉，學期中不好找室友。」

雖然何以蔚有一點失落，仍算是滿意這個答案，至少他和邵秦可以暫時維持目前的關係，不用改變，這樣很好。

「別對我太好，小心我賴著你。」何以蔚用開玩笑的語氣恐嚇著。

「要賴多久，三年？」他們現在大二，住到畢業也就是三年。

何以蔚故意一臉嫌棄，笑罵道：「太久了，到時候我說不定就有新歡了。」

邵秦想到何以蔚要離開，不知道爲什麼心裡有點不舒服。要是晚上回來等著他的不是何以蔚那張笑起來特別好看的臉，他還會有動力每次下課都趕著回來嗎？

雖然邵秦腦中閃過好幾個念頭，卻沒露出端倪，順著何以蔚的話做出心痛但無奈的表情，「那也沒辦法，我會成全你的。」

邵秦和何以蔚晚餐幾乎不一起吃，主要因爲邵秦晚上有家教，何以蔚用關心室友當藉口向邵秦要了一份他的家教課表。

儘管本人不會承認，但何以蔚就是怕寂寞，覺得一個人待在公寓裡沒意思。忍了幾天實在受不了就不忍了，每當邵秦的家教日，何以蔚就開始多采多姿的夜生活。

不同以往總要在外廝混到凌晨，何以蔚現在收斂許多，出門時時留意時間。他知道邵秦大約在十一點左右回來，最晚不會超過十二點。爲了避免回公寓時撞上邵秦，又不想徹夜未歸讓邵秦多問，大多十點半就會回公寓。

因爲這樣，何以蔚在朋友間多了一個綽號——仙杜瑞拉。

何以蔚出入夜店，難免會喝酒助興，衣服也不免染上菸味。回到公寓時，何以蔚會先洗個澡再睡覺，如果沒那麼醉，也會連衣服一起洗了。

他原本是送洗派的，大一住宿時都是送到洗衣店，隔天領回摺得整整齊齊、帶著香氣的衣服，輕鬆又方便。

有次他偶然順手洗了件上衣，拿到陽台曬，陽台上還掛著邵秦的衣服。何以蔚看著兩人的衣服晾在同一條曬衣鏈上，突然有種說不出的情緒，像是兩人間有點什麼情愫。

他明明就不是個處了，這一瞬間的錯覺竟讓他覺得有些害臊，自此衣服就不送洗了。

這天，邵秦的學生請假，他不用打工便提早回公寓念書，在房內聽見聲響便出來查看，就撞見深夜回來的何以蔚。

邵秦打開客廳裡的燈，就看見何以蔚一身精心打扮，白色透膚襯衫只扣了兩顆釦子，露出大片白皙肌膚。外頭半遮半掩地套了件黑色立領薄外套，脖子、手上、腰上都繫了閃亮亮的鍊子，頭髮也用心抓過。

邵秦看呆了，愣了一下，「你出去玩？」

當燈亮起時，何以蔚嚇了一跳，他並不想被邵秦看見這一面，然而此刻除了強作鎮定也沒有別的好辦法了，「和朋友去唱歌。」

大學生約唱歌是很常見的休閒娛樂，這是何以蔚早就想好的備用藉口。

邵秦點點頭表示理解，他只是對何以蔚的打扮感到詫異，他不知道要不要說那些衣服太性感，索性只挑了不重要的說，「你有穿耳洞？」

何以蔚拉了拉外套，這個動作讓他找到一點安全感，「高中偷偷穿的，只有右邊，平常不戴。」

他一邊語調輕鬆地解釋，一邊轉過頭，讓邵秦看看兩邊耳朵，心裡暗暗希望不要被看出這個耳洞的暗示。

「嗯，好看。」邵秦收回視線，不敢多看。

何以蔚今天戴的耳釘有條半長墜子。墜子晃呀晃的，讓人視線跟著在何以蔚頸間遊蕩，落在白皙皮膚和性感線條上，不受控地在滑動的喉結、鎖骨和用力點就能扯開的襯衫間，看出點不該有的欲望。

邵秦不敢相信自己心跳變得有些快，尤其是何以蔚上了眼線眼影後看人的眼神都不一樣了，彷彿有股惑人心弦的魔力，眼睛斜斜上挑望過來時，像是帶著邀請。

邵秦覺得喉嚨有點乾，只想匆匆結束話題，「早點睡，夜唱很傷身的。」

何以蔚忐忑不安，說話也就沒過腦，「也是，年輕的時候虛耗過度以後就沒得玩了。」

虛耗過度？怎麼有種哪裡不太對的感覺？邵秦覺得自己思想不正，一定是因爲念了一晚的書，念到頭昏眼花性向不正常了，還是早點睡爲妙……便匆匆和何以蔚道晚安後，回到自己房間。

何以蔚也轉身回房，心情複雜地換下衣服，卸妝洗澡，輾轉難眠。

明明兩人只是室友關係，爲什麼他卻有種偷情被發現的錯覺呢？

又過兩週，校園裡的迎新活動一個個結束，酷暑褪去，圖書館裡的人慢慢多了起來，學生間開始討論要買哪家糖果當all pass糖送人。

客廳裡，何以蔚半躺在長椅上，舒展雙腿擱置於椅子扶手，拿著手機玩遊戲，桌上隨意擺著一本原文書、幾張白紙和筆，白紙上把題目抄了一遍後就空著。何以蔚原本是要寫練習題的，但因爲上次被邵秦抓包太心虛兩週沒出去玩，導致昨晚不小心玩得太過火，腰痠腿乏沒心情念書，不知不覺就打開了遊戲。

一旁的邵秦剛念完一科，打算稍作休息，起身倒水時從何以蔚身後走過，突然停下腳步，訝然問道：「你受傷了？」

「什麼？」何以蔚愣住，他受傷了嗎？他怎麼不知道？

「脖子上紅紅的。」邵秦伸手撥開何以蔚後頸上的碎髮，露出一塊深紅色的吻痕，邵秦一愣，意識到是情事後的痕跡，放開手，笑了笑，「沒事，我看錯了。」

何以蔚覺得奇怪，走到浴室裡照鏡子，喬了好久的角度，連手機都用上了，才看到後頸上的吻痕。前一晚床伴特別激烈，唇舌在他頸間後背半啃半吮，自己出聲阻止過，沒想到還是留下印記。

他連忙急匆匆地走出浴室，試圖跟邵秦解釋：「你不要誤會。」

但什麼姿勢才會吻在後頸上？什麼情況才會分神到記不得有這件事？何以蔚根本想不到合理的藉口。

「交了女朋友也沒什麼。」邵秦淡笑表示理解，心底卻根本不想接受這件事。他覺得和何以蔚相處起來很舒服、沒有壓力，其他的他不敢多想。那晚的邪念是意外，他很珍惜何以蔚這個朋友。

何以蔚不知道該不該澄清，然而在邵秦的目光下，還是忍不住開了口，「不是女朋友。」

邵秦沉默片刻，幾番掙扎後說道：「每個人都有交友的自由，我也沒立場和你說這些，不過我覺得如果沒有想要和對方認眞交往的話，最好不要發展親密關係。」

好像被認爲是非固定關係的對象了？雖然這麼說也沒錯，只是邵秦肯定沒弄清楚他的性向。

「你——」邵秦說的是何以蔚平時最不屑的想法，可是這話在邵秦口中說來是那麼理所當然。理所當然到讓何以蔚有種錯覺，如果有一天邵秦和他發生關係，是不是就代表邵秦對他是認眞的？

「怎麼了？」

「沒有，只是……」何以蔚想了想，別開視線不敢看邵秦，心中有股說不出的苦澀，「對我來說，還是太遲了吧？」

何以蔚的末句說得極輕，邵秦沒聽清楚，便問：「只是什麼？」

「沒什麼。」何以蔚揮去無謂的感慨，想那麼多做什麼？他不適合多愁善感。

邵秦當然不會相信何以蔚口中的沒什麼，一雙清澈黑眸堅定地看著何以蔚，等待他開口。

何以蔚拗不過他的鶴，違心地扯開嘴角燦笑，「你說得很對，被你喜歡的人一定會幸福的。」

「你怎麼把話題扯開了，這和我喜歡的人有什麼關係？」

「你有喜歡的人？」

「沒有。」

邵秦答得很快，這讓何以蔚暗暗高興，如果邵秦沒有對象的話，他們相處的時間應該會多一點吧？

何以蔚裝作普通朋友起鬨，故意揚起壞笑，「眞的沒有？擇偶條件呢？」

「沒空，沒想過。」

邵秦原本是沒想過，但何以蔚這麼一提，下意識就拿何以蔚和那些對他示好的女性相比。論外表何以蔚不差，甚至贏過一大截；論相處，何以蔚讓他感到自在……這樣分析起來，何以蔚似乎是不錯的對象？

哪裡不錯了？何以蔚是男的！

邵秦突然不想繼續聊這個話題，「我有點累了，早點睡。」說完就開始收拾客廳茶几上的書和文具。

「哦？」何以蔚發現邵秦動作不若以往俐落，收個東西一下子掉書一下子掉筆，只當邵秦害羞了，也就不再追問，笑了笑，「晚安。」

「晚安。」邵秦道晚安時朝何以蔚看了一眼，竟然覺得這張美到跨越性別的臉愈看愈好看？要是在那白皙肌膚留下吻痕的是自己，應該會很有成就感吧？

邵秦被自己的想法嚇到了，趕緊回到房間，簡直可以說是落荒而逃。

他一定是念書太累了，居然會累到頭昏眼花懷疑性向？太荒謬了。

Chapter 2

即便何以蔚玩得瘋，仍有一些原則，比如說接吻。

他不和床伴接吻，第一次見面就會把醜話說在前頭。但在酒精催化情慾高昂下總有人忘記，若有人想親他，他一律別開頭不合作，遇上不死心硬要強迫的，事後直接列爲拒絕往來戶。

每個床伴都問他原因，他總是一句「我不喜歡」就打發了，眞正原因只有他知道——接吻讓他有一種彼此相愛的錯覺。

他的上一個接吻對象是老師，除了教書本裡的知識，在健康教育的實務上，老師更是盡心盡力、指導有方。

在他歪斜的人生觀裡，老師扮演著重要角色，是帶他踏進圈子，也讓他不再相信愛情的人。

那之後他就決定了，痛苦和快樂兩者間，他只要快樂。

快樂很容易，畢竟活塞運動這種事只需要性慾就夠了，而他正值氣血方剛，不缺性慾。他只需要感官的愉悅，那短暫如煙花的快感，就像罌粟般令人著迷。

除了接吻外，何以蔚也不喜歡床伴在他身上留下任何痕跡。於是，在被邵秦發現吻痕後，何以蔚就把江十七封鎖了。

合則來，不合則去。何以蔚沒有通知，也沒有絲毫留戀，果斷地斷絕往來，就像對待以往不合意的那些床伴。

他還是照樣該上課就上課，想蹺課就蹺課，晚上不是等邵秦回來，就是和圈子裡的朋友吃吃喝喝，偶爾尋求體溫的慰藉，過得恣意又放縱。

何以蔚很滿意這樣的生活，然而夜路走多了，難免會碰到鬼。

儘管何以蔚很克制，也免不了有喝得太醉的時候。要是眞的醉倒也就算了，雖然他都說那些朋友是狐群狗黨，但總有人會帶他回家，回某個人住的地方或者去哪裡開房，不至於讓他流落街頭。

流落街頭被撿屍還算事小，就怕遇到什麼再也醒不過來的事。畢竟他還年輕，沒玩夠，捨不得這花花世界。

這晚，他就處於快要醉倒，不過勉強還能自己回到住處的狀態。

趁著邵秦參加辯論社夜遊活動，不到凌晨一兩點回不了家的機會，何以蔚難得又在外廝混到午夜十二點才回家。扶著牆壁搖搖晃晃爬上四樓，站在門前往口袋一陣摸索才摸到鑰匙圈，在鑰匙孔上對了半天才將鑰匙插入，打開公寓大門。

身爲一個腦子暈乎乎、注意力渙散的醉漢，何以蔚實在沒有多餘的精力去注意周圍有沒有可疑人士。尤其這棟老公寓燈光昏暗，每層樓梯側牆後還有燈光照不到的陰暗角落，特別適合躲人。

突然，一個有點耳熟的厚實男聲從他背後響起，語氣裡還有幾分親暱，「小蔚！」

「啊──」何以蔚被嚇了一跳，手中鑰匙掉到地上。

「別叫，是我！」壯碩的江十七從角落跳了出來，趕緊摀住何以蔚的嘴。

何以蔚努力睜大眼睛，想讓眼前的三個人影合成一個，試了幾次都沒成功，只好用含糊的聲音問：「你誰？」

「我是江時戚，你喝了多少？怎麼會認不出來？」江十七說完便鬆開手。

他原以爲說出名字何以蔚就能認出他，沒想到對方眼神迷濛，皺著眉開口。

「江十七？奇怪的名字，好像聽過？」

「算了，你能走嗎？還是我扶你進去？」江十七放棄和喝醉的人爭論。

何以蔚靠在門邊，瞇著眼睛打量眼前似乎和他很熟的男子，「我們約過？」

「約過很多次了，你還誇過我很大很猛。」江十七邊說邊伸手去扶何以蔚。

何以蔚立刻甩開江十七的手，「走開，今天不約──」

「小蔚？」江十七認眞思考自己是不是被當成來搭訕的路人。

「誰讓你這麼叫我？」何以蔚面色不悅。

「你後來不是說隨便我叫嗎？」

自從江十七從邵秦口中知道何以蔚的名字後就自作主張這麼叫，他覺得這樣兩人間親暱許多。何以蔚抗議過幾次，江十七都沒改，後來何以蔚被叫得煩了，覺得反正見面時間不長，便放棄在稱呼上糾結，讓他愛怎麼叫就怎麼叫。

江十七雖然很吵，但在床上的體力和技巧都很不錯，足夠讓他妥協一些小細節。

「十七？嗯……我想起來了。」儘管何以蔚暈得厲害，還是勉強從混亂的記憶庫裡找出資料，當然主要也是因爲十七公分的對象不多。記憶一湧上，對江十七的不滿也回來了，他撇了撇嘴，冷冷道：「我不是把你封鎖了嗎？」

「你把我封鎖了！」雖然猜過這個可能，然而直到何以蔚說出來前，江十七都還自欺欺人地覺得肯定是自己多心了。

「你來做什麼？」

「我傳訊息、打電話給你，你都不讀不回，我只好來找你。」江時戚委屈巴巴的，像極了垂著尾巴的大型犬。

何以蔚只覺得煩，如果是平常清醒的時候，他也許會發現江十七眼眶反常地有些紅，表情明顯寫著「我很受傷」。

如果何以蔚發現這些，也許會按捺情緒，安慰兩句。但這時候的何以蔚只想趕走任何礙事的人倒頭就睡，講話語氣冰冷，話語也直截了當沒有任何修飾。

「這麼明顯了你還不懂？我們不要再見面了。」

「這是分手？」

「我們沒交往，分什麼手？你到底要不要滾？」何以蔚覺得頭不只暈，還開始痛了，說的話愈來愈不客氣。

江十七臉上抽動了一下，瞪大眼睛，聲音不自覺大了起來，「我哪次沒讓你爽，爽完就翻臉不認人了是吧？」

何以蔚皺眉，臉上盡是不耐煩，「叫那麼大聲做什麼，你有病嗎？」他不想讓公寓裡的人知道他和男人約炮的事。

「好啊，我們去裡面說，反正你室友不在。」

江十七說完便拉著何以蔚進黑漆漆未開燈的房子裡，還不忘把大門關上。

「滾！」何以蔚真的很醉，他努力想推開江十七，然而兩人原本就存在體型和力氣上的巨大差異，他醒著都辦不到的事，醉了更不用想了。

「滾？好啊，我們現在就去滾床單，我記得你的房間是右邊這間。」客廳落地窗的窗簾沒完全拉上，隱約透出窗外路燈和店家招牌燈的餘光，足以讓江十七確認位置，半拖半拉地將何以蔚帶進離門口沒幾步路遠的房間內。

「放開！」何以蔚努力掙扎著，無奈推出去的手連平時的一半力氣都沒有，軟綿綿地更像欲拒還迎。

「不放！」

江十七把何以蔚丟上床，隨即脫掉上衣露出精壯的肌肉，覆在何以蔚身上。何以蔚伸手要推開江十七，卻被制住。

江十七抓著何以蔚兩手手腕，用單手固定在何以蔚頭頂的枕頭上，兩條粗壯長腿和鍛鍊精實的身體壓在何以蔚身上，用體重和物理優勢壓制試圖掙脫的獵物。

「放手！我不想做！」

「我們今天就玩點激烈的，我會滿足你，讓你想起我的好。」

「你是不是腦子有問題？」何以蔚簡直要氣笑了，就算他喝醉了，在危機下勉強集中的注意力還是能聽出江十七的話根本幼稚沒邏輯。

「對！我就是腦子有問題才會——」江十七說到一半就不敢說下去了，差點說出口的話把他嚇到了。

我就是腦子有問題才會喜歡你……江十七知道要是把這話說出口，何以蔚絕對不會再理他了。

他們之間是肉體關係，說好了不談感情。他不知道自己是什麼時候開始喜歡何以蔚的，也許因爲何以蔚是他的第一個約炮對象，或者因爲何以蔚外表完全是他的菜，也可能做愛眞的能把愛做出來，誰知道呢？

反正他的心就是淪陷了，原因已經不重要。

江十七開始親何以蔚，何以蔚把頭別開，他就從嘴角、臉頰、下頜、頸間、鎖骨一路向下，貪戀地親吻吸吮光滑的肌膚和不管看幾次都覺得性感的頸部及鎖骨線條，空著的一隻手開始脫何以蔚的衣服。

何以蔚沒追問江十七到底要說什麼，他被死死壓制在床上，唯一自由的只有一張嘴，氣得大罵，「有病就去吃藥，聽見沒有！」

「先吃你。」江十七不只沒停，還把前戲做得更賣力了。

江十七知道何以蔚所有的敏感帶，也知道什麼樣的力道和手法能讓何以蔚最有感覺。

床笫默契在這時顯然不是件好事。

何以蔚胸前、腰間浮起一陣陣酥麻感，慾望的熱度在體內流竄，他不由得輕輕喘氣，聲音既壓抑又難耐，「停、停下來——」

「不停，我知道你想要了。」兩人下身緊貼著，任何反應都瞞不過對方。

「你他媽的是種馬嗎？」一見面就發情？

「就算是，也是能讓你爽的那隻。」江十七染上慾望的眼裡有著太過執著的瘋狂，似乎眼前除了和何以蔚上床以外，沒有更重要的事了。

至於會不會因此被討厭，江十七無法多做思考。如果不做，何以蔚就會喜歡他嗎？答案顯然是不會，所以為什麼不做？多做一次也好。

何以蔚放縱慣了不擅忍耐，熟悉慾望的身體一被撩撥點火就一發不可收拾，體溫上升，偏白的膚色泛起淡淡的紅，下身硬得發燙，本能地往上頂了頂。

江十七像是得到鼓勵，立刻把兩人褲子都脫了，拿出見何以蔚時習慣帶著的潤滑液，擠在手上準備事前擴張。

江十七動作熟練流暢，沒花多少時間。何以蔚原想趁江十七鬆開雙手鉗制時離開床，中斷這場不在計畫中的性愛，卻在起身後立刻被推回床上，重新被壓制住。

「躺好，我會讓你爽。」

何以蔚被酒精影響後所剩無幾的理智已然斷線，把當下能想到的髒話都罵了出來。

江十七不爲所動，他要用身體證明一切。

江十七將手伸向何以蔚下身，熟門熟路地探進穴口，循序漸進地增加手指數量，直到第三根手指也能順利進出。

潤滑液在手指推進間發出淫靡水聲，何以蔚不知道何時停下罵人的話語，平日裡清爽開朗的男中音轉爲壓抑又甜膩的呻吟，著實勾人。

江十七抽出手指，將性器對準穴口，挺身全部沒入，溼潤帶著熱度的緊窒感瞬間將他包圍，舒爽得頭皮發麻，不由發出滿意的低喘。

江十七不是初嘗甜頭的新手，不急著自己舒服，故意緩而深地抽送，感覺何以蔚身體有了回應後，抽出大半性器，用頂端輕輕蹭著穴口，壞笑道：「怎樣？要做嗎？」

何以蔚已經放棄掙扎，被勾起慾望的身體正準備迎接一場性愛，沒想到突然停下，氣得大罵，「去你媽的，停下來我就把你閹了！」

江十七笑了，立刻往前一頂，訓練有素的肌肉迸發著熱氣和力量，「就知道你喜歡。」

「用力一點，啊、啊……」

強姦開始，和姦結束，一點都不衝突。

何以蔚是享樂主義者，從來不委屈自己，雖然一開始江十七強迫了他，但該掙扎也掙扎了，確實掙脫不開，後來既然開始舒服了，就當作享受也無妨。

不過他當然不會就這麼算了，儘管全身酥麻瀕臨釋放，腦中卻也已經閃過幾個「回報」江十七的念頭。

窄小的單人床承受著兩個成年男子的重量，不堪負荷地發出細微的嘎嘎聲。

何以蔚被翻來覆去換了幾個姿勢，大概在第二次釋放後就沒了印象，不知道被折騰到多晚。

江十七盡興饜足後，幫何以蔚做了簡單的清理，擦掉彼此身上的白濁，至於髒汙的床單他一時找不到替換的，加上何以蔚睡在上面，只好先不動。

凌晨三點，江十七眼中慾望已然褪去，思考自己是不是該睡在這房裡。擠一張單人床不是問題，要是擠不下他也不介意睡地上，只要有何以蔚在的地方他都能睡得香甜。

然而江十七射光精囊裡的精液後腦子清醒許多，他敢肯定何以蔚醒來時不會想看到他。生物對危險都有趨避性，江十七也不例外，他承認他確實心虛了，可是做都做了也沒辦法。

江十七幫何以蔚蓋上被子，撿起地上的衣服穿好，從房間出來。剛打開門的時候他就發現了不對勁，客廳的燈是亮著的……

明明他們進門的時候沒開燈，因此碰倒了幾樣東西才到何以蔚的房裡，但如今客廳的燈竟然亮著？

江十七有了不好的預感，卻也不覺得有多嚴重，還是厚著臉皮邁出房門。

客廳明亮，時鐘顯示三點十五分，木製長椅上坐了一個人。那人長得和明星相比也不差，是可以騙倒一票小女生的臉，肩寬腿長、體格結實、身材挺拔——是邵秦。

邵秦抬眼看他時神色有些冷……好吧，正確來說是很冷，冷冽中帶著明顯的怒意，讓江十七懷疑自己和邵秦是不是有什麼深仇大恨。

「這麼晚還不睡啊？」

邵秦冷冷看著江十七，不答。

江十七尷尬得不知道該擺出什麼表情，裝熟道：「小蔚的室友嘛，我們見過，你剛回來？」

不知道邵秦是什麼時候回來的，他聽見了什麼？

江十七尷尬笑了笑，「呃，我要回去了，你早點睡——」

江十七才走了一步，邵秦的拳頭就來了，重重地打在他的右臉上。

「你發什麼瘋？」江十七被打中臉，脾氣也來了，立刻往邵秦臉上回了一拳。

邵秦側身，卻沒全躲開，拳頭擦著左臉頰挨了一記，但比正面擊中好多了。

「你怎麼不想想你做了什麼？」邵秦瞪著江十七，聲音比平時沙啞。

江十七心中登愣一聲，面上仍強作鎮定，「我做了什麼？」

「你對何以蔚做了那種事情，你們不是朋友嗎？」

江十七也不知道為什麼自己這時候聰明了一把，看著邵秦，他好像突然懂了。

從何以蔚的吃穿用度、談吐氣質，不難看出他的家境不錯，就算不靠乾爹，光靠家裡也能住得起比這個破公寓好的地方，而且據他的觀察，何以蔚也不存在勤儉吃苦的美德。

他搬到這間公寓一定有原因，看著眼前的邵秦，江十七恍然大悟。

臉長得帥、身材體格又好，根本就是圈子裡的天菜，可惜一看就是直男。

江十七的心比喝了一整罐醋還酸，忍不住胡亂說道：「對，我們就是在做愛！兩情相悅！你懂不懂？」

「你沒強迫他？」邵秦不相信。

江十七心虛了一秒就把這個念頭給抹掉。反正後來何以蔚掛在他腰上的兩條腿夾得很緊，還配合他的律動主動迎合，兩個人都爽到了，這不就是兩情相悅嗎？

基於雄性天生的競爭意識，他感覺自己必須排除邵秦這個威脅，故意笑著問：「你以爲我們怎麼認識的？」

「你們怎麼認識的？」

「我們是約炮認識的，所以，怎麼會是強迫？」

「……炮友？」邵秦實在想像不出來，那個總是把自己打理得乾淨有型，笑容開朗中帶著幾分靦腆的室友在男人身下呻吟高潮的樣子。

「一開始是那樣，不過我們認識一段時間了，已經有『感情基礎』了！」江十七特別在最後幾個字上加重語氣。

邵秦的目光依然充滿懷疑，臉色鐵青。

「你別多管閒事，反正你們只是普通朋友。」

邵秦覺得江十七口中那句「普通朋友」特別不中聽，他想反駁但理智告訴自己沒必要，難道特別澄清他倆是好朋友他就開心了？

邵秦做了個深呼吸，壓下雜念，「不是多管閒事，你要是強迫他，這就是刑事案件，我當然有義務協助報案並作證。」

「就說我們是兩情相悅，不信的話你可以問小蔚。希望下次見面你不要再這麼衝動，當然，如果你還想打架我也奉陪。」江十七說完，先是虛張聲勢地掄了掄拳頭，接著快步走向大門，趕緊離開公寓。

邵秦雙拳緊握，用力到手指關節處發白，目送江十七離開。

這是一個讓邵秦覺得混亂的夜晚，他先是在大門口撿到何以蔚的鑰匙，接著開燈踏進客廳就看見被碰倒的東西，還來不及判斷是不是入室竊盜時，就聽見何以蔚房裡穿來男人的呻吟聲。

一開始是幾句罵聲，他聽出是何以蔚的聲音，正想去救他的室友，隨即又是幾句淫亂得不像被強迫的話，讓他當場愣住，打消了闖入的念頭。

他在客廳裡聽了一整晚的活春宮，主角是兩名男性，對象之一還是他的室友。

他內心震驚、錯愕，還有莫名的怒意……他為什麼要生氣？

氣何以蔚沒把性向告訴他？可是他能理解性向是隱私，也理解何以蔚沒必要對他出櫃。

那他還能氣什麼？

氣何以蔚把男人帶回公寓吧？一定是這樣的。

儘管心裡知道這個理由並不充分，但他告訴自己絕對沒有別的原因了。

難道他還能因此覺得受傷？

難道他想當和何以蔚發生關係的那個人？

難道他是同性戀？

不可能。

邵秦被自己的推論嚇了一跳，並且快速刪掉這個可能性。

至於他沒有充分理由就揍了江十七，而且還因此覺得稍稍解氣就更找不到理由了。

邵秦關掉客廳的燈，深深看了眼何以蔚的房門，最後走進自己房間，躺在床上。

此時時間已近凌晨四點，邵秦失眠了，他在床上翻來覆去，覺得自己變得奇怪。

他不知道爲什麼思緒不受控制，腦中竟開始想像方才何以蔚房裡會是什麼情景。

潮紅的臉、撩人的呻吟、放蕩的話語、光裸的身體……爲什麼他下身有了反應？

邵秦覺得崩潰，他不是個重慾的人，更從未對同性產生慾望，這很不對勁。一定是最近太忙，很久沒有紓解慾望，才會被今晚的事勾得邪火亂竄、慾火燎原。

邵秦又忍了一陣子，實在睡不著，慾望也沒有消退的跡象。於是，他閉著眼，將手伸進褲子裡，握著熱燙的性器，上下擼動，腦海自動浮現何以蔚漂亮的臉龐和誘人的身體，耳邊盡是方才的呻吟，帶著把朋友當作遐想對象的罪惡感，攀上慾望的高峰。

日後，江十七回想起來，特別後悔今晚的衝動。

如果邵秦不知道何以蔚的性向，何以蔚八成不會主動說，他們只會當一輩子朋友，沒機會走到一塊。

而他，江十七，如果沒做這些蠢事，說不定有機會抱得美人歸，也許一切都會不一樣。

但這世界上，終究是沒有後悔藥可以吃。

隔日，何以蔚在宿醉和一身痠痛中醒了。

他兩側的太陽穴隱隱作痛還伴隨暈眩，肚子有點不舒服，分不出是宿醉造成想吐還是消化不良。身上盡是情事後的黏膩感，動了一動才發現腰痠腿乏，兩條腿彷彿不是自己的。

他這方面的經驗豐富，然而弄到這樣全身痠痛、疲憊到連根手指都不想動還眞沒有幾次。

幾點了？今天星期幾？早上有沒有課？何以蔚想去找手機，艱難地挪動雙腿，全身不打一處來的痠痛讓他皺眉。好不容易起身，腫痛的後穴立刻有液體流出，沿著大腿內側往下流淌，帶著腥羶的氣味。

何以蔚醉倒前的記憶都回來了。

該死的江十七！何以蔚氣得想掐死江十七。

無視他的意願硬上，還選在他房間，而且該死的不戴套！每一點都觸及他的底線。

就算再生氣也得處理目前狀況，何以蔚抽了好幾張衛生紙擦拭腿間的液體。雖然浴室就在房間隔壁，他還是慣性套上家居服的短褲和短袖上衣，拿了換洗衣物準備好好洗個澡。

何以蔚找到手機，手機電池幾乎見底，只好先幫手機充電。好消息是今天星期三，早上沒課。看看時間，十一點，也是個安全的時間。

何以蔚放心地推開房門，無論之後有什麼打算，都等洗完澡後再說。

「睡醒了？」邵秦就坐在客廳裡看書，聽見聲響便朝他看了過來。

「早？」何以蔚愣了一下，他沒想到會看見邵秦，勉強扯了個微笑打招呼，祈禱不要被看出端倪。

「已經中午，不早了。」邵秦也笑，笑得和平常一樣好看。

「才十一點，你怎麼在這裡？」

「通識課，一兩節沒到不會怎樣。」

理論上是沒錯，可是這樣很不邵秦，何以蔚記憶中的邵秦從不蹺課。

「你怎麼黑眼圈都跑出來了，臉上還受傷了？」何以蔚對他的鶴寶貝得要命，自然也就觀察入微。

邵秦除黑眼圈外，左臉顴骨下有塊瘀青，還有些腫。

「果然還是很明顯。」邵秦自嘲地笑了笑，不想解釋黑眼圈和臉上的傷是怎麼回事，「昨晚沒睡好，不小心撞到的。」

「哦？那你今晚早點睡，瘀青的地方可以先冰敷。」

「謝謝。」

何以蔚總覺得今天的邵秦和以往不一樣，他望過來的目光有些幽深，漆黑眼瞳裡似乎有著他看不懂的情緒。不知道為什麼，何以蔚被看得心底發毛，彷彿無所遁形。

邵秦是不是發現了？何以蔚心裡七上八下，卻不好問出口。

「我去洗個澡。」

「去吧，我去弄午餐，洗好了一起吃。」

「好。」何以蔚點頭，轉頭往浴室走去，並盡量讓自己走路姿勢正常一點。

待走進浴室後，他隨意看了眼鏡子，猛然倒吸一口氣，眼睛瞪大。

鏡中的何以蔚，脖子和鎖骨上滿是吻痕，怪不得邵秦看他的眼神那麼怪！

何以蔚脫掉上衣，果不其然，身上也全是印子，從胸前到腰腹，甚至連大腿根部無一處遺落。暗紅色吻痕襯著牛奶般白皙的膚色，宛如雪地裡的片片落梅，非常醒目，顯得特別淫靡豔麗。

江十七，你屬狗嗎？反正被封鎖斷絕來往，他沒有什麼可以失去的了，就放開來想做什麼就做什麼嗎？

何以蔚氣得想把江十七大卸八塊，腦中浮現幾個「報答」的計畫——是讓江十七以後都約不到對象，或者讓他以後只能約到top呢？

可是再怎樣報復也改變不了已經發生的事實。

何以蔚想搥牆、想大叫、想挖個洞把自己埋了，這樣就可以不用出去面對邵秦。

但是不行。就算他想逃避，浴室也不是個很好的地方，而且現在才逃也遲了，邵秦肯定看到他衣服外的那些吻痕了。

不過邵秦之前也看過他脖子上有吻痕……也許情況沒那麼糟？

何以蔚思緒雜亂，一邊存著僥倖心理胡思亂想，一邊將自己由裡及外仔細洗乾淨，特別是後穴。他艱難地抬腿彎腰，掰開臀肉沖了數次，確定沒有江十七的東西後才放下心來。

何以蔚擦乾頭髮，換上乾淨衣服，對著鏡子裡的自己皺眉。洗完澡後，脖子上的吻痕顏色好像顯得更深了，不知道要幾天才會消退。

煩躁不堪的何以蔚把浴室門推開一條縫，確定邵秦還在廚房裡，這才輕手輕腳地開門走出浴室，快步走回房間，他需要換衣服！

他將帶來的衣服全翻遍了，總算找出一件不常穿的高領針織衫，勉強能遮住脖子上的吻痕。

今年是暖冬，何以蔚昨天還穿短袖，一套上針織衫就覺得熱，只好把袖子拉到手肘上，才覺得透氣一點。這種天氣穿什麼高領針織衫？簡直欲蓋彌彰。

禽獸！何以蔚又在心裡罵了江十七。

儘管熱得讓人不舒服，然而為了遮住多不勝數的吻痕，他也只能忍了。

「煮好了，快出來吃吧！」

邵秦的聲音從門外傳來，看來是煮好午餐後發現何以蔚已經洗完澡，就過來叫他吃飯。

「好。」何以蔚只好硬著頭皮走出房間。

邵秦穿著圍裙站在門外，看著何以蔚的衣服，「你會冷？」

「我從小就身體虛。」

「是嗎？你的臉有點紅。」邵秦看著何以蔚的臉，眼裡似有笑意。

「大概是剛洗完澡的關係。」何以蔚愈來愈佩服自己睜眼說瞎話的本事了，對邵秦笑了笑，不著痕跡地轉移話題，「好香喔！今天吃咖哩飯嗎？」

「對。」邵秦對著何以蔚露出溫暖的笑容，「你喜歡嗎？快來吃吧。」

「太好了，我喜歡。」只要是邵秦煮的，不管是什麼何以蔚都喜歡。

邵秦已經盛好兩盤咖哩飯放在餐桌上，何以蔚立刻乖乖入座，辛香料的香氣特別能激發食欲。雖然剛起床的時候一點胃口也沒有，但此時美食當前他又忍不住感到飢腸轆轆了。

「你先吃吧，我去盛湯。」

何以蔚微笑，看著穿上圍裙的邵秦走進廚房裡盛湯，突然覺得有股幸福感縈繞心頭。

情侶間的同居生活也就是這樣了吧？即使他們沒有交往，這樣的日子也不錯，眞希望能一直繼續下去。

「我來幫你。」何以蔚起身，走進廚房裡接過湯碗，放到餐桌上。

邵秦解下圍裙掛好後，也走到餐桌入座，「吃吧。」

「嗯。」

兩人相視一笑，一同拿起湯匙開始用餐。

「關於生活公約，我希望能調整一下。」邵秦想了一個晚上加一個上午，還是決定要和何以蔚討論這件事，大概是醞釀得比較久，早已做好心理建設，所以他語氣如常，神情不變，就和平常兩人談笑時一樣。

何以蔚抬眼，沒有察覺異樣，隨口接話，「哪一條？」

「不能帶異性朋友過夜那條，把『異性』兩個字刪掉。」

法律人喜歡用字精準，每一個字都有意義。

何以蔚對邵秦有幾分了解，他很理性，不會無緣無故修改生活公約，而且生活公約是邵秦定的，他在訂定的時候一定考慮過很多種狀況，愼重地寫下每一條。既然現在突然要改，那一定是發生了什麼事讓他覺得非改不可。

那一條公約把異性兩字刪掉後，就是不能帶朋友回來過夜，男的女的都不行。

何以蔚不笨，聽懂了邵秦沒說出口的話。

昨天的事還是被知道了啊……突如其來地出櫃了呢!怪不得今天邵秦的態度特別不一樣。

何以蔚僵住半晌,然後不自然地笑了笑,笑容裡帶有幾分苦澀,「我知道了。」

邵秦以為自己夠含蓄,他不想讓何以蔚有任何不舒服,然而他更不想再看到江十七出現在何以蔚房裡。

他沒想到何以蔚會是這樣的表情,了然、無奈、解脫、絕望都能在何以蔚苦澀的笑裡找到。

那一瞬間,邵秦慌了,急著澄清,「我不歧視同性戀。」

聞言,何以蔚移開視線,眼神黯淡,「這句話可以不用說的。」

畢竟,有些事情特別說出口就代表沒那麼不在意。

「我只是——」邵秦秒懂,試圖想解釋他沒有惡意。

「我知道。」何以蔚打斷邵秦的話,深呼吸,讓自己笑得開朗好看、討人喜歡,眼神一勾,換上了出去玩時的輕佻語調,「你放心,我不會帶人回來,也不會對你出手。」

何以蔚從未在邵秦面前這樣說話。想在喜歡的人面前呈現美好的一面是天性,他面對邵秦時總是收起自己的任性和放縱,像個乖巧無害的好孩子。

眼前這個笑容輕浮的何以蔚讓邵秦感覺陌生,明明近在眼前,兩人的距離感卻是前所未有的遙遠。

何以蔚還是笑著，眼眶卻已有幾分溼潤，「我不碰直男。」

就算是很喜歡的直男也不會碰，我能忍住。何以蔚在心裡對自己說。

「對不起。」邵秦覺得自己搞砸了。

咖哩飯還剩一大半，何以蔚已食欲全消，「咖哩飯很好吃，但我還有事，要先走了。」

不等邵秦回話，何以蔚就拿著盤子起身，進廚房封上保鮮膜，將未吃完的咖哩飯放進冰箱，「剩下的我回來再吃。」

直到何以蔚出門，邵秦沒有再說一句話。過去他在辯論社裡多次擔任主辯，比賽中經常壓制對方辯手，此時卻連一句話都說不出來。

他不知道說什麼才不會讓何以蔚受傷……

何以蔚開始夜不歸宿。

他每晚都去夜色，大多是和朋友開包廂唱歌、喝酒、玩遊戲，後半夜沒有太醉的話就找個人過夜，有時候在飯店，有時候在不知道誰的家裡。

然而就算他的朋友們夜生活再豐富，也沒有人會瘋到每晚都來夜色報到。於是朋友沒空的時候，他就點一杯酒坐在吧檯邊，等人過來搭訕。

何以蔚在夜色裡小有名氣，常來夜色的人不一定知道他出來玩時的名字，但一定會知道那個清純時氣質清新，放蕩時勾人無數的年輕男子。

儘管何以蔚玩得瘋，身邊男伴換過一個又一個，卻不是來者不拒，他很挑，無論是長相、身材還是尺寸，無一不挑。他也有挑的本錢，畢竟他要顏有顏，要錢有錢。

縱使top們經常不爽，但仍以和何以蔚打一炮自豪。

前一陣子夜色裡的人還因爲何以蔚來得少了而暗暗可惜，有人猜他是有了固定的伴侶，也有人說他八成是得病就收斂了。當然還有更多天馬行空、捕風捉影的臆測，每個人都言之鑿鑿，說得十拿九穩般，卻沒有一個人敢向何以蔚求證。

現在何以蔚每天都光臨夜色，讓那些top樂瘋了，不知道是不是這個原因，夜色的生意竟比前陣子好上三成。

何以蔚沒想太多，昏暗燈光裡覬覦的眼神，抑或是快節奏電音掩蓋下的閒言碎語都和他無關，就算哪個朋友爲他打抱不平，他也沒興趣聽。

他來夜色就只爲了打發時間，看對眼就來場一夜情，肉體的歡愉有助於轉移注意力。

是的，轉移注意力。

雖然不想承認，但是何以蔚確實感到很難受，分明就不是談戀愛，爲什麼被邵秦那樣說他會覺得難過？

不過是被發現和男人過夜了。

不過是被發現是同性戀了。

不過是假面具沒戴牢掉下來了。

芝麻綠豆大的小事罷了，他早想過有可能瞞不住，也想過到時候就一笑置之，最糟也就只是回到最初，各過各的日子，互不干涉。

胸口那種悶悶的抽痛是怎麼回事？

爲什麼一旦獨處就會不自覺落淚？

太矯情了，何以蔚自嘲地笑了笑，本來就是蕩婦，裝什麼良家婦女？

這段時間何以蔚幾乎沒回公寓，唯一回去的一次是爲了拿課本，來去匆匆。怕撞見邵秦，挑的是邵秦在上必修課的時間。

邵秦給何以蔚傳過訊息——

我的鶴：「最近都沒回來睡？」

「我的鶴」是何以蔚偷偷爲邵秦改的暱稱，現在看起來有些諷刺，邵秦從來都不是他的。

何以蔚：「趕小組報告，住朋友家。」

正在夜色的何以蔚啜飲一口酒，臉色平靜地回了訊息。做小組報告是眞的，住朋友家也是眞的，然而這兩件事和不回公寓睡一點關係都沒有。

我的鶴：「注意身體，別太累。」

何以蔚：「謝謝，我知道。」

我的鶴：「冰箱裡的咖哩飯放太久我倒掉了，你回來我再做新的。」

何以蔚盯著這段訊息看了很久。他終究沒回去吃那一盤沒吃完的咖哩飯，就算邵秦願意再幫他做新的，那料理中隱晦的幸福感變味了，兩人間的關係也回不去了。

雖然逃避不是好辦法，但何以蔚還不知道下次見面該用什麼表情面對邵秦，他怕自己的眼神藏不住情緒，只會讓邵秦更困擾。在他調適好之前，不如不見。

他反反覆覆打了許多訊息，「不好意思，最近太忙忘了」、「好啊，我很期待」、「一言爲定」，最後全都刪掉，送出的訊息只是客套的敷衍。

何以蔚：「謝謝。」

我的鶴：「等你回來。」

何以蔚看著對話畫面，沒有回覆，他不喜歡給承諾，尤其是不曉得能不能達成的承諾。

他又喝了一口酒，酒精放鬆了緊繃的神經，卻無法改變低落的情緒，突然覺得「我的鶴」怎麼看怎麼刺眼，順手又改了邵秦的暱稱——直男都是渣，警惕自己別越陷越深。

沒多久，有個人過來吧檯，坐在他旁邊的位置。

「我陪你好嗎？」男人的聲音略微低沉，看起來很年輕，可能只比他大一兩歲，身形挺拔，白衣黑褲，這樣的穿著在這夜店裡堪稱樸素。

何以蔚轉頭看向對方，微微一愣，隨即眼神一挑，舔了舔唇，勾起嘴角，「好。」

吧檯裡的酒保投來訝異的一眼，他見慣了何以蔚被搭訕，卻沒見過他這樣主動。酒保的訝異只有一瞬間，隨即就收回視線，低頭工作，不介入是他的職業道德。只有何以蔚知道自己反常的原因——男人的側臉有些像邵秦，尤其是對何以蔚笑的時候特別像，這讓他無力招架。

何以蔚聽到自己的心跳聲，每一聲都像在耳邊響起，都像在取笑他爲了遠離邵秦的這幾天努力都是白費力氣，徒勞無功。

但有什麼關係呢？他太需要一劑能產生幸福幻覺的止痛藥了。

何以蔚把酒一口喝完，主動問：「晚上有空？」

男子是明白人，「如果是你約，都有空。」

兩人相視一笑，出門直奔附近的五星級飯店，男子熟門熟路地要了一間房並乾脆地刷卡付錢。

何以蔚有些意外，他的床伴幾乎不會到這麼貴的地方開房，而他對打炮的地方不太講究，雖然知道夜色附近有這間高級飯店，可是幾乎沒在這裡約過。

兩人進了房就開始親吻，一開始何以蔚還把頭別開，然而看著男人的側臉，也不知道爲什麼突然覺得好像可以接受了，便主動把唇貼上。

「別留下印子。」

「好。」

親吻像一把火，很快就野火燎原，兩人都性慾高漲，下身隔著衣物抵著對方小腹，兩人不約而同開始脫對方衣服，一邊脫一邊直奔大床。

何以蔚勾著男人的脖子，倒向彈性和柔軟度都沒得挑剔的床上。

房間只開了間接照明，暖黃色的燈光更像是用來點綴氣氛。房裡明亮醒目的反而是落地窗外的城市夜景，燈火點點閃爍，襯托城市的繁華卻又顯得寂寥，彷彿每一個小光點只要緊緊相依，就可以讓自己顯得不那麼寂寞。

男人的手在何以蔚身上愛撫，觀察何以蔚的反應找出他的敏感帶，隨後就不停地撩撥那些地方。

何以蔚知道自己遇上老手，便也放開了，樂於享受愛撫帶來的酥麻快感。抬腿纏上男人的腰，既是勾引也是鼓勵，「我想要了。」

男人的手撫上何以蔚如綢緞光滑又筆直修長的腿，從腳踝小腿一路順著摸向大腿。年輕緊實的肌膚觸感很好，男人愛不釋手地在臀瓣揉了兩把，接著手指探向大腿根部的穴口。

男人帶了潤滑液，這很正常，就算男人沒有，何以蔚也帶了。

「你不問我的名字？」男人在皺褶處畫圈，藉著潤滑液慢慢放進一根手指，即便下體硬得脹痛，語氣卻好整以暇。

「不問。」何以蔚放鬆身體，任憑對方開拓。

「可是我知道你是誰。」男人又再放進一根手指，眼裡是露骨的慾望。

「知道也別說出來，破壞氣氛。」何以蔚不想去想別的，今晚他們就是兩隻交纏的獸，只需要盡情宣洩慾望，除此之外都不重要。

「好。」男人頓了頓，便也同意何以蔚說的。看何以蔚適應良好，將擴張的手指增加爲三隻。

「差不多了吧？」何以蔚有些空虛，手指並不能滿足他。

「眞沒耐心。」男人低笑，隨即抽出手指，抬起何以蔚的腿，挺腰一插而入。

隨之響起的是何以蔚帶著痛楚和快慰的呻吟。

男子停了一下，想讓身下的人適應，沒想到何以蔚主動夾住蹭了蹭，一副急不可待的模樣，「快點，別停。」

男人低笑，「眞騷。」

說完他便不再克制，開始一波猛烈的攻勢，相應而起的是一聲聲甜膩呻吟和肉體撞擊聲。

滿室春色。

完事後，天都快亮了。

男人還是說了他的名字，方棠。

「好像在哪裡聽過。」何以蔚全身上下都在享受數次高潮疊加後的餘韻，很滿足也很睏，下一秒似乎就能睡著。

「我們小時候還一起玩過，當然不是這種玩。」

方棠話裡帶著笑意，何以蔚卻不覺得哪裡好笑，嚇得猛一翻身，瞪大眼睛想要看清他的床伴。

他居然一夜情睡到童年玩伴？

半晌，何以蔚放棄，坦誠道：「我不記得了。」

「眞是令人傷心。」方棠嘆了口氣，和邵秦有幾分相似但氣質迥然不同的臉故意做出受傷的表情，「我是方敬文的小兒子，我們兩家到現在還是商業伙伴。」

這麼一說，何以蔚才隱隱約約想起有這號人物，同時感到頭痛，約到熟人就是麻煩。

方棠看著何以蔚陰晴不定的臉色，也猜到自己的身分不太受歡迎，「你還沒跟家裡出櫃對吧？不用擔心，我不會和伯父伯母說。」

「你要說也沒關係，反正嘴長在你身上。」何以蔚無所謂地笑了笑，「你要是說了，我就去說你短小早洩。」

方棠被逗笑了，笑了一陣子才壓下笑意，「你眞可愛。」

何以蔚沒被這麼說過，皺眉怒瞪方棠，「可愛個屁！」

「虛張聲勢的小奶貓？」

方棠這句話說得極輕，何以蔚沒聽清楚，「你說什麼貓？」

「睡吧，天都快亮了。」方棠揉了揉何以蔚的頭髮，何以蔚僵了一下，偏頭躲開。

方棠也不生氣，拉起棉被跟著躺下，他今晚雖然快活，運動量卻也很大，需要好好睡一覺。

何以蔚背對方棠，等到方棠躺了一會兒後，才悶悶地問：「你出櫃了嗎？」

方棠閉著眼睛，還沒入睡，淡淡回道：「我算是雙性戀，不一定要出櫃。」

「喔。」又是一個找好退路的人，何以蔚有些不屑，閉上眼不再說話。

江十七安分了三天，就開始找何以蔚。

他傳了訊息給何以蔚，果然還是未讀未回，看來何以蔚沒打算解開對他的封鎖。

接著，他去了何以蔚的學校，在人來人往的校門口站了好幾天，遠遠地看到了幾次邵秦，看到幾次就心虛地避開了幾次，但就是沒遇到何以蔚——江十七不知道商學院大樓在靠近側門的地方，何以蔚就算難得去上了幾堂課也不走大門。

這幾天他過得很煎熬，他寧可何以蔚生氣地來質問他，也受不了無聲無息的冷淡對待，彷彿他一開始就不存在似的。

江十七沒辦法，只好窩在何以蔚公寓對面的便利商店守株待兔，無奈依然沒等到何以蔚。

江十七幾近絕望，只好直接找上邵秦。

邵秦忙完家教回來，沒想到會在公寓樓下看到江十七，「你來做什麼？」

「我找小蔚。」江十七尷尬地笑了笑，想做出無害的樣子，無奈收效甚微。

「他不在。」

「眞的？」

「不信就算了。」

邵秦想越過江十七開門，江十七不讓，故意擋住門鎖，追問：「他怎麼可能不回來？」

邵秦和江十七身高差不多，雖然不喜歡動粗，不過面對挑釁也不會示弱，眼睛微瞇，迎向江十七的目光，「爲什麼這麼說？」

「你沒感覺？」江十七這次是發自內心地笑了，他覺得自己又有機會了，「直男就是遲鈍，我眞替小蔚難過，不過沒關係，他有我就夠了。」

邵秦一點就通，從江十七的話裡拼湊出眞相，「他喜歡我？」

聞言，江十七又不是那麼開心了，他不是來當月老的，打死都不想看到他們兩人變成一對。於是板起臉來，故意亂扯一通，想誤導邵秦，「沒有，他不喜歡你！他要是喜歡你就會回來，他現在沒回來就是不想看到你！根據我對他的了解，他絕對是討厭你！」

邵秦目光略沉，他注意到江十七對他的敵意，而且不得不說，江十七很不會說謊，那種故意提高聲調、表情略微扭曲的特徵都是說謊時可能出現的反應。既然江十七想騙他，邵秦也不想繼續進行沒有意義的對話，「我要回家了，你確定要繼續站在大門前阻擋我回家嗎？」

藉著路燈，江十七看見邵秦手上拿著本《刑法分則》，「哦？法律系了不起啊，動不動就想告人是嗎？」

邵秦笑了笑，沒有反駁，他不打算在這個時候解釋訴訟成立的要件，只是伸手指了指附近的電線桿，語氣不冷不熱，「那邊有兩支路口監視器，剛好可以照到這裡。」

江十七順著邵秦手指看過去，還眞的看到監視器，不禁錯愕。

他原本就不是來打架的，擋住大門只是爲了攔住邵秦而已。面對邵秦時的挑釁態度只因面子作祟，既然知道何以蔚沒回來，也沒有興趣繼續待著，裝作趕時間看了看手機，「嘖，都十一點了啊！我還有很多事要忙，才不想理你！」

邵秦昂首挺胸沒半點怯弱，靜靜看江十七表演。

江十七說完，惡狠狠地瞪了一眼邵秦，而後轉身大搖大擺地騎機車走了。

邵秦上樓，回到公寓，打開客廳的燈，驅散一室黑暗。

他進門的第一眼就是看向何以蔚的房間，房裡是暗的，果然還是沒回來。

兩週了吧，什麼報告需要做那麼久？

邵秦苦笑，這麼久還不回來只可能是在躲他了，他要是再不懂就不是遲鈍，而是笨了。

邵秦回憶江十七前後迥異的說詞找尋眞相……何以蔚喜歡他，還是不喜歡他？

雖然方才邵秦在江十七面前不動聲色，但是聽見江十七暗示何以蔚喜歡他時，心跳確實是快了一拍，莫名喜出望外。

他爲什麼覺得開心？他不是第一次被人喜歡，收到的告白次數多到記不清楚，對他而言，知道自己被人喜歡不是件特別開心的事。

可是他竟然因爲何以蔚可能喜歡他而開心，難道他喜歡何以蔚，還不只是朋友的那種喜歡？

邵秦很理性，經常從蛛絲馬跡推導出最接近眞相的答案，然而要不要接受這個答案，就不是理性能解決的了。

在他想著何以蔚手淫的夜晚後，好像有什麼東西改變了⋯⋯

邵秦依然不時想起那晚發生的事，何以蔚的呻吟也經常伴著他入眠。

何以蔚剛離開的前兩天，邵秦懷疑自己可能壓抑太久，才會對同性產生邪念。趁何以蔚不在，他不熟練地搜尋成人情色網，點開看了幾個影片，卻興致不大，下體半軟半硬，總覺得哪裡不對。

但是當他把影片裡被征服的對象想像成何以蔚的臉時，海綿體立刻充血，硬到不行。

他簡直快被逼瘋，很多事情一旦做了第一次後，第二次、第三次就不是那麼困難，比如一邊想著同性室友，一邊自慰。

每次釋放後，看著滿手白濁，邵秦都覺得自己又彎了一點。

也許，他根本沒那麼直？

何以蔚說過他不碰直男，如果他不算直男，何以蔚會和他上床嗎⋯⋯該死，他想這個做什麼？

他怎麼會覬覦朋友的身體，他怎麼會變成同性戀？

邵秦思緒紛雜，每每都被自己的想法給嚇到。

他不確定自己的性向，也不確定自己是不是真的喜歡何以蔚，唯一確定的是，他想把何以蔚找回來。

於是，他打開了何以蔚房間的門，兩人的房門都沒有上鎖的習慣，彼此也尊重對方隱私不會擅自進入，算是一種默契。不過現在是非常時期，爲了找到何以蔚，他只好把隱私權擱著了。

這是何以蔚搬進來後，邵秦第一次進到何以蔚的房間。

何以蔚的房間不大，沒有放太多雜物，大抵算是乾淨整齊，只有書桌上的東西多了點，放著一台電競等級的桌機，旁邊散落著書籍、紙筆、發票、保險套、杯子……

邵秦的目光落在發票上，他一張一張細看，發現其中幾張發票上有同樣的店名，顯然何以蔚很常光顧。

夜色？這是什麼地方？

邵秦搜尋了店名，很快就找到答案——是這個城市裡頗負盛名的gay bar。

邵秦只有在迎新的時候去過一次夜店，他不喜歡那樣喧鬧又花錢的地方，也不理解夜店有什麼好玩的，gay bar更是不可能去過。

如今爲了找回何以蔚，什麼地方他都會去。

Chapter 3

夜色在夜生活一條街上，馬路兩邊都是燈紅酒綠的夜店。走在路上的男男女女穿得花枝招展，或聚在一塊打鬧說笑，或像狩獵似地打量一個個陌生的臉孔，看見有興趣的對象也不介意拋去一個媚眼。

邵秦目不斜視，越過那些人，看準夜色招牌就逕自推門而入。他還沒適應大量玻璃和五彩燈光弄出的迷幻氣氛，就迎來靠近門口的幾人一聲聲熱情的口哨，進而引起許多人的注意，數十雙眼睛齊齊看向這個新面孔。

「帥哥，一個人？」

「身材眞好，約嗎？」

「要不要一起喝一杯？」

邵秦第一次被這麼多男人打量，而且是以一種特別情色的目光，那些目光彷彿已經扒開他的衣服，審視他的身體，邵秦有種全身赤裸被冒犯的不悅感。但他是來找人的，所以勉強忍著。

沒想到有位長相妖媚的單眼皮男子靠了過來，穿著短皮褲的下半身貼上邵秦，貪婪地將手放上他的胸膛，「帥哥，今晚讓我陪你吧？」

邵秦後退一步拉開距離，揮開那隻不規矩的手，神色冷冽，「不用。」

「不要人陪，那還來夜色做什麼？」

「我要找人。」

「看你一臉嚴肅，不會是來捉姦的吧？」妖媚男子話一出口，聚在四周的男人們都笑了。

「我想找他。」邵秦拿出手機點開何以蔚的照片，將螢幕轉向妖媚男子和湊過來的男人們。

「這不就是Neo嗎？」

「絕對是他！雖然照片看起來挺清純的，可是這張臉怎麼看都是Neo！」

何以蔚的臉太好認，幾個人紛紛叫出了他在夜色用的名字，其中不乏別有居心的人。

「帥哥，這張照片能傳給我嗎？我想收藏。」

邵秦聽了有些不悅，連忙收起手機，果斷拒絕，「不行。」

知道邵秦來夜色是爲了找何以蔚後，妖媚男子上下打量邵秦，「你是被玩膩甩了吧？別難過，我願意接收。」

玩膩？被甩了？他是連玩都還沒被玩就被甩了吧？

邵秦不知道自己爲什麼冒出這樣的念頭，縱使心理活動旺盛，也不妨礙他及時掐滅對方不該存有的妄想，「抱歉，我不喜歡你。」

邵秦剛說完，圍觀的群眾裡就發出訕笑聲，有些人含蓄地轉過頭，也有人大咧咧地笑出聲來。

妖媚男子表情一垮，覺得很沒面子，臉上爲了顯白擦上的過厚粉底被擠出幾道皺褶，他勉強撐起笑容，再次把手撫向邵秦的胸肌，「別那麼無情，就算你不喜歡我這個類型，也可以偶爾換換口味，我技術很好。」

「他在哪裡？」邵秦從沒和同性有過這樣的互動，被摸得火氣有些上來，抓住那隻不規矩的手，用力一扭。

「哎喲，快放手，你抓得我好痛。我怎麼知道Neo在哪裡？反正他不是在開房，就是準備要去開房！」

邵秦沒想到會聽到這樣的話，心中無名火起，這次帶上怒意，又問了一次，「他在哪裡？」

「Neo和新歡在最裡面的包廂。」有人好心說了一句，還用手指給邵秦指了方向。

邵秦一聽，立刻放手，往圍觀群眾說的包廂走去。

夜色的包廂不多，就五間，都需要事先預訂，且常客優先，有錢還不見得能訂到。包廂位於隱密的角落，和吧檯、舞池是相反的方向，愈往裡面的包廂愈大間，定價也愈高。

今晚，何以蔚和五六個朋友臨時起意要來夜色，本來打算訂個小包廂就好，無奈預約全滿。他們退而求其次打算在舞池邊的沙發座將就窩著，沒想到遇見方棠，何以蔚一群人便被邀請至大包廂。

何以蔚原本不怎麼樂意，不過看朋友們很高興，也就沒反對，跟著方棠一起進入包廂內。

「你們還有人沒到嗎？」

「爲什麼這麼問？」

「你和你朋友總共就三個人，有必要訂最大的包廂嗎？」看看這間包廂，差不多可以坐二十幾個人吧？如果原本只有方棠和朋友三人，那不是空曠得跟教室差不多嗎？也不是浪不浪費錢的問題，只是感覺有點沒必要。

「我不知道你會帶幾個朋友，空間大一點也好。」方棠笑了笑，堪稱風度翩翩。

「我沒和你約。」別說約不約了，何以蔚根本沒留方棠的聯絡資料。

那晚激情後，何以蔚故意撐著沒睡，等方棠熟睡後就穿衣走人，回到自己的精品小豪宅睡到下午。

隔日方棠獨自在大床上醒來時，看著身邊空蕩的床感到既錯愕又茫然，最後見到壓在他床頭櫃上的一百塊時啞然失笑——他不只是被丟包，還被當鴨子了。

方棠和何以蔚在包廂裡挨著坐定，他很聰明，不和何以蔚討論約不約的問題，略帶哀怨又不失幽默地爲自己付出的勞動感到不值，「我就算下海，也不該只賺一百吧？這個時薪換算下來遠低於基本工資啊！」

「那不是嫖你的錢。」何以蔚笑得張揚，神情放縱不羈間有股灑脫魅力，讓人移不開視線。

「那是？」

「嘉許你表現良好，讓你買瓶蜆精補一補，一百塊很夠了。」何以蔚一邊說，一邊翻開桌上的菜單準備點餐。不知道爲什麼，只要想到這間包廂是算方棠的帳，便樂得想點滿一桌酒菜，「我還沒要你把找的錢還我，算是對你不錯了。」

方棠笑了笑，也不介意，「那你下次留個紙條，我才知道要買蜆精，而且只買一罐。」

「沒有下次，我不想跟認識的人做。」何以蔚知道自己家裡和方家有來往，他和方棠以後在各種場合都可能碰上，沒辦法像以前那樣約炮約得沒有心理負擔。

「我沒關係，你就算把我用膩甩了，我也不會去打你的小報告，以後見面該怎樣就怎樣，兩家人還是朋友。」

方棠這是什麼意思？何以蔚看了對方一眼，似打量也似探究，末了只淡淡開口，卻是文不對題，「我要點餐了。」

「盡量點。」方棠大方按鈴讓服務生進來。

既然方棠都這麼說了，何以蔚和其他人也就不客氣。沒多久，餐點和酒品就擺滿包廂裡的大長桌，才剛喝了幾杯，邵秦就進來了。

邵秦推開包廂門時，燈光昏暗，煙霧繚繞，大型電視螢幕上播放著不知道誰點的歌，點了又不唱，只有衝破耳膜的重低音和穿腦的電子音襲面而來。

半明半暗的燈光，方便明裡暗裡的交流。很多時候，不需要看得太清楚，一個眼波流轉，勾勾手指，你情我願的事才好進行下去。

包廂裡最顯眼的就是超大型的半圓形沙發，沙發上約莫坐了十個男人，穿著或時尚或潮流或暴露。有的兩兩坐在一起，有的三四個湊作一塊，互相餵食灌酒或者趁說話時上下其手，還有人衣服已經脫了一半，正跨坐在男人大腿上。

邵秦懂得非禮勿視，目光快速掃過一張張臉，找到何以蔚後便逕自朝他走去。

何以蔚和方棠坐在一起，他們的朋友則坐在包廂的兩端——八成是看出這兩人有一腿，也知道何以蔚和方棠雖然看著隨和，但其實都挺有個性，也就沒人不識相地介入。

何以蔚今晚穿了一件黑色網狀鏤空上衣，搭配一條低腰緊身皮褲，身體線條若隱若現，比沒穿還要引人浮想聯翩，讓人移不開視線。雖然外面套了一件寶藍色亮面外套掩住了部分身體曲線，然而這樣半遮半露反而更讓人想看清楚衣服下的風光。

何以蔚脖子上穿戴黑色皮質頸鍊，略長的眼形畫上眼線，斜斜看人時那眼神特別魅惑。

這不，方棠就一直湊在何以蔚身邊沒離開過。

「離他遠一點！」

邵秦一走近便發現方棠將手放在何以蔚後方椅背上，身體挨得極近，像是在宣告何以蔚是他的人。

方棠抬頭，沒有要離開的意思，對著不速之客冷聲問：「你是誰？」

何以蔚看見邵秦時，第一個反應是懷疑自己太想邵秦以至於產生幻覺，畢竟這幾天他已經數次以爲自己看見邵秦，待走近確認後才發現認錯人。於是，他愣愣地看著邵秦往他身前走來，熟悉的眉眼愈來愈清晰，這才反應過來，「你怎麼在這裡？」

邵秦心裡難過，他覺得這間包廂、甚至整間夜色裡，都沒有一個人配得上何以蔚！但又莫名生氣，爲什麼何以蔚要自甘墮落來這種地方？

他忍不住脫口而出，像極了質問：「我才想問你怎麼在這裡，你不是在做報告？報告做到這裡來了？」

「報告做完了需要放鬆。」何以蔚迎著邵秦的目光，心中忐忑，卻逼著自己笑得從容不迫。

被晾在一旁的方棠感到很不爽，想刷存在感，也想替何以蔚解圍。他以爲邵秦是何以蔚的追求者，便朝邵秦示威似地笑了笑，「我是他男朋友，你要不要說說你是誰？」

聞言，邵秦心揪了一下，手心、背脊開始發涼，何以蔚有男朋友了？

何以蔚和男朋友出來玩又怎麼了？他和何以蔚只是普通朋友，有什麼立場說要帶走何以蔚？

邵秦的心開始動搖，難道他今天不該來嗎？

氣氛凝滯，包廂裡其他正在玩鬧的男人們也停下動作，趕緊好好坐回沙發，整理凌亂的衣衫。大夥一聲不發，有志一同地看著事件中心的三人，這是什麼捉姦現場嗎？高解析度還不用加會員付費就能搶先看？

方棠的條件自然是不用說，有錢、出手大方、長得還帥，而且對人客氣，是那種就算被他拒絕了你也會笑著接受，覺得是自己不夠好的人。

至於邵秦，雖然其他人對他不了解，但他這樣的外貌和身材也就夠了。

何以蔚的朋友沒有這麼忌妒他過，兩株天菜都爲他爭風吃醋啊！

「他不是。」

何以蔚適時地打破沉默，將邵秦從絕望帶來的暈眩中拉了回來，也讓一眾看戲的人推敲出目前戰況——方棠輸了？

不只是方棠的朋友們驚訝，作爲被正名非男友的方棠也感到訝異，他原本以爲何以蔚會接受他的好意，不會當場拆他的台。

「小蔚？」方棠瞪大眼睛看著何以蔚，想從何以蔚裝作不在意的表情裡看出眞相，同時不著痕跡地打量起邵秦……難道何以蔚對這個人有意思？

既然何以蔚說不是，邵秦就有了底氣，銳利的目光射向方棠，「你是誰，爲什麼說是他的男朋友？」

「初次見面，我是方棠。」幾秒的時間裡方棠已經反應過來，臉上擺出禮貌的微笑，態度轉換自然優雅，彷彿剛才被拆台的不是他一樣。說完，還轉向何以蔚，「小蔚，是不是要幫忙介紹一下你的朋友？」

「你們不需要認識。」何以蔚一點面子都沒留給方棠。不是因為討厭方棠，而是真的覺得這兩人最好不要搭上線，就像他白天和晚上的生活最好涇渭分明，別攪和在一起。

方棠又是一陣尷尬，但他開始有點習慣這樣不按牌理出牌的何以蔚了，就只笑了笑。

邵秦看著何以蔚對方棠不冷不熱的態度，以及方棠先是氣燄高張後又故作大方的樣子，便知道他們應該真的不是情侶。

釐清兩人關係後，邵秦決定進入正題，突然上前抓住何以蔚的手腕，「跟我回去。」

「為什麼？」何以蔚有點緊張，他不知道邵秦的目的是什麼，隱隱有了期待，又擔心期待落空。

「我有話想跟你說。」邵秦見何以蔚在聽，似乎有轉機，又補了一句，「回去說，不要在這裡。」

從邵秦進包廂後，何以蔚的目光就一直黏在邵秦身上。他看見邵秦似乎對自己很在意，卻又怕只是錯覺。

如果邵秦有話想對他說，他也同意不適合在夜色裡說——他不想和旁人分享他們的事情。

於是何以蔚點了點頭，努力讓聲音不要透露太多情緒，起身走向邵秦，「走。」

包廂裡的人們錯愕地看著兩人一同離去，方棠獨自坐在原本的位置上不發一語，沒有人敢和他搭話。

不久後，臉色難看的方棠出包廂把錢付了，便沒再回包廂裡。

邵秦拉著何以蔚的手，坐上計程車回到公寓，一路上都沒說話，也不放手。

何以蔚看著邵秦的側臉，一度想開口，但看見計程車司機那打量後視鏡的動作，就忍著沒發作，一直忍著到進了兩人住的公寓。

客廳燈光亮起，景物依舊，卻彷彿已經過了好久好久。

何以蔚咬了咬下唇，讓微微的痛覺找回一點現實感，抬眼盯著邵秦，「你想說什麼？」

邵秦原本醞釀了很久，要和何以蔚好好談，然而在明亮的燈光下看清何以蔚這身擺明就是去勾引人的打扮，就按捺不住滿肚子怒氣和妒忌，「你去那種地方做什麼？」

面對別人，何以蔚可以說出好幾個理由，面對邵秦，那些赤裸直白的理由他一個也說不出口，下意識搪塞，「沒什麼。」

「不要以爲我不懂，那些人，尤其是你旁邊那個，看你的眼神就不對勁！」邵秦還記著在包廂裡，何以蔚和別的男人有多麼親密，天知道他多想分開他們兩個！

要是目光能殺人，方棠早就死過千百次了。

何以蔚沒發現邵秦話裡濃濃的醋味，而是處在突然被點破的措手不及裡，既慌且羞，索性破罐子破摔豁出去了，「好，既然你懂，我就直說了，我和他做過。一夜情，這也懂吧？」

邵秦不敢相信自己聽見的，抓著何以蔚的手上用力，幾乎是用吼的說出：「不懂！不想懂！」

「放手！」何以蔚吃痛，手臂用力往外扭，想掙開束縛。

「不放。」邵秦抓得死緊。

「你特地從夜色把我帶回來就爲了教訓我，這就是你想說的話？說完了嗎，我可以走了吧，還是你想限制我的自由？」何以蔚也一肚子火，他那點粉紅色小期待，早在邵秦的責問下消失得一點不剩。

聽見何以蔚一連串的質問，邵秦陡然驚醒，立刻鬆開抓著何以蔚手腕的手。眼裡情緒湧動，執著地看著何以蔚，欲言又止，好不容易才吐出一句話，「我不行嗎？」

何以蔚懷疑自己聽錯了，邵秦要和他約？

何以蔚不信，他想，反正他沒救了，就讓邵秦對他的印象差到底吧，這樣他們就可以乾脆地分開，不要再見面。

於是，何以蔚微微仰頭，拉開下頜和喉結間性感的線條，舔了舔嘴唇，修長手指貼上邵秦胸口，挑逗地往上滑，勾上邵秦的脖子，故意笑得放蕩，「你可以？」

邵秦看著近在咫尺的唇有股想吻上的衝動，心跳得飛快，他不確定何以蔚這是什麼意思，可以什麼？

何以蔚看邵秦沒反應，鬆開勾住邵秦的手，露骨的目光由上而下，最後停在邵秦的褲襠間，嫌棄地說著，「你先把自己弄硬再來吧！」

何以蔚揉了下還殘留著痛感的手腕，自嘲地笑著，語調輕佻：「我都這樣勾引你了，要是彎的，早就撲上來了。」

語畢，何以蔚見邵秦愣住，才覺著後悔。他今晚是怎麼了，怎麼所有不該說的話都說了，這下他和邵秦連朋友都做不成了吧？

自己說的話，就算再後悔也得承受。

何以蔚努力維持不在意的表情，瀟灑轉身，準備離開公寓，回他的小豪宅睡覺——如果還睡得著的話。

「那我就當你同意了。」

「同意什麼？」何以蔚的眉頭微微皺起，轉頭問了一句，沒想到剛好碰上邵秦俯身湊上來的唇。

兩人雙唇相觸，唇瓣柔軟甜美的觸感讓人貪婪地想要更多。邵秦手指輕撫何以蔚的臉頰，順勢勾起下巴，讓他不能躲開接下來的攻勢，也讓兩人的唇貼得更近。

邵秦將何以蔚推向他身後的牆，何以蔚措手不及地被邵秦的氣息籠罩，那是他有點熟悉卻從來不敢太靠近的味道，有著森林的清新和淡淡的檸檬香。

何以蔚背抵著牆，身前是邵秦隱隱透出熱度的健壯身軀。邵秦一隻手扣住何以蔚的下巴，另一手則壓制住何以蔚的手，將他固定在牆上，無處可逃。

何以蔚也沒想要逃，由於兩人幾乎快貼在一起，他這才發現邵秦肩膀很寬，胸肌厚實，動作充滿雄性的侵略性，既強勢又溫柔，他就算做夢都夢不到這樣的邵秦。

邵秦閉眼吻著他，珍而重之，緩慢又纏綿。一開始只是簡單地將唇貼上，輕輕蹭舔，接著加大了力度吸吮舔弄，最後是細密連綿的吻。

何以蔚很困惑，他都破罐破摔不抱希望了，邵秦為什麼突然吻他？

他想張口問問邵秦是什麼意思，邵秦的舌頭就趁機探入，強勢中帶點笨拙，可愛得要命。

何以蔚回過神後，立刻給予回應。

他不管邵秦會不會後悔了！不把握送上門的鶴，將來後悔的是他！

在唇舌交纏的淫靡探索間，一陣陣酥麻感從口腔蔓延開來，何以蔚空著的一隻手搭上邵秦後腰，隔著衣服往上摸，含蓄地感受邵秦緊實的背肌。

邵秦受到鼓勵，將身體完全貼向何以蔚，兩人都感覺到對方近乎燒灼般的熱度，也能感覺到對方已經充血勃發的性器。

邵秦下身蹭了蹭何以蔚，帶著情慾的聲音比平時低啞性感，「我硬了，這樣可以了嗎？」

何以蔚聽過更多不堪入耳的助興情話，然而他沒做好邵秦會跟他聊這方面話題的心理準備，又羞又臊，臉頰、耳根和脖子紅了一片。

「可以。」何以蔚沒這麼害羞過，簡單不過的兩個字因爲害羞，都用氣音說了。

「聽不見。」兩人靠得那麼近，邵秦當然聽見了，不只聽見，他還知道何以蔚也硬了，但他就是想裝聽不見。

爲什麼？當然是因爲喜歡，他想繼續看何以蔚害羞的樣子，他想再聽幾次何以蔚說可以，他想看何以蔚情動難耐的樣子。

所以，他稍微使壞也是可以被原諒的吧？

何以蔚原本眞以爲邵秦沒聽見，一抬眼，看見了邵秦眼中的笑意，知道自己被捉弄了。

於是何以蔚把不小心撿回來的羞恥心再次狠狠丟出去，深吸一口氣，氣勢如虹，「可以！」

邵秦卻不放過他，親親他的嘴角後，在他耳邊輕輕壞笑，「可以什麼？」

他不知道他的鶴什麼時候學壞了，還是男人天生在這種時候都特別欠揍？

不過何以蔚身經百戰，什麼露骨的話沒說過？何以蔚勾起嘴角，拋了個飢渴的媚眼，不甘示弱，「我想和你上床，可以嗎？」

邵秦眼裡的慾望更盛，黑眸透著幾分危險，湊近何以蔚耳邊，低沉有磁性的聲線擦過耳膜，宛如魔鬼一字一字誘人墮落，「我也想，想得要命。」

那還等什麼？

邵秦的吻繼續落下，放開了抓住何以蔚的手，不客氣地伸進何以蔚的衣服裡。他先是在覬覦了很久的腰肢上徘徊流連，另一手往上來到胸口，揉捏淡粉色的突起，感覺何以蔚的身體敏感得想要躲開，立刻不放棄地繼續逗弄，直到手中蓓蕾挺立變硬。

何以蔚輕輕喘氣，幾近氣音的呻吟含蓄壓抑還特別誘人。

得到鼓勵的邵秦更加投入和賣力，親了又親，貪戀每一次唇齒交纏。

邵秦沒有經驗，這方面的技巧基本等於零，但何以蔚卻被撩撥得不行，比以往每一次性愛都興奮、敏感、難耐。

何以蔚的手一獲得自由就去解邵秦的襯衫釦子，同時邵秦也脫掉了何以蔚的外套，沒多久兩人就互相解開對方的褲子。

冬日裡褪去衣衫，肌膚接觸冷空氣感受到微微涼意，體溫卻不降反升。

何以蔚想脫掉還掛在身上的上衣，被邵秦阻止，「穿著，好看。」

簡單四個字，沒一個情色字眼，然而這話又讓何以蔚覺得邵秦根本是調情高手。他全身上下只穿著一件漁網似的上衣，若隱若現，沒遮的比遮住的還多，和穿著情趣裝差不多，這樣怎麼好看？分明就是色情！

何以蔚再次覺得邵秦肯定是被誰帶壞了，而且那個人好像是他……他半放棄地問：「你喜歡？」

「喜歡。」邵秦想也不想就回答了。怎麼不喜歡？穿給他看的當然就喜歡了。

既然邵秦喜歡，何以蔚就順著邵秦的意。

邵秦低下頭來，不用掀衣服就可以直接含住胸口那抹誘人的粉色，靈巧的舌頭不停地逗弄敏感的乳尖。

酥麻的強烈快感襲來，甜膩誘人的呻吟失控地流瀉而出。何以蔚在床伴面前這麼叫時不會覺得哪裡有問題，但在幾個小時前他和邵秦只是普通朋友兼室友，突然叫得這麼不矜持實在有些丟臉，臉上一熱，連忙緊緊咬住下唇。

邵秦發現了，手指覆上那被咬出牙印的唇，輕輕撬開何以蔚的嘴，「叫出來，我喜歡聽。」

「喂，你眞的是邵秦嗎？」何以蔚覺得他的鶴一定被掉包了。

「抱歉，我根本就是一個色情狂。」邵秦覺得自己沒救了，他不知道自己原本就是這樣，還是何以蔚讓他變成這樣的？

「沒關係，我喜歡。」何以蔚雖然在心裡嚷著他的鶴學壞了，不過沒關係，他全都喜歡。

何以蔚任憑邵秦親吻撩撥、烙下印記，一邊伸手撫向邵秦，沿著結實的胸腹肌肉往下，探進內褲握住硬燙的性器，極有技巧地上下擼動，從根部到溼濘的鈴口都好好照顧了。

邵秦從沒想過用手會這麼舒服，突如其來的快感襲來，不由得發出低喘，趕緊在高潮前抓住何以蔚的手，「別鬧。」

「我幫你。」何以蔚眨眨眼，他當然沒有錯過邵秦那聲帶著快慰的喘息，笑問：

「不喜歡？」

邵秦直勾勾地看著何以蔚，「我想進去。」

他想進去哪裡不言而喻。何以蔚瞇起眼睛，舔舔嘴唇，儘管心癢難耐，仍不免思考第一次同性性愛就進行肛交對一個直男會不會衝擊太大？

「你確定？」

「我查過資料。」邵秦說到這裡頓了頓，神情有些懊惱，「我去買點東西。」

何以蔚笑了，拉住邵秦，眼神一勾，語帶曖昧，「我房間，書桌左邊第二個抽屜。」

朋友嘛，借個套子和潤滑液是很正常的——反正是用在他身上。

「好。」邵秦一把抱起何以蔚往自己房間走。客廳是木質長椅，躺著不舒服，他捨不得何以蔚難受。

邵秦快速拿了保險套和潤滑液後回到房間，看見何以蔚已經趴跪在床上，下腹墊著枕頭，瑩白的背脊凹成漂亮的弧線，臀瓣間的穴口含羞帶怯任憑開拓——縱使何以蔚經驗豐富，面對邵秦還是很羞澀地選擇了背對的姿勢。

這個畫面太過撩人，邵秦努力忽略硬得脹痛的性器，按著網路上查到的方法，將潤滑液擠在指腹，慢慢畫圓探入穴口。他原本對於同性間的性愛感到忐忑，但看著那吃進手指的穴口，發現自己不反感，反而口乾舌燥、急不可待。

邵秦耐著性子做足準備，就怕沒擴張好會弄痛何以蔚。好不容易他才感受到肉壁從緊緊夾著手指，到放進三指弄出水聲啪答啪答響個不停，覺得時間特別漫長。

「好了，快進來。」何以蔚被慾望弄得不上不下的，豔紅泛著水光的穴口一張一闔，本能地渴望著更粗硬炙熱的東西。

邵秦立刻戴上套子，就著溼濘的穴口，挺腰沒入，隨之響起的是兩人滿足的喘息。

邵秦感覺性器被穴肉緊緊包裹著，光是緩緩抽送就帶來絲絲快感，舒服得像要把人逼瘋，理智盡退僅存本能。他看著何以蔚，目光貪戀充滿占有欲，那些夜裡的想像總算成眞，現實甚至比幻想更加甜美。

「以蔚，你知道嗎？你裡面好熱、好緊。」

「啊……邵秦……」何以蔚好幾次都想在交歡時喊邵秦的名字，但是他的理智總是阻止他這麼做，不只是不想讓床伴知道邵秦的存在，也是因爲覺得那樣的自己太淒涼。

而今，他總算可以在床上喊邵秦的名字。

邵秦聽見呼喚，俯身在何以蔚漂亮的脊線上落下一個個親吻作爲回應。伸手在他胸前撥弄，柔嫩的乳尖被玩弄得紅腫挺立，下身持續或輕或重地挺送，聽著何以蔚爲他發出的呻吟。

不管何以蔚和誰上過床，今晚，他是屬於他的。

邵秦將何以蔚抱起，換了面對面的姿勢。此時的何以蔚在邵秦眼中又是另一種風情，潮紅的臉、帶著水氣迷濛的眼神、吐出美妙呻吟的唇、線條誘人的鎖骨、略嫌瘦削偏又性感撩人的身體，每一樣都比想像中可口，足以令他慾火焚身難以自制。

何以蔚雙手勾上邵秦的脖子，配合性器律動主動迎合，引誘邵秦頂弄讓他舒服到顫慄的敏感點，「邵秦，給我——」

沒有幾個男人能拒絕這樣的請求。邵秦抬起何以蔚的長腿壓向胸前，讓性器進出得更順暢深入。他看著何以蔚的反應調整位置角度，找到敏感點後立即發起進攻，肉體撞擊聲不絕於耳。

「啊，啊——」何以蔚感覺一陣陣快感襲來，即將攀向高峰，身體緊繃著，連腳趾都舒服得蜷曲縮起。

沒多久，前列腺不堪刺激，何以蔚被插射了，鈴口噴出兩三股白濁，弄得兩人下腹一片淫黏，空氣中也染上腥臊氣味。

邵秦見狀，總算不再忍耐，低低叫著何以蔚的名字，快速挺送，一起迎向高潮。

兩人就著釋放時的姿勢抱著躺了一會，享受高潮後的餘韻。

邵秦緩過勁後，下身又有些蠢蠢欲動，吻了吻何以蔚的嘴角，在他耳邊輕輕問著，「再來？」

何以蔚樂得配合，唇角一勾，媚眼如絲，「好。」

兩人正值血氣方剛，都是不知饜足的年紀。

夜，還很長。

隔日，何以蔚在邵秦的床上醒來，一時之間沒認出來這是什麼地方。

他躺在一張單人床上，第一眼看到的是因爲老舊而有些斑駁的天花板，意識朦朧間慢慢辨認身處的環境。

他身上是一件有著淡淡清香的淡藍色被子，房間不大，書架上是擺放整齊的法律書籍，床邊是一套書桌椅，他昨晚穿的那件洞洞衣好好地掛在椅背上。

看到那件衣服，何以蔚就醒了大半，猛然從床上坐起，一宿貪歡的報應就來了。腰像閃到似的不對勁，兩條腿痠軟無力，身後的穴口也熱辣辣地痛，昨夜那些千奇百怪的姿勢和屢屢高潮的回憶都回來了。

邵秦呢？去上課了吧？

何以蔚往身後一摸，居然挺乾淨的？皮膚不黏膩，被過度使用的腸道雖然腫痛，但沒有流出男人的東西。

不知道什麼時候被清洗過了，眞是體貼啊！何以蔚忍不住在心裡默默幫邵秦按讚、給出五星好評，但不分享——他才不想讓別人知道邵秦的好。

扶著腰緩緩下床，何以蔚慢慢站直適應，兩條長腿還是有些闔不攏，不過忽略掉隱密處的疼痛，勉強還是能好好走路。

他不知道自己爲什麼要小心翼翼地打開邵秦的房門，又快速閃身回到自己房間，直到關上門來才鬆了一口氣。明明是熟悉的地方，他在陌生炮友家醒來都沒這麼緊張過。

打開衣櫃，何以蔚沒心情挑衣服，只隨手拿了件棉質長袖上衣和破洞的牛仔褲換上，又從衣架上扯下一件黑色毛呢大衣，不知道爲何有種作賊心虛、只想趕緊離開的想法。

偏偏怕什麼來什麼，才剛走到客廳，公寓大門便在這時打開。

邵秦從外面回來，手上拿著一袋食物，見到何以蔚時微微一愣，「你起來了，還沒吃吧？廚房沒食材，我下樓幫你買了早餐。」

猛然定格的何以蔚，心跳得厲害，眼神和邵秦的視線一碰上就害羞得移開，「是剛起來……」

「你要出去？」邵秦發現何以蔚背著背包，像是要出門的樣子。

「不急。」何以蔚心虛地笑了笑，看了眼時間，發現是邵秦的上課時間，「你沒去上課？」

「教授請假，下週補課。」邵秦坦蕩地解釋，然而就算沒有停課他也考慮翹課，他知道比起錯過一兩堂課，錯過何以蔚他會更後悔，「我不想讓你獨自醒來，尤其是昨晚我們——」

「昨晚是個意外，我們可以當作沒發生過。」何以蔚搶過話，說出渣男的經典台詞，但他是爲邵秦著想。好好一個直男，沒必要走上和他一樣的彎路。

邵秦的腰還殘留著縱慾後的疲憊，他還記得何以蔚昨晚的熱情，實在沒想到何以蔚居然要他當作沒發生過？

邵秦迅速歸納出重點，冷靜陳述，「你睡了我卻不想負責？」

「我們都是男的，沒有鬧出人命的危險，我一個被壓的都不要你負責了，你不用壓力太大，偶爾走偏也沒什麼，你還是可以找個女生好好過日子。」何以蔚原本理直氣壯，可是在邵秦一臉受傷的表情下，愈說愈心虛，愈說愈小聲。

「我不是想負責。」邵秦的聲音低而沉，宛如大提琴拉奏時的聲調，舒服平緩且讓人陶醉，但此時夾帶著心碎。

「等等，你不想負責？那還有什麼問題？」何以蔚只想奪門而出。

「昨晚不是意外，我喜歡你，所以才會和你發生關係。」邵秦拉住何以蔚，凝視著那張他想了無數夜晚的臉，語氣溫柔如糖似蜜，大概還摻了酒精，才讓何以蔚有微醺般的飄飄然，「我可以和你交往嗎？」

「我、我是男的。」何以蔚緊張到說話打結，差點咬到自己的舌頭。

「我像是看不出來嗎？」邵秦笑得開朗好看，理直氣壯地說出讓人臉紅心跳的話，「就算沒看出來，我昨晚也檢查過了，你的性別我很清楚。」

「那你還要和我交往？你明明就不是同性戀。」

「我原本也以爲不是，但我喜歡你，如果這樣算同性戀的話，那我就是同性戀吧。」

有什麼告白比這樣的話還甜蜜呢？何以蔚想不出來，從來沒有人這樣對他說。

何以蔚幾乎要答應了，他也不想在這個時候煞風景，可是有些事情還是得交代清楚，「我和很多人上過床，你不介意嗎？」

邵秦的心痛了一下，他去了夜色就知道何以蔚肯定不只江十七一個炮友，只是聽何以蔚親口說出來時仍不免難過。

但他是邵秦，他會提出交往要求，自然各方面都考慮過了，也知道自己的人生軌跡很可能因此改變，無奈思來想去後他還是想要何以蔚，他是眞的動了心。

「以後想要就找我，好嗎？」

何以蔚不記得自己多久沒有固定性伴侶了，不過他想，如果是邵秦，他可以再試試看。

原來這就是被愛的感覺。

明明很開心，他心裡卻有些酸酸的。

何以蔚吸了下鼻子，顫抖著聲音，「好。」

邵秦第一次告白很緊張，正等著回覆，卻看見何以蔚眼眶瞬間紅了，黑眸附著一層薄薄水光，眼睛一眨，一滴晶瑩淚珠便從眼眶滑下。嚇得他手足無措地用手指擦掉何以蔚臉頰上的淚水，「別哭。」

「我沒有。」何以蔚不承認，他沒有那麼脆弱，也覺得自己不該哭，但就是太高興了。

「好，沒有哭。」邵秦只顧著安撫人，等何以蔚情緒平復後換他激動了，「我聽到了，你答應和我交往？」

「嗯。」何以蔚點頭。

邵秦笑容燦爛，歡呼一聲，兩手一圈，將何以蔚抱進懷裡，低頭吻上。

直到何以蔚覺得自己快喘不過氣來，邵秦才結束這個綿長炙熱的吻，唇舌分開時拉出了一條銀絲，兩人的唇都被對方吻得溼潤且略有些紅腫。

「要我都找你，就不怕被我榨乾嗎？」何以蔚故意擺出一副如狼似虎的樣子，想調戲他的鶴。

邵秦眨了眨眼，彷彿純良無害，「我記得昨晚是你先說不要我才停的。」

何以蔚突然想起好像是這麼一回事，面上無光，頓了頓才硬是補了一句，「我、我是怕你太累。」

「哦？」邵秦笑了，他就是覺得語塞的何以蔚很可愛，「以後你是有男朋友的人了。」

男朋友？好陌生的詞彙——聽起來很不錯。

何以蔚不是第一次談戀愛，卻是第一次知道原來他也能把戀愛談得如膠似漆、你儂我儂。

他以前總覺得那些黏黏膩膩一秒都捨不得分開的男男女女太做作、太惹人厭，想不透那些人談戀愛以前的日子是怎麼活的？

大概是累積了太多腹誹，遭了報應，終於換他一頭栽進愛情裡，愛得心無旁騖、如痴如醉、甘之如飴。

每天早上他都會在邵秦懷裡醒來，通常在邵秦床上，偶爾在自己床上，端看前一晚他倆選了哪間房。

一位一米八的大男人睡單人床都覺得不夠舒坦，何況兩位？兩人要是躺平就會有半個人懸在床外，然而沒人嫌擠，反而順理成章地臉貼臉、肉貼肉，自然而然情慾躁動。

若是何以蔚先醒，他就靜靜地看著邵秦的睡臉，手指輕輕撫過早已鐫刻在腦海裡的眉眼，順著鼻梁，輕輕擦過淡粉薄唇，停在喉結上。反覆數次，直至邵秦醒過來才停手。

彼時，兩人視線相對，眼裡只有對方。

邵秦喜歡輕輕撫摸何以蔚，任憑雙手在何以蔚的脖頸、鎖骨、乳尖、下腹遊走，有時不小心撩撥過頭，又是一場翻雲覆雨。

如果早八有課，他們就用手，或嘴。

接著，兩人一起洗澡，明明已經熟悉對方的身體，卻怎麼都看不夠，怎麼都摸不膩，光裸的身體在水珠和泡沫妝點下，成爲最勾人性慾的甜點。這個澡有時會洗得比想像要久，讓從不遲到的邵秦屢屢破戒。

只要何以蔚喊餓，邵秦顧不上穿衣服就裸著上身爲他做早餐。

何以蔚會湊在餐桌邊欣賞，有時也進到廚房裡，下巴掛在邵秦肩上，從背後環抱並甜膩地說著，「我飽了。」

「剛不是說餓了？」

「眼睛吃飽了。」

邵秦轉身回抱，手沿著何以蔚的腰線從褲腰滑入兩團雪丘之間，語氣認眞誠懇，如同與課堂上的教授討論問題一樣，「這裡也飽了嗎？」

「你學壞了。」

邵秦輕笑，他平常不笑就好看，笑了更好看。只爲何以蔚嶄露的笑容特別溫柔，眼裡都是寵溺，彷彿永遠不會變。

一瞬間，何以蔚又被電了一下，小心肝顫了顫，直直看著邵秦，看傻了。

邵秦在何以蔚嘴邊落下一吻，不帶情慾，只輕輕觸碰便分開，「不喜歡？」

「喜歡。」他簡直不能更喜歡。

日子美好得不可思議，邵秦很忙，何以蔚特別珍惜兩人相處的時間。

他能背出邵秦的課表，在難得的空堂約在學校碰面，吃點東西，或者去圖書館，邵秦看書，他看邵秦。有堂課碰巧在同一棟大樓上課，他就會偷偷去看一眼他的男朋友，見到了心情就很好，儘管那堂課特別無聊，他也能笑著撐過去。

每到中午就是理所當然的約會時間，再怎麼忙飯還是要吃的。

午餐通常就在學校附近解決，去邵秦常去的店，也去何以蔚常去的店，他們會向對方介紹店裡的特色、喜歡的餐點、和誰來過、發生的趣事，話題多到聊不完。

他們也聊以後要做什麼，邵秦想當律師。

「我想幫助人。」邵秦頓了頓，目光悠遠，似乎看著未來的藍圖，「我想幫助不懂法律的弱勢群體，爲他們爭取權益，尋求公平審判的機會。在法庭上，每一次判決都會影響一個家庭，我希望可以幫助我的當事人爭取應有的權益，減少不應該破碎的家庭。」

何以蔚看見邵秦眼裡閃閃發光，彷彿也見到邵秦神采煥發地披上律師袍。何以蔚勾著邵秦，笑著揉了一把邵秦的臉，「我男朋友人眞好。」

「只是可能賺不了什麼錢。」邵秦似乎頗有覺悟，尷尬地補了一句，「大概還是得接一些正常的案子補貼。」

「沒關係，你想做什麼就做什麼。」不管邵秦想做什麼，何以蔚都支持。

「那你呢，你以後想做什麼？」

「貴事務所還缺人嗎？工作內容就……」何以蔚很快就爲自己找了份工作，頓了頓，笑得眉眼彎彎，「負責貌美如花？」

邵秦被逗得嘴角上揚，眼睛微微彎起，「這個職缺可以爲你保留，只是本所的福利待遇可能不會很好。」

「不發薪水也沒關係。」何以蔚朝邵秦眨了眨眼，語帶曖昧，「老闆肉償就好……」

晚上邵秦去做家教，何以蔚沒去夜色也不再用約炮APP，閒著無聊就想找點事情做。

他偷偷去上了烹飪課，想做菜給邵秦吃。無奈從小命好沒進過廚房，連連劃了自己幾刀，幸虧傷口都不深，拿OK繃貼上就好。

何以蔚的料理成品差強人意，老師既不想砸了自己的招牌，又覺得何以蔚看來斯文乾淨且愛笑，特別招人喜歡，便讓何以蔚將課堂上做的示範菜餚帶回家。

雖然過程不順利，結果是好的就可以了。何以蔚在客廳裡等邵秦打工回來後，稍微將菜加熱，端到餐桌上兩人一起吃。

「你做的？」見那刀工漂亮的魚球和寬度精準控制在零點五公分的青椒炒肉絲，邵秦毫不掩飾地面露訝異。

「我差不多都會了。」何以蔚笑了笑，他有信心可以把作法說一遍。

「你的手怎麼了？」邵秦看見何以蔚故意藏在身後的手，心裡沉了一沉，語氣嚴肅且不容拒絕，「我看看。」

「沒什麼，一點小傷。」何以蔚覺得丟臉，不想被邵秦知道他長這麼大還能一而再地切到自己的手。

邵秦連忙上前抓住他的手，看到手指上貼著三四個OK繃，邵秦心疼不已，「你別再去上課了，以後我做給你吃就好。」

「可能我不太適合做中菜。」

「沒關係。」邵秦把何以蔚的手指捧到唇邊，落下愛憐又感謝的親吻。

「這次我報了烘焙課，也許會好一點。」

「你不用太勉強自己。」

「沒有勉強，反正我很閒，多學點東西也不錯。」何以蔚不想說出真正原因，不願意承認自己就像是戀愛中的少女，想親手下廚做菜給男朋友吃。

雖然何以蔚否認，邵秦還是懂了，心中一暖，抱緊何以蔚，在他耳邊低低呢喃，「謝謝。」

一日中午，何以蔚與邵秦如同往日相約在圖書館前碰面，一起去吃午餐。

兩個男人手牽手走在校園裡，偶爾會收到一些好奇、驚訝的視線。一開始何以蔚還替邵秦擔心，不想他被旁人指指點點，但每當何以蔚想鬆手時，邵秦總是握得更緊，讓何以蔚感動得鼻頭一酸。

「小蔚！」

何以蔚轉頭望向聲音來處，是多日不見的江十七。

何以蔚沒想到還會見到他，原本和邵秦說話時自然流露的笑容僵了短短一瞬後瞬間消失，「你來做什麼？」

「我想看看你。」江十七臉色憔悴、語氣委屈，看起來有幾分可憐。

何以蔚實在頭痛，他不想讓邵秦以爲他和炮友還有來往，臉色便不怎麼好看，語氣也特別冷淡生分，「你可以走了嗎？我不想看見你。」

「小蔚，你就算不喜歡我也不要封鎖我，我想——」江十七身形壯碩，健壯的肌肉把衣服撐得鼓鼓的，但此刻在何以蔚面前卻怎樣也站不直。看著何以蔚不爲所動的臉，一顆心愈來愈冷，話也愈說愈小聲，「我們還是可以做朋友？」

被邵秦握住的手心冒著冷汗，何以蔚不敢看向邵秦，只能從邵秦依然堅定握住的手中感覺他此刻應該還算冷靜。

何以蔚深吸了一口氣，想要把和江十七的關係做個了結，「你這樣讓我很困擾，我們只是約過幾次，說好了不談感情。」

「你和他交往了？」江十七的視線落在何以蔚和邵秦牽著的手上，雙眼瞪大，眼眶發紅。他其實第一眼就發現了，只是一直催眠自己不過是朋友間的握手而已，然而看那兩隻手依舊緊緊握著不鬆開，他實在無法再欺騙自己。

「對。」何以蔚剛說完，就感覺到邵秦的手握得更緊了些，像是無聲的鼓勵。何以蔚立刻轉頭看向邵秦，一瞬間心意相通，兩人相視而笑。

這畫面簡直要閃瞎單身狗，尤其是首當其衝的江十七。

「你眞的不喜歡我？一點點都不喜歡？」江十七不知道自己爲什麼要這樣問，難道何以蔚有一點點喜歡他就能改變什麼嗎？

何以蔚沒有立刻回答，他不想傷人，但怕傷人的下場通常是傷害更多人。一個深呼吸後，他終究還是把答案說出口，直接又冷淡，沒有模糊空間，「對。」

江十七眼裡的淚水終於不受控制地落下，他自尊心強，三番兩次死皮賴臉來找何以蔚已經是突破恥度，實在不想把脆弱的一面攤在眾人的目光下。他知道這樣的自己太難看也太丟臉，在臉上抹一把後低著頭不想被看見。

不過何以蔚還是看到了。一瞬間，何以蔚想起了暗戀邵秦時的自己，那個時候，他因爲邵秦開心，也因爲邵秦難過，所有情緒都被邵秦牽動著。

現在的江十七多麼像當時的自己？都是被愛情捉弄的傻子，誰又比誰高貴？

何以蔚只是幸運了點，他喜歡的人剛好也喜歡他，所以他現在能站著微笑，而不是屈背落淚。

「我走了。」江十七的聲音明顯啞了，帶點鼻音，像負傷的猛禽，不想示弱，正準備獨自療傷。

何以蔚畢竟不是鐵石心腸，還是叫住了江十七，「江時戚。」

「什麼事？」江十七有些膽怯，他不知道何以蔚還要說什麼，卻還是急忙澄清，「既然知道你討厭我，我不會再來煩你了。」

這句話怎麼聽怎麼扎心，何以蔚知道他們最好什麼關係都不是，可是如果斷絕來往對江十七打擊太大，退而求其次，就當普通朋友吧？

「我記得你眞正的名字，我沒有討厭你，我只是沒有喜歡你。今天以後，我不會再封鎖你，我們可以當普通朋友，但是我不會再跟你上床，也不會喜歡你。」也許愛情眞的會改變一個人，何以蔚覺得自己今天的話特別多，「我不適合你，別把時間浪費在我身上。」

江十七愣愣地看著何以蔚，明明自己失戀了，這難得的溫柔對待還是讓他感到開心，讓他更想落淚了。

「走吧。」何以蔚對著邵秦說，邵秦應了一聲，向江十七點了下頭，就和何以蔚離開了。

Chapter 4

期末將至，校園裡的綠蔭轉黃後落了一地，鬧哄哄的社團和各系活動總算消停了些，經常冷冷清清的圖書館裡塞滿了人，座無虛席。

學生們在寒風中拉上外套拉鍊，行色匆匆，就算經常蹺課的人在這幾週也會安分地出現在課堂上。

邵秦剛下課，他記得何以蔚下一堂也是空堂，按習慣打開通訊軟體撥了電話給何以蔚。

鈴聲比往常響得久了一些才被接起，電話那頭的何以蔚語速較平時更快，彷彿急著交代些什麼似的，「我在校門口，我妹來找我，你——」

話還沒說完，邵秦就聽見聽筒裡傳來甜美的女聲問了一句「誰呀，女朋友嗎」。

何以蔚低聲對女聲解釋，「不是，妳別亂猜。」

邵秦想像了何以蔚被妹妹纏著的畫面，體貼地問：「我需要迴避嗎？」

聽筒裡，何以蔚的聲音復又清晰，「不用，你就——」

邵秦從何以蔚語氣中的猶豫聽出端倪，知道他還沒向家人出櫃，體貼道：「不用擔心，就說我們是室友。」

何以蔚沉默兩秒，低低地回了一句，「抱歉。」

「沒關係。」邵秦完全理解。

沒多久邵秦便到了校門口，並在一簇簇流動的人群中看見何以蔚。何以蔚看邵秦是鶴立雞群，邵秦看何以蔚也差不多。

何以蔚身高約一米八，長得特別清秀俊俏，顧盼間卻又帶點輕浮，說不上壞，頂多就是愛玩，走在路上女孩子都會忍不住回頭多看兩眼。

有個女孩正勾著何以蔚的手，撒嬌道：「好嘛，帶我去嘛？」

「不行。」何以蔚單手插入口袋，另一手抓著背包帶子，頗爲困擾地看著她。

「你是不是有什麼祕密瞞著我？」女孩眼睛又大又圓，櫻桃小口，皮膚白皙，咖啡色波浪長髮柔順地披在身後，穿著格子毛呢短裙配膝上襪，可愛得像是洋娃娃。

「妳什麼時候回去？」何以蔚按捺著脾氣，沒有大罵或冷臉以對，只微微皺起眉頭。

女孩仍勾著何以蔚的手，笑起來有甜甜的酒窩，「你不說我就不回去。」

何以蔚嘆了口氣，別過頭剛好看見邵秦，臉上立刻綻放笑容，揮了揮手，「邵秦。」

邵秦上前，雖然不是見家長，卻也是見何以蔚的家人，心裡難免忐忑，暗暗提醒自己臉上保持著微笑，「妳就是以蔚的妹妹吧？妳好，我是邵秦。」

女孩看見邵秦時愣了一下，臉上帶著幾分羞怯，甜甜一笑，「你好帥，比我哥還好看。」

「何以晴。」何以蔚傻眼扶額，雖然兄妹審美一致，但可以不用說出來，也不要拿他當比較基準好嗎？

「謝謝，不過我覺得以蔚比較好看。」邵秦朝何以晴笑了笑，為何以蔚留了點面子。

何以蔚沒想到邵秦會這麼說，再多人誇他好看也不及邵秦的一句話。

「你是我哥的朋友？那你一定知道他不回家都住哪裡吧？」

「不回家？」邵秦朝何以蔚投去疑惑的目光。

何以蔚還來不及阻止，何以晴就開了口，「我爸在附近買了套公寓給我哥住，可是——」

「何以晴！」何以蔚趕緊打斷妹妹的話，然而已經太遲。

何以晴對哥哥吐了吐舌頭，根本不把何以蔚警告的眼神放在心上，轉頭就問邵秦：「邵哥哥，你知道我哥最近住哪裡嗎？是不是交到壞朋友了？」

邵秦輕輕挑眉，迅速抓住重點，自己似乎就是何以晴口中的「壞朋友」？

「何以晴，妳再講我就把妳蹺課來看漫畫展的事跟爸媽說。」何以蔚不想威脅妹妹，但一時卻也想不到其他辦法阻止妹妹亂說話。

何以晴瞬間變得安分乖巧，無辜地眨著水汪汪大眼，笑容甜美。

邵秦看著何以蔚，語氣意味深長，「學校附近有套公寓？」

何以蔚頭很痛，他還沒想好怎麼和邵秦解釋，只能回一個「晚點再跟你說」的眼神，試圖先敷衍過去。

邵秦點頭，他可是很有耐心的。

何以晴發現邵秦沒回答，又甜甜叫了一聲：「邵哥哥？」

「第一次見面就裝熟叫人家邵哥哥，他有同意嗎？妳身爲女孩子的矜持呢？」何以晴瞪了一眼何以蔚，轉頭委屈巴巴地看向邵秦，聲音低低的顯得特別可憐，「我可以叫你邵哥哥嗎？」

邵秦笑了笑，「邵哥，或者直接喊我邵秦也可以，我不介意。」

「好哦，那就叫邵哥。」何以晴轉頭朝何以蔚比了個YA表示勝利，何以蔚則回了她一個白眼。

邵秦將這對兄妹互動的看在眼裡，覺得逗趣，想必成長過程也充滿熱鬧，「我和以蔚是室友。」

「你們在外面租房子嗎？方不方便過去叨擾呢？」何以晴笑容甜美，用詞有禮委婉，舉止得宜，看得出來頗有家教。

何以蔚：「不方便。」

邵秦：「好啊。」

截然不同的回答同時響起，邵秦微微挑眉，不解地看向何以蔚。

何以蔚當著何以晴的面不好解釋，他只是不想讓妹妹把他還沒和邵秦坦白的事一股腦兒全說了，顯得他有意隱瞞似的，他原本想找個適當的時機和邵秦說。

「我們有生活公約，不能帶女生回去。」何以蔚急中生智，找了個冠冕堂皇的藉口。當初爲了和邵秦有愉快同居生活而熟記的生活公約，在這個時候派上了用場。

何以晴本能地懷疑哥哥，轉頭問邵秦，「眞的？」

「以晴是你妹妹，沒關係。」邵秦顯然和他不是同一陣線。

「太好了！邵哥人眞好！」

何以蔚眼神死。

何以晴原本有些期待，好奇著讓哥哥特地搬出來的會是怎樣的地方，只不過當她發現哥哥與邵秦停在一扇油漆斑駁、帶鏽斑的紅鐵門前，便有了不妙的預感。

一樓的老舊鐵門原本是可以鎖的，但在邵秦來看房時鎖舌就壞了。住戶們大概覺得家裡的鎖沒問題即可，至今無人出面修理，反正門關上時看不出異樣就好。

鐵門太久沒上油，推開時發出一陣令人頭皮發麻的尖銳聲響。

何以晴戰戰兢兢地跟在何以蔚身後，小心翼翼地走上踏面窄小的樓梯。她從小嬌生慣養，第一次來到這種地方，不免有些膽怯。

何以蔚無奈地看了一眼妹妹，「公共區域沒人整理，房間裡就比較乾淨了。」

何以晴聲音鎮定，彷彿沒有異狀，「沒關係，不用管我。」

那妳就別抓我的袖子啊！何以蔚很想這麼說，然而終究沒說出口，作為哥哥，他從小就被教育要保護妹妹。

邵秦回過頭看向何以晴，發現她看起來有些不安，體貼地問：「怎麼了？」

何以晴搖頭，鬆開抓著何以蔚袖子的手，笑了笑，「沒事，我只是太開心了。」

三人爬上四樓進到租屋處，屋內比樓梯間明亮整潔，也乾淨許多，但仍不改設備老舊、放眼望去充滿年代感的事實。

何以晴去過哥哥的精品小豪宅，對比眼前的住處，簡直是天與地的差別。她完全無法理解何以蔚為什麼選擇住在這裡，心中有無數問題想問，好在何以蔚及時發現，以凶狠的眼神阻止了何以晴。

何以晴向來有話直說，這麼憋著很痛苦，趁邵秦去廚房泡茶，用氣音偷偷問何以蔚，「你真的住在這種地方？」

「對啊。」既然已經被發現，何以蔚也就不隱瞞了。

「為什麼啊？」

「不告訴妳。」

何以晴立刻使出絕招，嘟著嘴，「那我去跟爸媽說？」

何以蔚不得不投降，丟出似是而非的答案，「體驗人生。」

「你上學期不是住過學校宿舍了嗎，大二還要體驗人生？」儘管何以晴沒能從何以蔚臉上看出什麼端倪，然而妹妹的直覺告訴她，哥哥的舉動一定有什麼原因。

「宿舍和這裡不一樣，我想多體驗一點不行嗎？」何以蔚還沒對家裡出櫃，這時候自然也不會說是爲了和邵秦住。

「太可疑了。」

邵秦剛泡好茶端了過來，一人遞了一杯，「請用。」

何以晴甜笑接過，「謝謝，邵哥人眞好。」

邵秦微笑，看了一眼對妹妹束手無策的何以蔚，回道：「不用客氣。」

何以蔚也接過茶，他手中的杯子是黑底白貓造型，搭配簡單的線條。邵秦手上的杯子則是白底黑貓圖樣，兩個杯子併在一起時，貓咪圖案便會連成一顆愛心，那是他倆一起買的情侶對杯。

只是一個遞杯子的動作就讓何以蔚的心情變好，不須言說的幸福感在兩人眼底暗暗流竄。

何以晴只顧著看邵秦，邵秦本來就是女孩子會喜歡的類型，高大俊帥、文質彬彬、溫柔體貼，「邵哥眞的很帥，你和我哥怎麼認識的？」

邵秦還在琢磨怎麼回答，何以蔚就搶先開口，「當然是租房子認識的，只知道說別人好看，妳哥也很帥知道嗎？」

「你就是一臉花心的樣子，我們女孩子才不喜歡。」何以晴朝哥哥扮了個鬼臉，完全不捧場。

「我哪裡花心了?」

何以蔚原本還理直氣壯，轉頭發現邵秦眼裡隱約有幾分幽怨，這才想起自己素行不良。但在他的想法裡，以前那些人是床伴，本來就沒有必須專一的道德約束，不能一概而論。

他輕咳一聲，鄭重澄清，「我現在很專情。」說完就覺得臉上熱熱的，特別難爲情，別過頭不敢看邵秦。

何以蔚聽見邵秦輕輕笑了一聲，像是滿意也像是在取笑自己，不過此刻他實在無法回頭確認邵秦的表情。

何以晴半信半疑，「是嗎?」

何以蔚感覺自己有些狼狽，深深覺得不能再讓何以晴胡亂說話，趕緊把主動權搶過來，「妳特地過來應該有什麼話要說吧?」

兄妹倆從小一起長大，對彼此的個性脾氣及行事作風皆瞭若指掌，何以晴這趟過來，八成還有其他事。

何以晴知道兄妹拌嘴外正事也得辦，賣關子也沒什麼意思，喝了口茶便道:「媽說後天要慶祝爸的五十大壽，讓你一定要回家吃飯。」

「這種事打電話說就好，就算電話沒接，也可以傳訊息啊。」

「你不想我來看你嗎?」

「沒有。」何以蔚趕緊否認，免得妹妹跟父母抱怨。

「沒有就好。」

「妳什麼時候回去，應該沒有要過夜吧？」何以蔚已經打算要送客了，再讓何以晴和邵秦待在一塊，眞不知道她會說出什麼。

「剛好爸買給你的公寓空著，我明天約了朋友吃飯，讓我住那裡。」

何以蔚很想說別再提那間公寓，但是邵秦記性很好，何以晴提一次和提十次的差別不大，便放棄阻止了，只是讓不讓她去住又是另一回事，「不行。」

「小氣！」

「對，我就小氣。」

「我要跟爸媽說你跑到外面住。」

「妳這個威脅不能反覆使用啊，一個把柄只能換一個好處，知道嗎？」

何以晴剛剛才拿這件事威脅過自己，沒完沒了可不行，還是得先談好條件。

「那換以後我想要什麼你都要答應我？」

「我太虧了，不換。」

何以晴早猜到何以蔚不會答應，不過測試底線也是很重要的談判技巧，於是她裝作退讓，不情不願地說：「那換以後我要去住你那裡，你不能拒絕？」

「把我那裡當飯店嗎？」對於這個條件何以蔚也不怎麼樂意。

「飯店才沒那麼小。」何以晴轉過頭，在邵秦看不到的角度裡對哥哥呲牙裂嘴以示抗議。

何以蔚勉強退讓，「妳要來得先打電話，不准帶朋友，不准進我房間，不能睡我的床。」

「好，成交！」

得到承諾後，何以晴便興高采烈地說要去逛街找朋友，和何以蔚約了晚上碰面的時間就離開了。

送妹妹下樓後，何以蔚硬著頭皮回到公寓，裝作沒事般在客廳木長椅上坐下，拿起半涼的茶啜了一口，他不知道該說什麼，便等著邵秦開口。

邵秦也不急，慢悠悠地喝了口茶，對著何以蔚頗有深意地一笑，「房東說房子賣人了，要你兩天內搬走？」

何以蔚愣了一下，才想起來這是他為了和邵秦合租公寓時說的藉口，這傢伙的記憶力好到嚇人！

何以蔚討好地笑了笑，拉著邵秦坐下，爭取坦白從寬，「我考上大學時，我爸就在學校附近買了一間公寓。」

何以蔚省略了一些細節，包括那套公寓比現在兩人合租的地方大、環境更好、裝修更有質感，有全天候保全和飯店式管理，每月管理費拿來付這邊的租金和水電費都還有剩。

「那你為什麼要來找我合租？」

這個問題不好答，雖然答案很簡單，何以蔚就是難以啓齒。即便現在他和邵秦交往了，他也不好意思說自己一開始就存了想接近邵秦的心。

「難道你是故意接近我？爲了什麼？」邵秦目光灼灼還帶點困惑，彷彿洞察一切卻又想不明白。

何以蔚感到一點壓力，這下不給出個答案好像就不能脫身了。

「因爲我喜歡你。」

邵秦的眼睛微微瞪大，在驚喜後是更多的困惑，「你喜歡我？從什麼時候開始？」

何以蔚從未向人告白，更多的時候是被告白且不接受，只想遊戲人間，剛剛那句「我喜歡你」已經是極大的突破。

面對邵秦的追問，何以蔚的頭有點痛，邵秦像是得不到答案不罷休。他好不容易才和邵秦走到一塊，不想這麼輕易就分開。

然而他不擅長掏心掏肺互訴情衷，這樣說話太彆扭，便下意識擺出最習慣的態度，輕浮又不正經地跨坐上邵秦的腿，勾起邵秦的下巴，「我從大一國文課就喜歡你，邵同學，我整整覬覦了你一整年。」

「我怎麼沒看出來？」邵秦語調正經似乎不受影響，實際上手已經攬住何以蔚的腰，沿著後腰曲線滑進褲子裡，揉捏滑膩又有彈性的臀肉。

「覬覦你的人太多了，哪裡能全部發現？」何以蔚能感覺到邵秦下身已是慾望勃發，便也把手伸進邵秦衣服裡，撫摸令人羨慕的結實腹肌和胸肌，手上力道或輕或重隱含挑逗，意圖用肉體交流取代嚴詞逼問。

邵秦冷靜地解開何以蔚的皮帶和拉鍊，儘管他性致高昂但頭腦還清楚，「你還有什麼瞞著我？」

「也沒有很多。」何以蔚有點苦惱，他的鶴怎麼在這種時候還有心情逼問自己？

「比如說？」

「何向榮是我爸爸。」何以蔚想過幾種方式介紹他的家庭背景，只不過都太拖沓，不如這句話簡單明瞭，讓人一聽就懂。

何向榮，知名飯店大亨，屢屢登上財經商管雜誌的知名企業家，被評為五星級的城市飯店在國內外開了近十間，年營業額達數百億。

就算邵秦從何父買了套公寓給何以蔚時就知道他家境肯定不錯，卻也沒想到是這種程度的不錯。即便兩人現在還是學生，邵秦也能瞬間感覺到彼此的差距，慾望削減大半，手上動作也跟著停下。

只要存著認真交往的心，就會忍不住去想兩個人的未來，無論是幸福美好，抑或是痛苦磨難，光是家世差距就知道他們之間的困難不小。

邵秦錯愕的表情和停下來的動作，和何以蔚預料的反應差不多，他別開視線咕噥著，「所以我才不想說。」

邵秦輕輕嘆了口氣，揉了揉何以蔚細軟的頭髮，「這也不該是你隱瞞的理由。」

「放心，我爸不太管我，不會有事的。」何以蔚故意笑得瀟脫，讓聲音聽起來雲淡風輕。

邵秦做了一個深呼吸，臉上遲疑散去，彷彿下定決定，看著何以蔚的眼裡滿是愛意，輕輕吻了一下何以蔚，兩條手臂將他攬進懷裡，把嘴湊近何以蔚的耳邊，一字一句深情告白，「我被你吸引不是因爲你的家世，我不知道未來會遇見什麼困難，但我只想讓你幸福，我希望自己能夠成爲你的依靠，我會努力的。」

「說什麼啊！」何以蔚挑眉怒斥，身體向後仰將兩人距離拉開了一些，邵秦微愣，才聽見何以蔚的後半句話，「我也是男人好嗎？有問題就一起面對，一起解決啊！」

「好。」

兩人相視而笑，心意相通的幸福感在兩人之間流竄，即使多年後回想起來，仍是絲絲甜意湧上心頭。

年輕無畏，眞好。

「回家吃飯」這四個字，在何家代表的不只是吃飯而已。

何家位於首都著名豪宅大樓內，距離何以蔚的學校僅半小時車程。不過他上了大學後就如同脫韁野馬，很少回家，只有遇到特殊日子才會回來，父親的生日就是所謂的特殊日子。

何以蔚前一天晚上便回家裡睡，一早就被管家叫醒，睡眼惺忪地和父母共進早餐，在餐桌上聊些無關緊要的校園生活試圖增加親子感情。接著換了衣服，一家四口前往高爾夫球場。

何向榮的興趣就是打小白球，壽宴這天邀了好幾位商界好友一起打球。

何以蔚小時候常常被帶到高爾夫球場練習，何父總是興致盎然地指導他的動作。也許是何父教得好，也可能是他有點天分，幾次之後他就漸漸上手，這是他學會的第一項運動。

儘管如此，他依然不太理解打高爾夫球哪裡有趣。不是要曬太陽就是要躲雨，經常有擾人的蚊蟲，一下場就要花費四個小時上下，要是同組球友話不投機就更折磨人了。

何以蔚小學時何父就幫他買了據說會增值的高爾夫球場會員證，會員證也稱球證，是終身制且可以交易，甚至可以算是一項投資。可是長大後除非必要，他對這項運動還是能避就避——今天就是那種避不了的狀況。

何家分為兩台車前往球場，何父和何以蔚共乘，何母和何以晴共乘，都是司機開車。

何向榮是個工作狂，平時不大管兒子，但抓到了機會總要教育幾句，從學校課業問到人際關係，進而衍生到生涯規畫和感情生活。

「在學校有沒有對象？」何向榮今天心情很好，難得暫時脫離大老闆身分，以慈父的角色和兒子聊聊天。

對於父母問話何以蔚從小應付慣了，沒什麼訣竅，實問虛答以拖待變罷了。他以前從不覺得有多大困擾，今天卻意外地覺得特別難熬，大概是因爲父親第一次問起他的感情。

如果他不是同性戀，如果他沒有和邵秦交往，這個問題並不難回答，也不會在他心裡產生任何漣漪，偏偏假設都不成立。

「沒有。」何以蔚在父親面前收起在外的散漫不羈，雖不至於正襟危坐，也是禮貌得體。

「怎麼可能沒有？爸爸很開明，要是喜歡就帶回來給我們看看。」

「急什麼？我才二十歲。」何以蔚知道父親口中的開明是建立在他的對象是個女人上面，要是他帶個男人回家，不知道會氣成什麼樣子。

「我在你這個年紀，一堆女孩子送花給我好嗎？」何向榮提起自己當年受歡迎的程度，臉上頗有得色。

「她們知道你是何家的人？」

何以蔚淡淡地回了一句，何向榮便啞口無言。

何向榮當年就是富二代，一個富二代受到異性歡迎好像也沒什麼特別值得說嘴的。儘管他知道父親年輕時很帥，只是步入中年後因爲應酬太多，身材發福，臉形就走樣了。

何向榮沉默半晌，關切地說了句，「你要是沒有對象，就多認識些朋友，沒有壞處。」

「好。」何以蔚隨口應了一聲，沒放在心上。

車子平穩地開下交流道，在省道開了約莫十分鐘，駛進了今天的目的地。

高爾夫球場位於郊外，從入口處到大廳約莫三分鐘車程，柏油路四周都是綠蔭，各色花草樹木相映成趣，顯見費了許多心思打理。

何家司機熟練地停在大廳入口處讓何家父子下車，而後將開到下一站，把車上的球具袋下到出發站，和球場員工交代清楚後才前往停車場。

球場安排下場的時間是固定的，每隔幾分鐘就放兩組下場，除非有人遲到或同意交換組次，不然都得按照順序。

何家四人抵達時距離預約的時間還很寬裕，便決定先在大廳裡休息，何父的朋友們也已在此等候。

今天這間球場是近年風評最好的，設備新穎、環境優美、草皮狀況絕佳、球道設計兼顧挑戰性與樂趣。

球場大廳挑高六米，空間開闊，正上方是盞兩米長的華麗大吊燈，最吸引人目光的是大廳正後方一大面落地玻璃，正好可以眺望下方球場。一進來的人第一時間就能看見修剪整齊、養護完善的球道和點綴其間的花草樹木。

何向榮一進大廳就見到沙發上坐著自己的老朋友，一邊走去一邊開口打招呼，聲若洪鐘，還隔著一段路就能聽到。

「老方、小張，你們到得眞早！」

「我們住得近，先到是應該的，老何你太客氣了。」被叫老方的是個頭髮近半花白的中年男子，也是經常出現在媒體上的地產大亨。

「何董今天氣色特別好，和令公子就像兄弟似的。」小張看起來約莫四十多歲，面色紅潤，心寬體胖。

「哈哈哈，小張，你這馬屁拍得太明顯了。」何向榮被誇得哈哈大笑，嘴上雖不認，心裡倒是受用。

「方伯伯好，張叔叔好。」父母輩寒暄完，一旁何以蔚機靈地打了招呼。

這幾年何以蔚經常避開這種場合，何向榮帶兒子出門的機會少，現在還能不把握？立刻當著老友的面拍拍何以蔚的肩，展現父子感情深厚，「我兒子，何以蔚，今年大二。」

「以蔚長這麼大了啊，上次見面好像剛上高中呢！」方敬文笑著點點頭，側過身示意身後站著的年輕男子到前面來，「這是我兒子方棠，剛從國外回來，過陣子還要再出去念研究所。」

「何叔叔好，我是方棠。」方棠儘管穿著休閒仍顯出教養良好、氣度不凡，加上倒三角的標準身材，進來時就吸引不少女性目光。方棠笑著和何向榮打招呼，接著就朝何以蔚伸出手，「你好，好久不見，我們小時候還一起玩過呢。」

小時候一起玩過？不就幾個星期前還躺在同一張床上玩嗎？當時玩得可瘋了，現在會不會裝得太生疏了啊？表情居然還看起來特別自然，不去演戲可惜了。

何以蔚忍住翻白眼的衝動，笑著握上方棠的手，語氣誠懇自然，「是有段時間沒見了，不知道蜆精喝得還習慣嗎？」

何向榮三人聽了不明所以，面面相覷，望著方棠和何以蔚。

方棠握著何以蔚的手沒放，對著父親解釋，「我想起來了，前陣子巧遇以蔚，他送了蜆精給我。」

何以蔚鬆開手，看見方棠不放手就輕輕扯了一下，方棠當著長輩們的面不好繼續握著，只好不著痕跡地放開。

何以蔚原以為那句話能讓方棠有半點不自在，沒想到方棠神態自然得彷彿事實就是如此，這應變能力讓何以蔚自愧弗如。

但他自己瞞著沒說的事不見得比方棠少，難保方棠不會反擊，還是點到為止，不要互揭瘡疤。他點點頭，順著方棠的話，「是啊，我看他身體不太好的樣子，應該補補。」

「那時候剛回國，時差沒調過來，看起來比較沒精神。」方棠不好意思地笑笑。

何向榮對兒子的體貼甚感欣慰，拍拍兒子的肩，「以蔚，下次送人參，人參補氣。」

何以蔚乖巧地點頭，裝傻說道：「知道了，我以為都一樣。」

「怎麼會一樣？吃錯東西就補錯地方了。」何向榮呵呵笑了兩聲，把話題轉開，

「原本還想讓你們多認識，看你們感情好，我們老一輩的就不用費什麼力氣了。」

「是啊，今天除了我們老人聚聚，也讓年輕人互相認識，以後多來往。」方敬文說完，就喊了一聲小張。

被叫小張的張銘義是做訂製家具的，聽見方敬文喊他，立刻會意，把不遠處的甜美女孩喚來，對著眾人介紹，「我女兒，張文靜。」

張文靜看起來和何以蔚差不多年紀，一頭長髮綁成馬尾紮在腦後，穿著粉色運動上衣和短裙，一雙長腿穠纖合度特別引人注目。她乖巧地向眾人打招呼，「叔叔、伯伯和哥哥們好，我是張文靜。」

何向榮和方敬文對著張銘義父女又是一陣誇獎。何以蔚不冷不熱地打個招呼，無視了眼前的美女，反倒是方棠還有來有往地和張文靜聊了幾句。

沒多久，舉止優雅風韻猶存的中年婦女帶著何以晴走了過來，何以蔚喊了聲媽，方棠和張文靜也跟著問好。何母名叫呂秋蘭，年輕的時候演過兩部電視劇的重要配角，當時小有知名度，結婚後就退出演藝圈了。

何母笑容親切，眞誠地誇了頓方棠和張文靜，而後話題便轉到分組上，「你們年輕人剛好湊一組。」

「好啊！」何以晴樂得不用和爸媽同組，這樣可以少聽點碎碎念，親暱地拉著張文靜的手，笑著說道：「文靜姊姊，我們一組吧。」

「好。」張文靜點點頭，靦腆地笑了笑，而後又擔心地看向方棠和何以蔚，「只是我不太會打，如果大家不介意的話……」

何以晴立刻笑著安撫，「沒關係，我打得也很差。」

「我無所謂，今天不比賽，大家開心就好。」方棠笑容迷人，看向何以蔚，「以蔚，你說呢？」

何以蔚保持著禮貌的微笑，彷彿沒有半點不樂意，「好，我們一組吧。」能說不好嗎？今天的年輕人就他們四個，母親嘴上是徵詢，實際就是安排好分組了，他才不會那麼沒眼色。

幾人說定後，何向榮的生意伙伴和老友陸陸續續到了，幾位中老年人隨意聊了聊政治、生意、股市、兒女，一行人很快就分組下了球場。

今天天氣很好，日正當中，綠意盎然的高爾夫球場沒有什麼遮蔽物，只有周邊景觀有幾棵大樹。何以蔚和何以晴才第一洞就老練地找尋樹蔭遮陽，等方棠和張文靜打完。

何以晴興匆匆地湊在何以蔚身邊說悄悄話，「哥，你覺得文靜姊姊怎麼樣？」

何以蔚微微皺眉，「什麼怎麼樣？」

「之前爸請張叔吃飯，爸媽就見過張文靜，回來之後一直說別人家的女兒乖巧懂事。」

何以蔚點點頭，「我不知道她懂不懂事，但確實比妳文靜。」

何以晴聽了氣得跳腳，「何以蔚！」

何以蔚像是沒發現自己惹妹妹生氣，一本正經地糾正稱謂，「連哥哥都不會叫了?」

方棠剛打完,聽見兩人說話,笑笑地走過來,「你們在聊什麼?」

何以蔚笑笑,「沒什麼,家裡的一些事。」

既然是家事,那方棠也不好多問,把球桿交給桿弟,朝何以蔚笑了笑,「打完了,我們去下一洞吧。」

一行人坐上球車後就開始往下一洞前進,何以晴、張文靜坐在前座,方棠和何以蔚坐後座。除了駕駛外,球車尾端上還坐著另一名桿弟,球袋也放在後面。

張文靜剛剛花了太多時間,一上車就向其他三位同伴致歉,「抱歉,我真的不太會打,浪費了一些時間。」

「不會打就——」何以蔚想說不會打就不要打了,沒想到方棠搶過話,「讓以蔚教妳吧!他打得不錯。」

張文靜期待地看向何以蔚,何以蔚在這種場合不好當場發作,臉上依然是從小教出來的禮貌性微笑,用開玩笑的語氣問方棠,「我看你滿會打的,怎麼不是你教她?」

「誰叫我打得沒你好?你剛剛那洞低於標準桿。」方棠笑得狡黠,拿出的理由也確實讓何以蔚無從反駁。

何以蔚發現三人都用期待的目光看他,尤其是張文靜。他暗暗嘆了口氣,算了,把張文靜教會他們就可以早點打完了對吧?

「我試試看,不過我不太會教人。」

張文靜彷彿得救了似的，開心道謝，「謝謝。」

何向榮今天打了個一桿進洞，幾十年球齡就遇到這麼一次。回到球場出發站時，他在鞭炮聲中接過香檳，如英雄般接受祝賀，加上是自己生日，心情特別好，當場包了紅包給桿弟，同時許諾宴請在場好友。

何以蔚和何以晴也擠在眾人中向父親道賀，他們知道父親愛面子，除了生意場上的風光外，私底下也是勝負欲極強。

一陣鬧騰後，笑容滿面的何向榮看著時間差不多，主動喊停。一行人沐浴更衣，準備直奔飯店晚宴。

何向榮的壽宴辦在自家飯店裡的江浙菜餐廳，何以蔚還是和父親坐同一輛車。

「你今天打得怎麼樣？」

何以蔚一段時間沒打，手感有些生疏，但他本來也不是特別喜歡打高爾夫球，不冷不淡地回了句，「還好，張叔的女兒不會打，花了點時間教她，最後兩洞沒打完就上來了。」

何向榮一聽，頗感興趣，「你覺得張文靜怎麼樣？」

何以蔚察覺不對，「爸，你想做什麼？我和她是不可能的。」

「你要是沒有對象的話，多認識一些同年齡的女孩子也不錯。我有幾個朋友的女兒和你差不多大，找個時間認識一下。」

何以蔚沒想到父親會著急成這樣，「會不會太早了？我才大二。」

「我當年大學一畢業就和你媽結婚了。」

「是你們太早了，現在的人過了三十才找到對象也很正常。」何以蔚沒想過要結婚，他現在只想著把談論婚姻大事的時間拖晚一點。

「我沒有要你們交往，但總可以吃個飯認識一下吧？我幫你安排的都是條件很好的女孩子，比你去夜店認識的正經多了。」

何以蔚愣了一下，「你知道我去夜店？」

「你最近的花費有點高，我看了你的刷卡紀錄，Amy說有幾筆消費是來自夜店。」Amy是何向榮的祕書，精明幹練，大小事都能打理妥貼，何以蔚也認識。

何以蔚觀察父親臉色，知道祕書沒把他去gay bar的事告訴父親，暗暗安心，故作鎮定，「我就是去唱歌、喝一點酒，沒有認識什麼不正經的女生。」

何向榮也年輕過，聽了只是大笑，「別騙我了，我知道你長大了，這也沒什麼。不過，你還是給我去見見那幾個女孩子，我剛已經答應了。」

何以蔚不樂意，「我不想去，你答應的你去吧。」

何向榮覺得自己可能太慣著兒子了，立刻沉下臉，語帶威脅，「你不要逼我把你的卡停掉。」

何以蔚沉默，權衡利弊後退讓，「好吧，就碰個面，可是我和那些人真的不可能。」

何向榮頷首，臉色稍鬆卻沒把獨子的聲明當一回事。

隔日，何以蔚就收到Amy的電話，問何以蔚什麼時間有空，她接到任務要幫何以蔚安排約會。何以蔚沒有爲難Amy，禮貌客氣地回答星期六下午，他記得邵秦那個時間有家教。

「能和對方約看電影嗎？」看電影不用聊天，何以蔚覺得滿好的。

「何董沒指定要做什麼，看電影應該沒問題。」

何以蔚拿著手機，查詢上映中的電影，認眞地挑了一部片，「就看那部《情人節殺人事件》吧，網路上說去看的情侶分手機率大增，告白的都會失敗。」

Amy沉默兩秒，忍著笑，「好的，訂好票會再把相關訊息傳給您，您這週的對象是……」

「我不想知道。」何以蔚很確定自己的性向不可能改變，所以不管對象是哪個女生對他來說都是一樣的。

「好的，我會請對方當天到場後撥電話給您。」

「好。」

當日，何以蔚依約到了電影院，接到女方電話才知道約會對象是張文靜。何以蔚身著米色針織衫配牛仔褲和咖啡色毛呢大衣，和去夜店相比算是很不用心，不過他本身條件好，穿得再隨便也能有超高回頭率。

張文靜今天打扮得很用心，一身粉紫色小洋裝，配上精緻妝容，頭髮是出門前捲過的。踩著和衣服搭配的蕾絲緞面高跟鞋，漂亮得能吸引在場大多數男性的目光。

何以蔚像是沒看見張文靜的用心，一句誇獎都沒有，客氣地打完招呼就急著入場看電影，張文靜有些失望，卻也溫順地配合著。

電影院在百貨公司裡，電影散場時電梯前擠滿了人，他們便選擇了搭電扶梯下樓，何以蔚有一搭沒一搭地和張文靜說話。經過某層樓時一男一女迎面而來，都是熟面孔，何以蔚心裡暗叫糟糕，正打算快步離開時，對方剛好看了過來。

「以蔚？」

「哥、文靜姊姊，眞是太巧了！你們是來約會的嗎？」

是邵秦和何以晴。

這下何以蔚想逃走也於事無補，只好強作鎭定，神色自若地笑著打招呼，「邵秦、以晴，眞巧。」

邵秦看向精心打扮的張文靜，發現張文靜看著何以蔚的眼神藏著幾分愛慕，心下了然。想起何以蔚早上說要和朋友出去，竟然是和對他有好感的女生出去？

雖然不好未審先判，但他確實高興不起來，臉上保持著淡淡的微笑，語氣卻不自覺地有幾分尖銳，「你說今天和朋友出來？」

「眞的只是朋友。」何以蔚覺得荒謬，他一個同性戀居然被懷疑和女生有曖昧，倒是邵秦才可疑吧？他挑眉，不甘示弱地回問：「你今天不是去家教？」

「家教提早結束，路上碰巧遇見以晴。」邵秦坦蕩地說著。

一旁的何以晴甜甜笑著，語調清脆可愛，「對啊，我和邵哥眞有緣分，就過來吃點東西聊聊天嘍！」

何以蔚才不相信何以晴和邵秦之間有什麼緣分，對於妹妹的出現頻率太高感到困惑，「妳怎麼又來了？」

「我和朋友有約啊！誰規定不能來的？我又不是來找你。」何以晴朝他擠了個鬼臉。

「好，妳想來就來。」何以蔚放棄，他本來就管不了妹妹。

「你好，我是張文靜。」張文靜感到有點尷尬，只好先對邵秦靦腆地笑了笑，自我介紹，「你是以蔚的朋友？」

「好朋友。」邵秦微笑，不著痕跡地糾正了兩人的關係，「我叫邵秦。」

張文靜微微一笑，眼前的邵秦英俊挺拔，氣質儒雅有禮，令人頗有好感。她微微低下頭錯開目光，笑著說：「是不是長得好看的人，身邊的朋友也長得很好看？」

「那當然。」這話是何以蔚說的，他樂得聽人誇他男朋友。

邵秦反應也快，聽出了何以蔚沒說出口的得意，心情一鬆，扯開了笑容，和何以蔚對視，眼裡都是濃情密意。

後來四人一起吃了飯，何以晴興匆匆地挑了間義式餐廳，味道還不錯，席間幾乎是何以蔚和邵秦聊，何以晴和張文靜聊。每次何以晴想幫張文靜和何以蔚搭話，何以蔚都不著痕跡地扯開，擺明了對張文靜不感興趣。

當晚，公寓客廳裡何以蔚和邵秦靠在一起，肩碰肩頭碰頭，打開電視選電影，突然來了通電話，是何母打來的。

「媽，有什麼事嗎？」

「沒事就不能和兒子說話嗎？」呂秋蘭女士佯怒，語氣還是溫溫的，聲音柔和好聽。

「當然可以，什麼時候打都可以。」何以蔚和母親比較親近，語調輕鬆，半開玩笑地說：「我知道妳想我了，我也想妳。」

「你這張嘴太會哄女人了。」何母立刻就被逗笑了，頓了頓後說起正題，「今天約會怎麼樣？」

何以蔚把遙控器交給邵秦，拿著手機往自己房裡走，關上房門，「只是一起看個電影，這哪算約會？」

呂秋蘭不放棄，饒有興致地追問：「當然算約會啊，怎麼樣，喜歡她嗎？」

何以蔚皺眉，他知道這件事必須說清楚，與其曖昧不明牽扯不清，還不如一開始就別給希望，「不喜歡。」

「沒關係，你喜歡什麼樣的女孩子？媽幫你留意。」

何以蔚坐上床，往後一躺，閉上眼揉著額角思索掙扎，他不知道該不該說……

「怎麼不說話？」

「我說了妳別生氣。」何以蔚的聲音透著幾分疲倦。

何母對兒子脾氣是有幾分了解的，聽見何以蔚的語氣就打起了幾分精神，關切地回應，「好，我保證不生氣。」

何以蔚深呼吸，一字一字清晰地說著，「我不喜歡女人。」

呂秋蘭倒吸了一口氣，「這是什麼意思？」

「我喜歡男人，我是同性戀。」何以蔚豁出去了，沒有誤解的空間，不留轉圜餘地。

聽筒傳來一聲巨響，應該是手機掉到地上。

「媽？」

手機被摔之後不知道哪裡有問題，傳出一陣陣吵雜刺耳的電子雜音，何以蔚把電話改爲免持，又叫了幾聲媽。

「小蔚，你在跟我開玩笑嗎？就算你不喜歡文靜也不能開這種玩笑。」何母的聲音高亢，明顯慌張無措。她陪何向榮出席過大大小小場合，也遇過各種明槍暗箭，向來優雅從容、舉止得體，從沒有這樣失態。

「我是認眞的，我不會在這種事上開玩笑。」

何母著急地想找尋證據反駁何以蔚，「這怎麼可能！你不像同性戀啊，你怎麼會喜歡男的？你小時候不是還和女同學傳紙條嗎？上面還寫喜歡她。」

「我那時候就跟妳說過紙條不是我寫的。」何以蔚無奈，深吸了一口氣揮去無力感，鼓起愛情給他的勇氣，「我很確定我喜歡的是男人，我對女人一點慾望都沒有，只想和男人上床——」

「小蔚！」何以蔚的話太露骨，保守的呂女士無法再聽下去，趕緊打斷何以蔚的話，幾個深呼吸後無力地說道：「讓我思考一下。」

「好。」何以蔚知道母親無法馬上接受，只能將希望交給時間，輕輕嘆了口氣後，溫言，「妳早點睡，晚安。」

「晚安。」何母說完就匆匆掛了電話，有種倉皇逃走的急促。

Chapter 5

何以蔚向家裡出櫃並不順利。隔天他就接到何向榮質問的電話，怒氣沖沖的父親把唯一的兒子大罵了一頓，什麼令人失望、噁心丟臉的話都出來了，彷彿他犯下什麼十惡不赦的罪行，令家人蒙羞。

何以蔚知道父親會反對，但沒想過反應會如此激烈。面對責罵，何以蔚靜靜聽著不答話，如果宣洩情緒有助於父親面對現實，他就承受。

何向榮罵累了，對於不回應的何以蔚感到不滿，「你怎麼不說話？」

「我要說的你已經知道了，我是同性戀，我喜歡男人。」何以蔚心裡不好受，卻仍是用平鋪直敘的語氣，把不會改變的事實再說了一遍。

何向榮氣得怒意更盛，罵得更凶，末了補了一句，「你給我回來！回來說個清楚！」

語畢，他就把電話掛了。

何以蔚把手機丟開，該做什麼就做什麼，上課、寫作業、報告、準備期末考，就是不打算回家。

期間母親和妹妹都來了電話，母親雖然難過，還算是接受了這件事，只是言談間頗爲自責，覺得沒把何以蔚生對性向。

「妳把我生得很好了。」關於這點，何以蔚眞心感謝父母，至少這副外表讓夠多的男人喜歡他了，「我的性向不是妳的責任。」

呂秋蘭想消弭父子間的矛盾和爭吵，放軟了語氣，語調近乎哀求，「小蔚，回家和你爸談談好嗎？」

「他沒辦法接受我，我就沒辦法和他談。」何以蔚心裡也不好受，他不是有意拒絕，他只是太明白回家會發生什麼事了，從小到大，只要他和父親意見不合，父親就會用強勢高壓的手段讓他不得不接受。

「他是擔心你。」何母欲言又止，猶豫地問：「你現在住外面嗎？」

何以蔚察覺不對，「妳爲什麼這麼問？」

「你爸讓我去找你，你不在，我看監視器，你已經好幾天沒回去了。」

「對，我住外面。」

呂秋蘭心中有個猜想，顫顫地開了口，「你是不是交、交了男朋友？」

何以蔚知道最好別承認，可是也不想否認，他很想告訴家人邵秦是一個多麼好的人，然而現在不是時候，他不能讓家人知道邵秦的存在。

於是，他只能無力地回應，「媽，妳別問了。」這話和承認了差不多。

呂女士哭了，抽抽噎噎地掛了電話。

至於何以晴就是個圍觀看戲的，一聽到消息就打來問何以蔚怎麼回事。

「就是妳聽到的那回事。」何以蔚沒打算解釋。

「什麼！你是同性戀？你怎麼不早點告訴我？我還傻傻的以爲文靜姊姊是未來大嫂，早知道就不湊合你們了。」

何以蔚沒興趣討論自己的八卦，自嘲似地乾笑兩聲就想掛電話，「我要看書了，先這樣。」

「等一下！媽說你可能交男朋友了，我去找你的時候你怎麼沒說？就算你不跟爸媽說也可以跟我說呀，我一定會支持你啊！」

何以蔚對於妹妹的接納感到欣慰，不過這幾天爸媽的反應讓他心情鬱悶，對於性向的話題已經感到厭倦不想多談，「謝謝，但我眞的要看書了。」

何以晴知道哥哥沒那麼愛念書，逮住機會就想把滿腹疑惑傾瀉而出，「你不住那間小豪宅是因爲男朋友的關係嗎？可是你是搬去和邵哥住啊，難道你和他……」說到後來她倒吸了一口氣，覺得自己可能猜中了。

何以蔚聽得膽戰心驚，仍強作鎮定，不想露出丁點端倪，「別瞎猜，掛了。」

何以蔚說要看書並非全是藉口，隨著天氣漸冷，寒流來了又走，邪惡的期末考也無聲無息地逼近了。何以蔚這兩週開始收心上課，和同學重新維繫關係，借筆記抄考試重點，把落後的課業進度補上。

邵秦同樣忙碌，法律系的課業壓力比企管系只多不少，而且邵秦還有家教打工不能不去，壓縮時間下幾乎每天熬夜，房間的燈亮了一整晚。

何以蔚看著邵秦的黑眼圈就覺得心疼，主動把準備三餐和家務值日生的工作攬過來做，只想盡量減輕邵秦的負擔。他本來就想自己處理跟家裡出櫃的事，這種情況下更不會拿這件事煩邵秦。

邵秦發現何以蔚的貼心舉動，內心感動，趁著一次何以蔚送餐到房間裡時，拉著戀人的手由衷道謝，道謝完又覺得有一絲愧疚，「抱歉，一忙就忘了時間。」

何以蔚眼神柔和，他看著邵秦時心情就變好，忘記父親那些罵人的話，不自覺地露出笑容，「之前你照顧我比較多，現在換我來也沒什麼。」

邵秦對於何以蔚的狀態也不是一點跡象都沒發現。他注意到何以蔚最近有些魂不守舍，偶爾經過房門會看見他坐在書桌前一動也不動不知道在想什麼，眉宇間似乎有股愁緒，「你最近是不是有點累，還是有心事？」

何以蔚沒想到邵秦會發現，心裡暖暖的，笑容的弧度變大，用輕鬆的語調回應，「念書啊，當然累。」

過兩天就開始期末考，大家都在臨時抱佛腳，何以蔚平常不太看書，這時候要補的進度就多，邵秦想想也覺得合理。他輕輕捏了捏男朋友柔嫩的臉頰，手指往上穿過髮絲揉了揉頭髮，隨即將人攬進懷裡，語氣憐惜，「多休息，別累壞了。」

何以蔚張開雙手回抱，把頭埋進邵秦肩窩，輕輕嗅了嗅，貪戀著邵秦的氣息，半晌，彷彿補充了元氣，重新勾起嘴角，「你才是。」

邵秦手上緊了緊後戀戀不捨地鬆開手，暈上黑眼圈也不減絲毫帥氣的臉看著何以蔚，眼神認眞，「爲了我們的未來，我會努力的。」

「好。」何以蔚迫不及待，希望那一天早點到來。

雲開見日。

期末考考完就是寒假了，邵秦很努力地打工賺錢存錢，只要學生家長覺得有需要，他能接下的家教課都會盡量接下。今年寒假也不例外，只休息過年的那一週。

但寒假期間邵秦的閒暇時間還是比較多的，小倆口有了更多時間膩在一起，他們牽著手一起出門，去看電影、逛書店、吃美食，甚至還去了一趟遊樂園。

那天兩人心情都很好，眼裡只有彼此，一點小事都能開心得又叫又笑。何以蔚拉著邵秦瘋狂自拍，留下兩人合影，以及各種男朋友視角的照片。

「拍這麼多做什麼？」兩人玩累了在遊樂園的情侶椅上休息，邵秦幾乎整個身體貼著何以蔚看他整理相簿。

「做紀念啊，誰叫我男朋友那麼好看。」何以蔚滑著手機相簿，想挑一張當桌面，無奈每一張都賞心悅目，難以決定。

邵秦有些哭笑不得，「別看照片了，本人更好看。」

何以蔚被逗笑，收起手機抬頭，而後挑眉，輕輕睞了一眼，「跟自己吃醋？」

邵秦被何以蔚這一瞬的神采給迷了眼，都怪何以蔚長得太好，眼褶深而長，眼瞳烏黑，睫毛密且長，眼神又多情，當他斜斜望著人時，有種特別勾魂攝魄的魅力。邵秦早已淪陷，沒必要抵抗，他只是被勾得心癢難耐，低沉嗓音意有所指，「晚上一定不放過你。」

何以蔚笑得更開了，笑容張揚曖昧，舔了舔嘴唇，「要等晚上？還有好幾個小時。」

面對男朋友明目張膽的勾引，再忍下去也沒有意義，邵秦起身，朝何以蔚伸手，「走吧，該回去了。」

何以蔚沒搭手，眼神穿過邵秦落在遊樂園裡一處偏僻的廁所，「那邊有間廁所，幾乎沒人，你覺得怎樣？」

邵秦沒說話，何以蔚卻知道他動搖了，立刻火上澆油，「套子和KY我都帶了，不做嗎？」

他這次語調正常表情清純，說出口的話卻放蕩不堪，對比下的反差成了一股致命吸引力，和烈性春藥差不多，足以勾起熊熊慾火。

「好。」

狹小的廁間裡，混雜著壓抑的喘息、痛苦又愉悅的呻吟、潤滑液和肉體碰撞時的水聲。兩具成熟男性肉體交疊，激情抽送、迎合又怕被人發現而努力克制，矛盾複雜的情緒讓兩人都異常興奮。

在汗水和雄性賀爾蒙的鹹腥氣味間，向來循規蹈矩的邵秦突然意識到自己怎麼會失去理智做了這樣的事？他的人生從未如此脫序、瘋狂。

不，也許在他選擇何以蔚時，就已經偏離了預定的軌道。

「快一點。」

邵秦身下的人媚眼如絲，腰上的長腿勾著他不放，接納性器的穴口溼潤炙熱，每一次抽送都伴隨著舒爽。

現在不是該思考人生的時候，偏離就偏離吧。

假期總是過得特別快，大街小巷開始換上應景的賀年歌曲，大部分的大學生在期末考結束後就打包行李回家，也有人會多玩幾天再回去，但再怎麼晚，九成九的人都是要回家過年的。

邵秦看著懶懶地躺在木製長椅上的何以蔚，困惑地開口，「你不回家嗎？」

何以蔚別開視線，語調輕鬆地回應著，「要啊，你哪一天回家？」

「明天早上，大概中午前到家，還要幫忙大掃除，然後接著吃年夜飯。」

「哦，我也是明天，不過比你晚一點，大概下午吧？」何以蔚微笑，整理好表情看向邵秦，沒有半點異狀。

邵秦依依不捨地親了親何以蔚，「注意安全，保持聯繫。」

「好。」何以蔚也捨不得分開。

隔日一早，邵秦便扛上行李出門，離開前還替熟睡的何以蔚拉了拉被子。睡夢中的何以蔚感覺到邵秦的動作，含糊地說了句情話就翻身繼續睡，他本來就沒有早起的習慣，加上昨天鬧得太晚，身體又累又乏。

何以蔚睡到中午，穿上衣服後便幫自己做了頓早午餐，甜甜鹹鹹的草莓土司夾蛋搭配拿鐵。他拿著食物來到客廳，悠悠哉哉地打開電視，在影音平台上選了一部影集，從中午看到半夜。

窗外自明亮的藍天白雲過渡到橙黃漸層，再轉爲濃厚的黑，何以蔚依然待在客廳裡看影集，聽著外頭傳來的鞭炮聲和一家和樂的嘻鬧聲，不爲所動——是的，他沒打算回家過年。

前幾日，他又和父親吵了一架，父親還是無法接納他的性向，只當他是一時走偏無理取鬧，要他早點找個女人交往，回歸正途。

此時，首都精華區的豪宅大樓裡，何家的年夜飯和往年一樣豐盛，大圓桌上擺滿了山珍海味，色香味俱全，本該是一家團圓、溫馨和樂的場合，卻氣氛冷冽。

坐在主位的何向榮眉頭緊蹙臉色陰沉，尤其是看見左前方那張空著的椅子時，臉色更加難看。呂秋蘭努力說著好話，試圖活絡氣氛，但收效甚微，平時多話的何以晴感到不對勁，一句多餘的話都不敢說。

何向榮胃口不好，吃了半碗飯、幾筷子菜就放下筷子，「他要是不想回來就別回來，別給他錢，把他的卡停了，那間房子的鎖也換掉。」

餐桌上另外兩名女性都知道何向榮口中的「他」是誰，何母強裝的笑容頓時消散，表情憂心忡忡，用眼神央求著丈夫，「小蔚在外面沒有錢要怎麼生活？」

「他連我的話都不聽了，那就是不想當我的兒子，既然如此我也沒必要養他！」何向榮看著容易心軟的妻子，板著臉警告，「妳最好別背著我幫他，他沒錢要去偷去搶都不關我的事，反正他不覺得自己丟臉！」

和熱戀中的情侶一樣，何以蔚和邵秦不能見面就每天傳訊息打電話。邵秦說著自己回家做了什麼、家人間發生的趣事，何以蔚就虛構了年夜飯、拜年、親戚問話等等情節，不讓邵秦知道他沒回家過年。

除去和邵秦互動的時間，何以蔚只覺得日子過得渾渾噩噩。

這幾天母親和妹妹各自偷偷打電話給他，一開始他還會接，後來發現都是勸他回家向父親道歉，也就懶得接了。他不接電話之後，電話響起的次數也跟著減少。

同時，他也知道父親要斷絕他的經濟來源，母親說了要拿私房錢給他，被他委婉拒絕了。他知道母親這個舉動肯定會讓父親生氣，家裡因為他出櫃的事已經夠不平靜，就別再增加夫妻失和的導火線了。

他也明白沒有零用錢後日子會過得很辛苦，即便如此，他還是不打算向父親低頭——找個異性交往，過幾年結婚，生個孩子，過上所謂的「正常生活」。

邵秦在初五時回來了。

傍晚時分，公寓門從外打開，窗外天色昏暗，只能看見客廳電視一明一滅地亮著，邵秦隨手開了燈，光線瞬間充滿整間屋子。

「邵秦？」何以蔚這幾天待在公寓裡把有點興趣的影集和電影看得差不多，累得在椅子上睡著了，聽見聲響才恍惚醒來。

他一邊坐起，一邊揉著惺忪睡眼，看見朝思暮想的戀人出現在門口，立刻笑著起身迎接。

何以蔚在電話裡騙邵秦會提早回來，所以邵秦看見何以蔚並不訝異，放下行李，對前來迎接的戀人張開雙臂，聲音是滿滿的喜悅，「我回來了。」

何以蔚笑容乾淨，彷彿沒有半點煩惱，撲進邵秦懷裡，「我好想你。」

「我也想你。」

邵秦安頓好後，兩人又說了一會兒話，邵秦仔細打量何以蔚，「我過年胖了兩公斤，怎麼你看起來瘦了？」

何以蔚裝傻，「有嗎？我回去吃了不少東西，怎麼可能瘦了？」

其實他這幾天沒心情認眞吃飯，餓得受不了才吃點東西，一天一餐的情況下自然消瘦。

邵秦也很想早點見到何以蔚，但還是覺得何以蔚回家的天數太短有點奇怪，認眞地叮嚀了一句，「如果發生什麼事，一定要告訴我。」

何以蔚暗暗驚訝於邵秦敏銳的直覺，臉上繼續裝沒事，眨了眨眼附和道：「好，那你也不能瞞著我，有什麼事一定要告訴我。」

邵秦微愣，他確實有件事情沒說，他從小個性獨立，習慣報喜不報憂，但既然何以蔚要求他比照辦理，也只好先開誠布公，「我媽上星期出了車禍，腳骨折了，瞞著不讓我知道，我回家了才發現，大概得休養三個月。」

「你家還好嗎？」

「我爸得加點班吧。」邵秦說完，發現何以蔚眼裡的擔心，立刻拍了拍男朋友的肩膀，要他放心，「放心，我有存錢，生活還過得去。」

何以蔚點頭，更覺得邵秦是個有肩膀的男人。何以蔚彷彿也從他身上得到力量，認爲自己也得振作起來，努力把生活過好，一起度過難關。

何以蔚習慣刷父親的副卡，戶頭裡沒有多少錢，盤點手上的現金只有五六千，這些錢還不夠他以前一個晚上的消費。只好開始學著控制支出，買東西先看標價，這樣生活費應該夠撐一個月吧？

除了節流外還得開源，他在學校附近繞了好幾圈找尋打工機會，最後是一間飲料店錄取了他。

飲料店的工作內容包含了清掃、煮茶、調飲料、結帳、外送，聽起來不難，他覺得自己應該能勝任。

何以蔚知道沒辦法瞞著，就主動告訴邵秦，「我開始打工了。」

「怎麼突然想打工？」邵秦知道何以蔚不缺錢，沒必要去打工。

何以蔚不想邵秦擔心，語調輕鬆，「體驗人生嘛，我也想知道打工是什麼感覺。」

打工能多點社會歷練，邵秦沒覺得不好，只是怕何以蔚適應不來，「別太勉強自己。」

何以蔚信心滿滿，「不過就是打工嘛，我也可以。」

然而現實是殘酷的，一開始對打工還覺得新鮮，開始上班後就不是想像的那樣。

他從小就不太需要做家事，頂多就是在學校裡掃過地，粗重一點的活都沒做過，十指不沾陽春水、嬌生慣養。

他才工作一天就腰痠背痛，賴在床上不想起床。

最有效叫人起床的不是夢想，是沒錢。他收到了一封簡訊，電信公司通知手機費扣款失敗，限期繳清否則停話。

何以蔚怎麼也想不起來手機費爲什麼會逼近五千，看了明細，除了過高的月租費外，他在遊戲裡還花了不少錢，看來之後連遊戲都不能盡興地玩了。

剩下一千塊要過一個月？聽起來不現實，但他的自尊心也辦不到開口借錢，所以他選擇了不繳手機費，也因此才知道欠費一個月不會真的停話，只是電話能接不能打，網路會慢到懷疑人生。

和邵秦交往後，何以蔚就停止了燈紅酒綠的夜生活，拒絕夜店玩伴們的邀約，最近有個人不死心又問了一次，何以蔚反問那人有沒有快速賺錢的工作。

「你需要錢嗎？以你的條件，陪睡一晚就能賺不少吧？」

何以蔚罵了一句髒話就把電話掛了，約炮和把自己賣了不一樣，他能分得清。而且他現在有邵秦了，他不想辜負邵秦的感情，任何讓邵秦難過的事他都不想做。

何以蔚只好認真在飲料店打工賺錢，煮茶的內場很熱，沒五分鐘就汗流浹背，煮茶的鍋子很重，要從爐子上把鍋子搬下來時重得他差點握不住手把閃到腰。重複調茶的動作讓他兩手痠得舉不起來，去外送時常常迷路被客人罵，回店裡又再被店長罵……

各種不順他都咬牙忍下來了，只有一回他是真的差點堅持不住。

那天，他站收銀也支援調飲料，他對點餐機還不太上手，只顧著盯著螢幕，嘴上機械性地招呼客人，「下一位客人。您好，今天想喝什麼？」

何以蔚等了快十秒沒等到答案，抬頭看了一眼，那是一位穿著體面貴氣的婦人。她臉上是精緻的妝，腦後挽了一個優雅的髮髻，保養很好沒什麼歲月痕跡的手摀著嘴像是怕哭出聲，眼睛牢牢看著他，眼眶已經紅了。

何以蔚喉嚨有點乾，低低叫了一聲，「媽。」

他覺得臉上發燙，他不想被家人看見這一面，尷尬都不足以形容他現在的心情。

「小蔚，你的手，痛嗎？」

何以蔚愣了一下，低頭看見稍早被滾燙茶桶燙傷的手腕上起了一個大水泡，僵硬地把手收到櫃檯下，努力擠出笑容，「沒事了，不痛。」

排在何母後面的客人開始不耐煩，擺著臉色低聲催促，「好了嗎？」

「媽，妳要是不點，是不是……」

呂秋蘭從名牌包裡掏出準備好的小錢包放在櫃檯上，「你收著。」

說完不給何以蔚拒絕的時間就跑開了，他只好把那個鼓鼓的錢包收起來，休息的時候打開一看，裡面是滿滿的千元鈔，他很心動，但幾經思考後還是決定不動錢包裡的錢。要是靠家裡幫忙，這場他和父親的博奕就輸了。

熬了一個月，總算領到了薪水，一萬出頭，把手機欠費繳完就去掉大半，他得靠剩下的錢再撐一個月，不禁感嘆賺錢不易。

於是他認真檢視房間裡的物品，名牌衣服、幾雙不錯的鞋、稍有價值的錶，只要能賣的都丟上網路賣。回答問題、寄貨、約面交，弄了兩個星期，變現十二萬，省著點用夠他撐好一陣子吧？

就在生活費不吃緊後，變故緊接著到來，令他措手不及。

一日，穿著飲料店制服的何以蔚拖著疲憊的身體回到公寓。

已經到家的邵秦坐在客廳裡，低著頭，眼神失去了神采。他垂著肩膀頹喪地告訴何以蔚，「我考慮休學一年，最多兩年吧？等家裡經濟安定了再回學校。」

何以蔚嚇了一跳，「發生什麼事？」

邵秦的成績很好，他想不出對方有什麼理由需要休學。

邵秦覺得自己辜負了對何以蔚的承諾，雙手支在大腿上低頭掩面，聲音沉重，滿是無可奈何的痛苦，「對不起，我可能要晚幾年才能和你好好過。」

何以蔚慌了，他看見邵秦這樣心都碎了，「告訴我發生什麼事情，我們不是說好了不要隱瞞嗎？」

邵秦不太想說，但何以蔚需要一個理由，幾度掙扎後才開口，「我爸被工廠裁員，他年紀大了，身上也有些職業病，不太好找工作。我是長子，該負擔的責任不能逃避。」

何以蔚心底發涼，隱隱有了不好的猜想，「你爸在什麼工廠工作，你知道老闆名字嗎？」

「家具工廠，張銘義。」邵秦狀態不好心神不定，說完覺得不對，「你問這個做什麼？」

耳熟的名字，何以蔚記性不差，很快地就把名字對上了，張銘義不就是父親生日那天在高爾夫球場見過的張叔叔嗎？他還和張銘義的女兒約會過。

何以蔚不相信這件事和何向榮沒關係，畢竟他媽都能找到他工作的飲料店了，他的父親知道他和邵秦交往，進而查到邵秦家裡也不難。

「沒事，我只是問問。」何以蔚努力不要被看出異狀，思緒已經有些恍惚，蒼白無力地說著安慰的話，「你先別休學，說不定還有轉機，別放棄。」

邵秦只是含糊地應了一聲，他早已經認清了這世上罕有奇蹟，現在想到的只有道歉，「以蔚，對不起。」

何以蔚很難過，比被父親罵丟臉的時候還難過數百倍，是他害了邵秦和他的父親。

他早該知道父親不會那麼快放棄，何向榮向來不肯服輸，習慣了用盡手段達到目標。

如果這是開胃菜，接下來會是什麼？

於是，何以蔚肯回家了。

豪宅物業認得何以蔚，他禮貌地點頭微笑走過大廳坐上電梯，站在自家大門前才發現大門換密碼了，他回自己家還是按電鈴讓管家開門的。

一進門，在客廳裡等著的呂秋蘭就快步迎了上來，在玄關拉住獨子的手，心疼地問：「你看起來都瘦了，有沒有好好吃飯？打工累不累？受傷了有沒有上藥？」

何以蔚一一答了，「我很好，不累，傷好了。」

「那就好。」呂秋蘭眼裡泛著淚光，拉著兒子走向客廳，「走吧，你爸在等你。」

裝修氣派豪華的客廳裡，何向榮坐在長沙發中間，周身散發著勝利者驕傲的氣場，微微昂首，帶著若有似無的微笑看向獨子，卻不起身迎接。

何以蔚深吸了一口氣，對著沙發中間的男人開口，「爸，我回來了。」

他事先給父親傳了訊息，何向榮就推掉了晚上的應酬在家裡等他。

何向榮點頭，語氣略有些不屑，「你總算肯回來了，那個人叫邵秦對吧？」

何以蔚冷著臉沒說話，既然父親已經調查清楚了，他也沒必要解釋。

「我知道你是被人影響了，一時迷惑，你年紀輕還不會想，外面壞人很多。年輕人比較衝動，難免有反抗心理，去打工增加一點歷練也不錯。」何向榮說了幾句，發現何以蔚不說話，臉色也不太好看，還是呂秋蘭拉著他的手才按捺著沒發作，「你就沒什麼要說的？」

「你怎麼可以這樣對他？」何以蔚聲音冷淡而平靜，實則已痛得撕心裂肺。

那是他想捧在手心裡的鶴啊！

那是他本以爲不會有回應的感情！

那是不介意他有過混亂的性關係，願意拿真心和他好好過的男人！

那是他遇過唯一不渣的直男。

「我做了什麼？我不過就是一個想讓兒子回家的父親。」何向榮理直氣壯，不覺得自己有什麼問題，「難道他兒子拐了我兒子就沒錯嗎？」

「是我錯了。」何以蔚心中淒然。

他的鶴本應該振翅高飛，他捨不得任何人傷害邵秦，更何況要折斷翅膀，沉入泥淖。

何以蔚意識到自己只會給邵秦帶來麻煩，分開竟然是對邵秦最好的選擇。

他還年輕不會想？他怎麼不會想？他就是想得太清楚才會回來談判的，邵秦沒有籌碼，但他有。

「我回來是有條件的。」

何向榮哼了一聲，即使不悅，心裡又有幾分欣賞，不愧是他的兒子，還懂得談條件，「說。」

「讓他父親復職，兩倍薪水。」

這個條件不難，不過何向榮不直接答應，而是提出了要求，「我不指望你馬上交個女朋友，可是你得和他分開。」他覺得自己做出了很大的讓步。

「你不能再打擾他。」

何向榮跟著加碼，「我讓人幫你在國外申請了間學校，你早點過去適應環境，先在語言學校裡待著也好。」

「復職的事什麼時候辦好，我就什麼時候出去。」何以蔚的英文能力是從小就被刻意培養的，程度相當於第二母語，就算不上語言學校也沒問題，然而他對父親的安排沒意見，他在意的是談判成敗。

何向榮拍板定案，「好。」

「我先回房了。」條件談完了，何以蔚就不想再看見父親，便往自己房間走。

呂秋蘭站起，想叫住何以蔚，「別走，等一下就開飯了。」

何以蔚頭也沒回，「我不餓。」

何向榮氣得怒喝一聲，「別理他，餓不死的。」

何以蔚冷著臉回到自己房間，關門上鎖，做完這些事情似乎耗盡了力氣，也不開燈，無力地背靠著門板滑坐在地上。瀕臨潰堤的情緒再也撐不住，眼眶裡的淚水無聲地流下。

哭到難受的時候，何以蔚就倔強地咬著下唇抽氣，他不想被聽見，不想讓父親覺得勝利了。他和邵秦的感情沒有輸，他們只是沒有在對的時間相遇。

胸口抽痛得難受，何以蔚忍不住握拳捶向胸口，藉著肉體的痛楚打散心底深處的絕望。

他曾經以爲會天長地久，曾經以爲找到了幸福……

他原以爲堅定的感情，竟是如此脆弱。

何以蔚兩天沒回公寓，邵秦以爲他在生自己的氣，連傳了幾個道歉訊息，何以蔚看了都沒有回應。家裡遭逢變故、學業停擺，前途茫茫，感情也不順利，邵秦只覺得人生滿是無力感，向來積極上進不認輸的他，第一次有了買醉的念頭。

邵秦在超市酒架前躊躇，最後買了以酒精濃度來說相對實惠的高粱回公寓，自酌自飲，自卑自嘆，很快就醉得不省人事。

隔日一早，何以蔚回到公寓，一開門就聞見酒氣，看到客廳桌上的空酒瓶，也看見醉倒了睡在地板上的邵秦。

看著此情此景，何以蔚心裡又是一陣抽痛，心中的決定更加堅定。

何以蔚扶起邵秦時，邵秦掙扎著醒來，看見何以蔚就露出開心的笑容，緊接著眼神一暗，只知道道歉，「以蔚，對不起。」

何以蔚沒有回應，逕自轉身去廚房倒了杯水給邵秦。

邵秦喝了水似乎清醒不少，他發現男朋友今天看起來不太一樣，望著他的眼裡滿是憂傷，臉上沒有半點笑容，身上散發的氣息冷淡而陌生。

邵秦試圖開啓話題，伸手想碰何以蔚，卻被何以蔚躲開了，他心裡有些受傷，但自覺有愧忍著不敢抱怨，放輕了語調討好地問：「你這兩天去了哪裡？」

何以蔚貪戀地看著邵秦，想把他的樣子深深記在腦海裡，每一眼都彌足珍貴，然而看得愈久就愈狠不下心，只好速戰速決，沉下臉，用最冰冷的語氣說：「邵秦，我們分手吧。」

邵秦的眼睛微微撐大，頓時覺得天旋地轉，懷疑自己聽錯了，「你、你要分手？」

「對。」何以蔚的聲音堅定而決絕。

邵秦不敢置信，顫聲問：「爲什麼？」

他找不到何以蔚想分手的理由，他們明明那麼相愛，他們說好要一起過一輩子的。

「膩了。」

聞言，邵秦眼眶都紅了，拉起何以蔚的手，聲音沙啞哽咽，近乎乞求地說著，「你是不是有什麼苦衷？還是因爲我不夠好？我可以改，我會努力的，你等我幾年好嗎？」

何以蔚鼻子一酸，差點就要控制不住情緒，他別過頭，深呼吸緩了一緩後，換上輕蔑的眼神，重新看著邵秦，用輕浮的語氣說道：「沒什麼苦衷，就是不想和你交往了。我這樣的人，本來就不適合固定一個對象。」

「你和我交往是眞心的嗎？你說你愛我？」邵秦仍不死心，他們那些幸福的回憶難道都是假的嗎？

「邵秦，你是不是太純情了？是不是眞心的有關係嗎？反正和我上床你不也爽過了嗎？不吃虧。」何以蔚裝作厭煩地甩開邵秦的手。

邵秦不敢相信何以蔚如此無情，錯愕地看著被甩開的手，和何以蔚沒有半點溫度的表情，心中有了不好的猜想，「你有新對象了？」

邵秦臉上的驚愕和痛苦深深刺痛何以蔚，可是他要幫邵秦就得先傷害他，只好狠下心把戲演完。他心一橫，嗤笑一聲，輕浮地說：「我沒必要告訴你吧？」

邵秦的記憶力很好，這對他念書幫助很大，不過這時候他寧願自己不要把以前的事記得太清楚。

他還記得去夜色找何以蔚時，店裡的人都以爲他是被何以蔚玩膩的男人，以爲他被甩了還糾纏不休，紛紛對他投以同情憐憫又或是訕笑嘲弄的眼神。

一切彷彿早有暗示，他總是忽略、總是沒想太多，他不認爲何以蔚是那樣的人，但事實擺在眼前，何以蔚就是這種人——遊戲人間，對誰都只是玩玩。

邵秦思緒紛亂，太陽穴突突地跳，腦子忽然跳出過去的對話。

「太久了，到時候我說不定就有新歡了。」

是啊，何以蔚早就說了，他沒辦法和一個人處得太久，是他一廂情願，以爲他們可以長長久久走下去。

「那也沒辦法，我會成全你的。」

他承諾過，他會成全他。

說起來容易，做起來卻異常艱難。邵秦覺得心口正在淌血，每一分每一秒都在抽痛，痛得他快要站不住，答應只是幾個字，他卻不敢說出口。

「我會對你很好，我們再試試看好嗎？」他從不知道自己是這樣不乾脆又死纏爛打的人，明明戀人已經變心了，依然想嘗試挽回。

何以蔚的心裡同樣難受，比想像中還要難受百倍。他沒想到驕傲自信、聰明理性的邵秦爲了留住他會如此卑微、低聲下氣，彷彿把心刨了出來就爲了證明對他的愛。

他要是能答應該有多好？他企盼的愛情就在眼前，卻得拒絕。

何以蔚想逃了，他再也無法待下去，他必須快刀斬亂麻，於是，他鼓起最後的力氣大吼，「邵秦，你聽不懂嗎？我對你膩了！膩了就是我不想跟你在一起，換了誰都可以，就是你不行！懂嗎？」

邵秦愣愣的像是沒聽懂，只知道看著何以蔚，眼眶漸漸溼潤。

何以蔚只好往火上加油，說著他也不信的話，「反正我們認識的時間不長，你就當我沒出現過，大家回到原本的生活，各過各的。」

邵秦心想，他怎麼有辦法回到以前呢？他怎麼有辦法當作何以蔚沒出現過呢？

要是何以蔚希望他當作什麼都沒發生過，當初就不該靠近他啊！

邵秦不想哭，尤其不想在何以蔚面前哭，但是那些扎心的話太痛了，痛得他的眼眶再也攔不住淚，挫敗地低下頭，總算死心，啞著聲音放手，「好，我們分手。」

何以蔚鬆了一口氣，同時心裡瞬間空了一塊，比剛才每一刻都痛苦。

從今以後，他和邵秦，什麼也不是了。

「我走了。」何以蔚丟下這句就離開，不敢回頭。

不說再見，因爲最好別再相見。

大門關上，邵秦還在原處無聲地落淚。

何以蔚很快就搬走了，出面的是搬家公司的人，聯繫邵秦後負責過來收東西。

何以蔚分手後再也沒出現過，就像是沒存在過似的。

邵秦每天看著隔壁的空房間，心裡也跟著空空的，他還記得何以蔚的笑容、體溫、呻吟、習慣、喜好……怎麼會說分手就分手呢？

他難過到就連父親來電報喜，說他不僅復職甚至加薪時，心情也沒有太大的起伏。他不用休學了，他可以繼續爲兩個人的未來努力，但現在只剩他一個人了。

邵秦還是正常上課、家教，卻有點害怕回到這間公寓，他一回來就會想起兩人共同度過的時光，一想起何以蔚就難受地掉淚。

邵秦有時候會做兩份早餐、泡兩杯咖啡，擺在餐桌上，假裝何以蔚就坐在對面。搬家公司的人沒有拿走貓咪對杯，兩只杯子靠在一起時，杯子上的愛心還是那樣顯眼，見證著曾經甜蜜的愛情。

他會對著對座說話，能言善辯的他說到後來總是哽咽，看著空空的椅子再也說不下去。

他沒有再找室友，他不想和別人分享和何以蔚共度的空間。至於租金，他的家教收入足夠支付，只是存錢的速度會大幅變慢。

分手十天後，邵秦的手機收到了一則訊息。

「邵哥，你會去機場送我哥嗎？我有必修沒辦法去。」

邵秦愣了一下，想起曾經加過何以晴好友，連忙回訊息，「爲什麼要去機場？」

「我哥今天的飛機，他沒告訴你嗎？」

「什麼時候？」邵秦心裡還放不下，他不相信何以蔚只是玩玩而已，他想再見一次何以蔚。

三個小時後飛機就要起飛了，時間很趕，邵秦在教授和同學訝異的目光中離開教室，在校門口招了輛計程車直奔機場。

他在機場裡毫無頭緒地找人，一樓報到櫃檯沒找到就上二樓，找了一大圈未果，便靠在窗邊稍作休息。

就在此時，他看見何以蔚從進口車上下來，抿著嘴角，神情冷淡，隔遠了才發現他氣質矜貴，穿的用的都是名牌貨。

邵秦正準備上前叫住何以蔚，卻見到一位高挑俊雅的男人接著下車，走到何以蔚身邊。他還記得那人叫做方棠，曾經稱自己是何以蔚的男朋友。

「你有新對象了？」

分手那天，邵秦曾這麼問何以蔚。

「我沒必要告訴你吧？」

何以蔚避重就輕地回了這麼一句。

現在看來，答案很明顯，何以蔚的新對象就是方棠。

邵秦停下腳步，無法再前進，他發現方棠和何以蔚才是相襯的，兩人從衣著品味到顧盼間的氣質都是一副不用擔心金錢的樣子。他低頭看看自己一身平價服飾，他跟他根本是兩個世界的人。

兩人靠近說了幾句話後，就一起到航空公司VIP商務櫃檯辦理登機，方棠的態度很是殷勤，既幫忙拉行李還幫忙辦手續，一隻手有意無意地搭向何以蔚的腰。

邵秦渾身發冷，彷彿被凍住般無法移動，也無法開口說話，只能看著兩人從報到櫃檯並肩離開，漸漸消失在視線中。

他真的該死心了。

或者，心真的死了。

Chapter 6

六年後。

時序入冬，氣溫陡然下降，街頭行人都換上了冬裝、拉起外套的拉鍊，行色匆匆。

裝修氣派新穎的城市飯店大門前，一輛計程車平穩駛近停妥。後座車門開啓，一名穿著駝色毛呢大衣、長相帥氣的高䠷男子下了車，拉著行李箱走進飯店大廳。

男子逕自前往櫃檯辦理入住，等待手續完成時手機響起，看了一眼來電者後便接起電話，「我剛下飛機，住飯店。對，爸知道，Amy幫我訂的。」

「何先生您好，您的房間號碼是一八〇一。」櫃檯裡站著兩名櫃檯小姐，年輕漂亮、妝容精緻。她們早就收到通知，一看名字就知道是老董的兒子，原本就禮貌周到，此時更加殷勤熱心，主動領人搭電梯上樓。

電梯裡，何以蔚還在講電話，注意力完全沒放在笑容可掬的女員工身上，「放心忙妳的，婚禮準備得怎麼樣了？」

電梯門一開就能看見光線充足明亮的中庭和長廊，走廊兩旁有花卉和點點綠意點綴，令人心曠神怡。這一層房間數不多，都是行政大套房的貴賓房型，客群非富即貴。

何以蔚聲音微帶笑意，「好，明天中午碰面吃個飯。」

「何先生，到了。」女員工領著何以蔚停在房門前。

何以蔚朝服務人員禮貌地說了聲謝謝，便轉身進了門，「回程機票還沒買，六年沒回來，想到處看看，也許待久一點。」

電話那頭，何以晴心情很好又說了些婚禮要注意的事，何以蔚很有耐心地聽完，笑著說道：「好，都記得了，我還沒看過妳的未婚夫，妳這交往兩個月就要嫁的行爲眞是夠衝動。」

何以晴不以爲然，理直氣壯又有些嬌蠻，「他長得帥、對我很好，我覺得他就是我要共度一生的人了，當然要早點把他綁住，才不讓他跑掉！」

何以蔚自認在感情上很失敗，沒資格對人指手畫腳，不過何以晴的話明顯有問題，忍不住還是提醒了幾句，「用婚姻綁人沒有用，重點是他的心。現在也不是說這個的時候，妳和孩子過得好才是最重要的。」

何以晴沒把懷孕的事和何以蔚說，聞言萬分錯愕，「哥，你怎麼知道我懷孕了？」

雖然六年沒有回來，但兄妹間的聯繫沒有斷，何以蔚對妹妹的個性和行爲還是很了解，何以晴雖然天眞直率還有些嬌氣，可是交往兩個月就吵著要結婚的行爲依然很不尋常。果然，被他一套就套出來了。

何以蔚坦承，「猜的。」

這件婚事辦得太急了，就算何以晴爲愛昏頭，父母也不會那麼草率地同意。

何以晴祕密被發現，心中忐忑，訥訥地開口，「你會不會覺得我太不檢點？」

「怎麼會？這是喜事。」何以蔚暗暗嘆了口氣，能稱得上不檢點的應該是他才對，而後溫言，「恭喜妳。」

何以晴被這樣體貼的話觸動了，聲音帶點哽咽，「哥，你也要幸福。」

何以蔚微微勾起嘴角，笑容帶著傷感。六年了，他還是不知道自己的幸福在哪裡，不過妹妹喜事當頭，他自然不會說些掃興的話，用僞裝慣了的開朗輕快語調，由衷地道謝，「謝謝。」

兩人又說了幾句，才掛掉電話。

何以蔚六年沒回來，看什麼都是熟悉中帶點陌生，一時之間也沒想到要去哪裡，脫下大衣掛在衣架上，從冰箱拿了瓶進口氣泡水，擰開瓶口直接就口喝了。

他仰頭，下頷和脖頸間揚起漂亮的線條，嚥下水時喉結滑動，性感得讓人忍不住多看幾眼。他知道自己有幾個角度和動作特別適合勾引男人，幾乎無敗績。

何以蔚放下水瓶，順手解開襯衫領口的鈕子和袖扣，瞥見鏡子內外型出眾的自己。

他丟了那些眼線、眼影和配飾，不再把自己搞得花裡胡哨、妖豔惑人，臉上褪去了當年的青春稚嫩，多了成年人的內斂。五官依然俊美漂亮，長而密的睫毛斜斜看人時顯得多情，眼神總帶著幾分慵懶寂寥、遊戲人間的意味，薄而翹的雙唇揚起時，男女都要爲之屛息，配上寬肩窄腰長腿如模特兒般的身材，更是萬裡也不見得能挑一。

何以蔚懶懶地移開視線，他知道自己好看，可是這和妹妹口中的幸福有關係嗎？

他的時差還沒調過來，手機上的時間才過下午兩點他人已經有了倦意。躺上柔軟的大床，隨手打開電視轉到新聞台，一張夢裡經常出現的臉以放大了數倍且氣質丕變的方式出現在他眼前。

「我代表我的當事人沈萱小姐，對吳旭堯先生提出妨害名譽的告訴。」

電視裡，一名西裝筆挺的偉岸男子站在法院前，劍眉一挑，氣勢凌人，略一停頓後話鋒一轉，收斂氣勢，剛柔並濟，繼續道：「如果吳旭堯先生願意向沈萱小姐公開道歉，我方願意撤銷告訴。」

何以蔚沒聽清楚男子說了什麼，在看見故人的瞬間他的身體彷彿僵住了無法動彈，只知道靜靜看著電視裡的男人。

原以為不會有波動的心竟一抽一抽地痛了起來，過往回憶不斷在腦海裡回放。他知道不該繼續看，卻無法停止，目光貪戀地在那張既熟悉又陌生的臉上停留——是邵秦。

六年了，他看起來很不一樣。

他的眼神自信但不再柔和，笑容恰到好處卻有種距離感，褪去了書卷氣後多了成熟男人的沉穩冷靜，依然英俊挺拔、氣宇軒昂。他還是在雞群裡讓何以蔚一看就移不開眼的鶴，只是氣質迥異，再也找不到當年的痕跡。

直到邵秦消失在螢幕上，何以蔚才捨得眨眼，猶豫了許久後，忍不住拿起手機搜尋邵秦的名字。

網頁搜尋結果最上方的是方才的新聞——

拒絕惡意影射，國民女神沈萱怒告吳旭堯！

吳旭堯慘了！性感女星沈萱控妨害名譽！

何以蔚出國後就沒注意國內消息，他連沈萱的名字都沒聽過，這兩人間的恩怨還是看了幾則新聞才弄清楚。

沈萱是網美出身，近年開始向演藝圈發展，以姣好面貌、性感身材累積了近百萬粉絲，出了兩本寫眞集，暫時沒有什麼代表作。

吳旭堯是以敢言著稱的名主持人，在節目上談論到包養網美主題時，繪聲繪影地影射某沈姓單名網美曾經被包養過，此事在近幾日掀起軒然大波。

何以蔚對事件中的兩人都不感興趣，目光停留於邵秦的照片上許久，手指在照片上長按選擇了下載。

圖片很快就下載好，何以蔚恍然驚醒，嘆氣，「我在做什麼？」

兩人早就形同陌路了，他存著邵秦的照片做什麼？

即便處在同一個城市裡，他們最好別再相見，當年分手分得太決絕，現在相見了八成也沒好話吧？

何以蔚嘴角泛起苦澀的笑容，收起手機，翻身蓋被睡覺，卻沒捨得刪掉照片。

隔日何以蔚醒來已經十點了，滑開手機看見妹妹傳來的餐廳地址，回了個沒問題的貼圖，打開了工作群組。他畢業後和兩個同學一起創業，是間媒合零碎需求的軟體新創公司，從修家電、遛狗到送包裹，委託方既可快速即時得到相對平價的服務，提供服務者也可以賺外快。

何以蔚這次回來前請了長假，手上重要的工作已經告一段落，只需要保持聯繫，定期參加線上會議即可。

他花了點時間瀏覽了剛出爐的會議記錄和財務報表，處理了幾個問題後才關上手機。起身撥了通內線，請飯店櫃檯預先安排車輛，接著洗漱換裝，按約定時間赴約。

何以晴挑的是一間極難訂位的法式餐廳，位於租金昂貴的精華商圈，正對車水馬龍的大馬路。

何以蔚到得稍早一些，從計程車上下來後就在餐廳門口等何以晴。他一手插在大衣口袋，一手拿著手機傳訊息告訴妹妹他先到了。

雖然只是隨意站著，但這樣相貌和身形出挑的男子光是站著就夠吸引路人目光，他習慣了這些羨慕、愛慕、帶著試探或羞澀的眼神，處之泰然。

約莫十分鐘後，一輛黑色進口車停在餐廳前的馬路上，車內有一男一女，副駕上坐的正是年輕俏麗的何以晴。

何以蔚先是直覺地朝何以晴招手，隨即笑容一僵，他看見了駕駛帥氣的臉龐，正如同他昨晚存在手機裡的照片一樣。

何以晴笑著對男人說了些什麼，男人也跟著露出笑容，看著何以晴的目光似乎帶著幾許溫柔。

爲什麼何以晴會在邵秦車上，而且兩人互動看似熟稔？

何以晴結婚的對象是誰？難道——

何以蔚不敢再想，也不敢再看，他的第一個反應是後退兩步，把自己藏在騎樓的柱子後，怕邵秦看見自己。

何以晴和邵秦說完話後就下車，關上車門時沒忘笑著揮手道別，邵秦也回以笑容，將車緩緩駛離。

何以晴走近，看見了騎樓裡的何以蔚，兩人已有大半年未見面，久別重逢特別興奮，雀躍地小跑步朝何以蔚奔來，笑容甜美燦爛。

何以晴撲進何以蔚懷裡，給哥哥一個大擁抱，「哥！你等很久了嗎？」

何以蔚心神不定，他不確定邵秦有沒有看見他，接住妹妹後，趕緊整理心情，輕輕拍了她的背，故意取笑道：「正經點，都要結婚了，不能再像個小孩子了。」

「有什麼關係？他就喜歡我這樣。」何以晴甜笑，領著何以蔚一起進餐廳。

餐廳裝修風格現代又前衛，用色大膽，紅黃幾何色塊和大量金屬構件穿插其中，放著慵懶的法式沙發音樂。穿著制服的服務生立刻迎了上來，確認訂位後就帶位到靠窗的位置，並送上茶水和菜單。

何以蔚隨意翻了幾頁，和何以晴各點了一份主廚推薦套餐，等服務生把菜單收走就開始聊天。

「哥，你眞的不回家嗎？」

何以蔚因爲六年前出櫃的事和父親鬧得很僵，這六年來父子見面的次數一隻手都能數得出來，就算勉強見了面也近乎零互動。

何以蔚知道妹妹想緩和降至冰點的父子關係，聞言微微一笑，「媽讓我回家吃個飯，也許過兩天會回去吧？」

何以蔚的話像是承諾也像是沒答應，但何以晴不管，只當哥哥願意回家了，「那就好，其實爸也是關心你的，每次我出國找你的時候，他都會問你過得好不好。」

「他是想確定我是不是還活著，有沒有給他惹麻煩吧？」何以蔚沒被妹妹的幾句話打動，這幾年和父親隔閡愈來愈深，他都快懷疑自己是不是何向榮親生的了。

「哥，你又不是不知道爸不擅長表達感情，這一點你們眞的很像。」

何以蔚嘖了一聲表示抗議，「誰和他像了？」

何以晴被這一幕逗笑了，她想起父親也說過類似的話。

「別說這些了，說點開心的。」何以蔚對送上前菜的服務生說了聲謝謝，整理心情重新開啓話題，「都要結婚了，我還不知道妳的未婚夫是圓是扁。」

「什麼圓的扁的？他是帥的！」何以晴說起未婚夫就是一副眼睛冒愛心的狀態，「再怎樣你也要相信我的眼光，他眞的很帥，是個律師，你也認識。」

隨著何以晴拋出一個接一個的線索，何以蔚的心愈來愈沉……眞的是邵秦嗎？

何以晴以前就對邵秦表示過好感，說不定眞的有可能？

何以蔚勉強維持著微笑，手心發涼，不敢想像何以晴的對象是邵秦該怎麼辦？

何以晴沒等到回應，伸手在何以蔚眼前揮了揮，「怎麼了，你在聽嗎？」

「抱歉，剛在想工作的事。」何以蔚深呼吸，重新堆起笑容，語氣如常，語調輕鬆，「我認識的人很多，妳至少得說名字吧？」

何以晴原本還打算吊胃口，然而看見哥哥警告的眼神，這才從實招來，「蕭又維。」

何以蔚想起來好像是有這麼一個人，蕭家是開電子零件廠的，在長輩們的聚會場合見過幾次，僅打過招呼沒有深入交往，要不是何以晴提起，他根本想不起來。

何以蔚莫名鬆了一口氣，同時也對自己心情的大起大落感到無力，邵秦和誰交往，甚至找個女人結婚都不干他的事。

六年了，該過去了。

惦記再久也不會變成他的誰，何況還是他提分手的，當時邵秦受傷的表情他閉上眼就能想起來，一想起來就伴隨著胸口若有似無的悶痛。

何以晴興致盎然地繼續說：「想不到吧？雖然小時候見過兩次，沒想到他長大那麼帥！我學姊生意上有些糾紛，剛好找上蕭律師，我陪著她去律所諮詢，才發現是認識的人。後來他約過我幾次，我們就開始交往了。」

「他送妳來的？」何以蔚知道不是，他故意拐彎打聽邵秦，忍著不問實在太難受。

「不是，又維在忙，剛好邵哥有空就送我過來。哦，對了，他們一起合夥，是學長學弟關係。」

何以蔚上網查過，知道蕭又維和邵秦原本都在某間大型律師事務所任職，一起處理過幾宗著名的案件，應該是因此一起出來創業。

何以晴頓了頓，想起何以蔚和邵秦一起租屋過，「你和邵哥還有聯絡嗎？」

「沒有。」何以蔚裝作一點都不在意地回答。

「你們是不是交往過？」都過這麼多年了，應該能把答案告訴她了吧？

「是」或「不是」，簡單的一二個字，何以蔚卻說不出口，他口乾舌燥，心中酸澀，只能裝作注意力都在食物上，「別說這個了，美食當前，別浪費了。」

何以晴在父親公司裡做事，累積一些社會歷練後也有點眼色了，她看哥哥的眼神就知道答案，儘管臉上無所謂地笑著，表情和聲音如常，然而他眼神裡那一點落寞和寂寥卻沒掩飾住。那是何以晴沒見過，也不應該在何以蔚臉上見到的。

何以晴扯開笑容裝作什麼都沒發現，語調輕快地說著，「說的也是，這家餐點很好吃，我早就想找你來了。」

吃完午餐，把妹妹送上計程車後，何以蔚也替自己攔了一輛。不回飯店，而是去了趟當年沒念完的大學，他突然想看看那附近變得怎麼樣了。

人很矛盾，擁有的時候不珍惜，離開之後卻分外想念。

他在校園走了一圈，逛過熟悉的校門、林蔭大道、各自學院的教學大樓，還有特別親切的圖書館。

他以前常在圖書館外等邵秦，忍不住如同過往般在圖書館外挑了張椅子坐下，望著圖書館大門，看著學生進進出出，愈看愈難受，眼眶逐漸溼潤。他用衣袖在臉上一抹，不到五分鐘就起身走了。

何以蔚走走停停，到處都看上兩眼，回憶裡的畫面不斷湧上，過程中吸引了不少目光，還有學弟妹上前問他是哪個系所的。

他微笑地用三兩句打發了，看著青春朝氣的男女，忍不住想當年的自己是不是也是這個樣子？

出了校園，過條馬路便到了校門口對面的公寓，公寓樓下停放不少機車，看來還是租給學生爲主。一樓鐵門重新上了漆，外觀也整理過了，看起來像模像樣，大概只有少數人還記得新漆底下那頗有年代感的斑駁鏽跡。

何以蔚又繞去以前常去的地方，書店、超市……還好這些地方都在，還能找到一點當年的痕跡，證明那些日子眞正存在過。

他的晚餐就在公寓附近的麵店解決。麵店似乎換了第二代當家，但同樣的空間仍讓他感到熟悉，味道應該也沒變，卻覺得沒有以前好吃了……或許是自己變了吧？

入夜後，何以蔚回到父親當年買的那間小豪宅。

對父親屈服後，除了恢復金錢上的援助外，這間公寓也重新回到他手中。

屋子定期有人打掃，環境乾淨整潔，擺設和六年前一模一樣，抽屜裡的保險套甚至都還在，彷彿他只是離開幾天而已。然而衣櫃裡早已不穿的衣服和書櫃裡的大學教科書都在提醒他，真的已經過了六年。

何以蔚走到書桌前，按著記憶拉開右邊第二個抽屜，從一疊筆記本裡準確挑出一本藍色封皮的。他翻到中間露出夾在裡面的照片，那是數張他和邵秦貼著臉相擁的合照。照片裡的兩個大男孩笑得開心，看著對方的眼裡都是濃情密意，幸福得像是永遠也不會分開。

當時他將照片洗出來，本來想做交往紀念小冊，等戀情一週年時當作禮物送給邵秦，卻沒想到根本沒有那一天。

他一張張看著照片，照片裡的人笑得愈開心，他就愈難過，看著看著視線就模糊了，再也看不下去。

何以蔚用袖子抹去眼淚，把照片放回筆記本胡亂塞進抽屜。物是人非，他忽然覺得在屋裡待不下去了，拿起手機皮夾便匆匆出了門。

儘管冷風一吹讓他冷靜了些，卻依舊心煩意亂，最後還是去了夜色。

何以蔚自嘲地笑了笑，反正他本來就是這樣的人，反正他單身。

夜色還是在夜生活一條街上，同樣的招牌，裝修略有調整，推開隔音門，店裡一樣精采。昏暗的室內，五顏六色的燈光明滅不定，音樂震耳欲聾，費心裝扮的男人們在舞池裡盡情地舞動肢體，拚命散發費洛蒙，尋找對象。

何以蔚太久沒來，店裡的員工和顧客都換過一輪，沒人發現他就是六年前風靡夜色、讓眾男男又愛又恨的風雲人物。不過不認識並不影響他的魅力，一進門就有許多雙眼睛黏在他身上，審視的目光裡有著毫不掩飾露骨的慾望。

「帥哥，一個人？」

「小美人，要不要人陪？」

「我請你喝杯酒吧？」

何以蔚太習慣這些不懷好意的搭訕，他看都沒看那些人，逕自走向吧檯，幫自己點了一杯長島冰茶。剛點完酒，便聽見隔著一張吧檯椅上的男人吹了聲口哨。

何以蔚微微挑眉，看向那人，「有事？」

「長島冰茶又叫『長倒冰茶』，好入口，然而酒精濃度高，又是混酒，容易醉。」男人長相年輕，氣質乾淨，穿著一件格子襯衫配牛仔褲，看起來像是社會新鮮人，說是大學生應該也有人信。

何以蔚輕佻地笑了笑，滿不在乎，「來這裡不就是要喝醉嗎？」

「你住哪裡？」

調酒師動作俐落，很快就把長島冰茶送到何以蔚面前，他先是啜了一口，才懶懶地回，「幹麼？」

年輕男人挪到何以蔚旁邊的空位，對何以蔚露齒一笑，「我可以送你回家。」

何以蔚原本想拒絕，但他看見男人的臉就改變心意了，如果今晚要在夜色裡找一個人陪，那就挑這個男人吧。他的眉眼與六年前的邵秦有點像，眼神清澈、笑容開朗，看起來個性體貼好親近。

何以蔚被男人吸引了目光，忍不住多看了幾眼，腦中不自覺浮現六年前那些太過美好的回憶片段，頓時一陣鼻酸，眼中隱有淚意。

他意識到不能再往下想，趕緊又喝了一口酒，用酒精強壓腦中紊亂的畫面，勾起嘴角笑得有幾分放浪，「你不想跟我過夜嗎？」

「如果你不介意，我家今晚沒人。」

「好啊。」何以蔚很快就答應了，他不太挑過夜的地方，不是自家飯店就好。

「老實說，我沒錢去五星級飯店。」年輕男人受寵若驚，在說到阮囊羞澀時不免有些靦腆，卻也誠實坦蕩，這一點很對何以蔚的胃口。

「誰說我一定要住五星級飯店？」

「該怎麼說呢，我覺得你值得吧？」男人說得認眞，眼神堅定。

何以蔚喝了口酒，不置可否地笑了笑。

在夜色裡遇到的人、聽見的話都別往心裡去，也許眼前這個男人會認眞和他交往，可是他沒辦法。何以蔚的心早就丟了，交不了心，這樣像是占了對方便宜，他不喜歡。一夜激情，玩玩就好，沒負擔。雖然這種事有點生疏了，不過他過往經驗豐富，駕輕就熟。

男人見何以蔚沒有接話不以爲意，臉上掛著靦腆又爽朗的笑容，語氣認眞地自我介紹，「你可以叫我小齊，現在的工作是律師助理。」

小齊笑起來的神韻特別像當年的邵秦，很晃眼，然而何以蔚還是捨不得不看。

「Neo。」出來玩，不用報眞名，何以蔚又喝了口調酒，說的話半眞半假，「我算無業吧，在美國待了六年，剛回國。」

「我看你拒絕了好多人，爲什麼答應我？」小齊好奇地問。他搭訕的經驗不多，成功次數更少，遇見何以蔚這樣外型出眾的天菜，原以爲會繼續吃癟，結果竟然成功了。

「我喜歡你，不行嗎？」不知道是不是酒精作祟，何以蔚看見的人既是小齊也不是小齊，昏暗燈光下，一杯酒下肚，很多話就能輕易說出口——反正沒人當眞。

小齊當然不信，他是長得不差，可是這世上哪有那麼多一見鍾情？看何以蔚迅速喝完一杯長島冰茶，立刻又叫了一杯威士忌，暗暗咋舌，「你失戀了嗎？」

廢話那麼多做什麼？是也不告訴你！

何以蔚手肘靠在吧檯上，用骨節分明的手指撐著側臉，眼神迷離，風情萬種地一笑，朝小齊勾了勾手指。等人靠近後，手指挑逗地撫過小齊的臉頰，往下探進襯衫領口勾住，把人拉了過來，微微傾身，嘴唇擦著對方耳朵，嗓音撩人，輕輕說著，「問那麼多就什麼事都不用做了，對了，top or bottom？」

這才是他該問的問題。

小齊的臉湧上一陣熱度，露出幾分羞澀，挺了挺胸膛，「top。」

得到滿意的回覆後，何以蔚放開勾著小齊領口的手指，喝起第二杯酒，「很好。」

早上醒來，何以蔚便感到頭痛欲裂。昨晚他喝到斷片，後來發生什麼事，他全都不記得了。

揉了揉太陽穴，何以蔚慢慢想起昨晚的年輕男人小齊，現在應該是在他家吧？也不知道他去哪了？

何以蔚拉開被子一看，發現自己只穿著一件內褲躺在陌生的床上，環顧四周也是全然沒印象。牆上貼著NBA球星海報，櫃子內擺設動漫公仔，桌上則擱放了幾本法律書，東西有點多卻不顯雜亂。

何以蔚起床，房裡只有自己一個人。他不想單穿內褲出門，又找不到昨晚還穿在身上的衣服，不得不從衣櫃裡拿了件短褲和T恤套上，略有些寬鬆，但還能穿。

何以蔚這才推開房門，隱隱聽見廚房有動靜，伴隨著誘人的奶油和麵包香氣，應該是奶油煎吐司吧？

不錯啊，何以蔚對小齊開始有點好感了，會體貼地給炮友做早餐的男人可不多。

何以蔚心情不錯，笑著走向廚房，語調輕快，「真香，有沒有我的？」

他看見廚房裡男人的背影覺得不太對勁，便停下腳步。記憶裡小齊的身形似乎不是這樣，肩膀沒那麼寬，似乎要矮一些，穿著襯衫的背沒這麼挺，臀有這麼翹嗎？腿的比例有這麼好看嗎？這個背影更像是——

男人聽見聲音轉身，瞬間眼睛瞪大，英俊的臉上盡是不敢置信，「何以蔚？」

「邵秦！」何以蔚也沒想到會遇見邵秦，心裡暗叫糟糕，只想用最快的速度離開這裡。

邵秦銳利的目光在何以蔚身上打量，不客氣地問：「你怎麼在這裡？」

「我的確不該在這裡，我該走了。」何以蔚極度心虛，轉身就往房間裡走，他想拿東西，名牌衣褲扔了沒關係，至少得帶走自己的手機、皮夾跟大衣。

邵秦跟著何以蔚的腳步，來到房間門口，性感好看的薄唇彎成了冷漠的弧度，「不准走，先說清楚你怎麼穿著我弟的衣服？」

何以蔚踏進房間的腳步頓了一下，他總算知道爲什麼昨晚覺得小齊像邵秦了，同個爸媽生的能不像嗎？

邵秦看了眼房間，凌亂的床、桌上放著何以蔚的手機皮夾、大衣隨意地披在椅背上。聯想起何以蔚以往的劣跡，他瞬間有了很合理的推斷，心中那點相逢的喜悅頓時消散，轉爲洶湧怒意，語氣凌厲，「你昨晚在這裡過夜？」

何以蔚轉身面對邵秦，看見熟悉的臉出現從未見過的憎惡。如果目光有溫度，他一定馬上就被凍傷，即便身體沒凍傷，心還是冷了。

於是，何以蔚唇角一勾，笑得輕浮，「是又怎樣？」

大家都是成年人了，就算舊情人見面也不用搞得針鋒相對，但何以蔚不知道爲什麼就是想刺激邵秦。也許因爲邵秦的態度讓他不舒服，也許因爲驚覺看見邵秦竟然覺得開心，也許他想證明自己不稀罕邵秦。

小齊聽見聲音，從另一間臥室開門出來，看見邵秦和昨晚帶回來的帥哥在說話，氣氛劍拔弩張，趕緊插話，「哥，你怎麼來了？你昨晚不是說要加班睡辦公室不回來？」
邵秦沒有解釋自己為什麼出現，他選擇先釐清現況，對著弟弟問：「邵齊，你們是什麼關係？」
「朋友。」邵齊心虛，給了一個模糊的答案。
邵秦不滿意，繼續追問，「朋友？怎麼認識的？」
何以蔚靜靜看著兄弟對話，他不確定小齊出櫃了沒，這件事得當事人自己面對。小齊在哥哥嚴厲的目光下節節敗退，最後還是吐實，「昨天在夜店認識的。」
昨晚在夜店認識就帶回家裡？邵秦冷笑，明白是怎麼回事了，來不及驚訝弟弟的性向，先進行機會教育，「離他遠一點，這個人生性放蕩，不適合你。」
「你是想說我髒吧？」何以蔚沒聽過邵秦這樣說他，不只心冷還痛得難受，嘴上也就不留情，笑得愈發輕佻，沒等邵秦回答就繼續說：「你弟昨晚很熱情啊，我到現在腿還是軟的。」
何以蔚才剛說完，就看見一道黑影，接著左頰一痛，被邵秦一拳打得退了兩步，撞上椅子後倒到床上。
「哥！」邵齊立刻拉開哥哥擋在何以蔚身前，「你不要打他，是我帶他回來的，你要打就打我吧！」
「不急，你的部分我還等你解釋。」邵秦怒氣難消，狠狠瞪了何以蔚和弟弟。
邵齊鼓起勇氣，高聲回應，「對，我是同性戀，我喜歡男人。」

邵秦皺眉，「不是同性戀的事，而是你怎麼會和他這樣的人上床？」

邵齊沒想到哥哥輕易就接受他的性向，聽見上床兩字才回過神來，趕緊澄清，「我們昨晚沒有做！」

「是嗎，那他怎麼從你房裡出來？」聞言，邵秦的理智回來了一些，發現了方才沒注意到的問題，「你又爲什麼是從邵明房裡出來？」

「他喝得太醉，剛進門就吐了，我脫了他的衣服拿去洗，回房時他已經睡著，我不好意思……吵他，就去二哥房裡睡了，反正二哥這半年外派不回來。」邵齊頂著邵秦的低氣壓和何以蔚打量的眼神，回憶昨晚約炮失敗經過，雖然心中忐忑，不曉得邵秦會怎麼教訓他，可是他更好奇大哥和那個男人怎麼會吵起來。

邵秦是看著邵齊長大的，他能看得出來弟弟沒有說謊，目光轉向何以蔚，嗤笑一聲，語氣冷冽，「你呢，腿是軟的？」

何以蔚摀著疼痛的左頰，硬是擠出燦爛笑容，一點謊話被拆穿的羞愧都沒有，「剛起床沒力氣腿軟不行嗎？」

他後穴裡沒有荒唐後留下的感覺，他也相信邵齊的話。

弄清楚狀況後，邵秦臉上繃緊的線條才稍微放鬆，然而臉色並沒好看到哪裡去，冷聲下了結論，「你們這叫約炮未遂。」

「未遂比既遂好點吧，而且就算既遂又怎樣？成年人單身約炮不犯法啊。」何以蔚勾起笑，挑釁地朝邵秦揚了揚眉，「是吧，邵大律師？」

邵秦努力壓下怒火，恨恨地說著，「你要和誰上床和我無關，但是別碰我弟。」

何以蔚的笑容幾不可察地僵了一下，那句「和我無關」就像一根細針狠狠戳進心裡，胸口猝不及防地一陣抽痛。儘管早知道兩人再無關係，親耳聽到的刺激還是不一樣。

「哥，你們認識嗎？」邵齊從剛才就覺得哥哥和Neo之間好像有什麼恩怨？

何以蔚接過話，卻拖著語調要說不說的，「何止認識，我們還——」

「閉嘴。」邵秦低喝，同時對何以蔚丟了一個警告的眼神，那段戀情他從未對家人提過，每次回憶都覺得既難受又不堪，只想抹去。

「緊張什麼？」何以蔚自嘲地笑了笑，人家不想承認和自己交往過呢，轉頭對邵齊溫和一笑，「我和你哥曾經是室友。」

邵齊直覺沒那麼簡單，不過當著哥哥的面又不敢多問。

邵秦沒反駁，像是接受了何以蔚的說法。此時手機鬧鐘響起，把他的注意力拉回了大半，「我早上有一個重要的會，先走了。邵齊，你也該準備了，上班別遲到。」

「好，我保證今天不遲到。」邵齊嘴上立刻答應，心裡盼著大哥早點出門，解除緊張的氣氛。

邵秦沒空理睬邵齊那個效期過短的保證，盯著何以蔚，冷冷地警告，「至於你，不准再靠近我弟！」

何以蔚不甘示弱，笑著回：「你放心，我對他沒興趣了，而且我從來都不缺對象。」

何以蔚輕佻的態度似乎再次惹怒邵秦，邵大律師臉色難看，從齒縫勉強擠出森冷的「很好」二字。而後立刻轉身回到自己房間，用最短的時間打上領帶穿上外套，西裝革履，拎著公事包出門。

關門前他看了一眼何以蔚，目光深沉複雜。

何以蔚站在邵齊房間門口，迎上邵秦的目光，不閃不避，等著前男友說話，最後卻只等到他砰的一聲將門關上。

大門闔起，警報解除。

邵秦盛怒下的拳頭在關鍵時還是收了點力，即便如此，何以蔚的左頰仍是火辣辣地痛，伸手輕輕碰一下就痛得倒抽一口氣……眞狼狽。

一夜情約到前男友的弟弟，加上一覺醒來撞見前男友，還被前男友揍了，這種機率有多大？不知道該說運氣差還是運氣好？

邵齊看見何以蔚臉上的慘狀，趕緊拉著何以蔚去餐桌旁坐下，轉身就去旁邊冰箱拿冰塊。

何以蔚盯著桌上的白色餐盤，奶油煎吐司配上太陽蛋和火腿，香氣誘人，把不怎麼吃早餐的何以蔚都饞餓了。邵秦做了兩份早餐，沒吃就走了，是氣到不吃了，還是留給他的？

不可能是留給他的。何以蔚有自知之明，現在的邵秦不可能幫他做早餐，但就算不是做給他的又如何？早餐是無辜的，不吃也是浪費。

邵齊拿著裹上乾淨毛巾的冰塊走了過來，遞給何以蔚冰敷，接著說：「你先吃早餐，我去泡咖啡，黑咖啡好嗎？」

「好啊。」何以蔚應了一聲後就開始動手吃早餐，既然主人之一都邀請了，更沒有不吃的道理。

他一手拿冰塊按在左頰上，一手大方地拿起桌上餐盤裡的吐司，雖然食物有些涼了，味道還是不錯的。吐司煎得恰到好處，散發著奶油的甜香，和火腿的鹹味相襯，加上一顆滑嫩的太陽蛋，微稠的蛋黃劃破後和土司一起入口特別好吃，還是記憶裡熟悉的味道。

六年了，沒想到他還能吃到邵秦做的早餐。

何以蔚一口一口慢慢咀嚼、嚥下，姿態從容又優雅。

沒多久，邵齊就端來兩杯黑咖啡，一杯是自己的，一杯給何以蔚，然後在對面坐下。

何以蔚啜了一口黑咖啡，認出了是邵秦喜歡的平價豆，雖然價格實惠但不酸不澀，味道醇厚，微苦順口。

「不好喝嗎？」邵齊邊吃早餐邊看何以蔚，發現他動作停頓，以爲咖啡有問題。

何以蔚搖頭，微笑，「很好喝。」

「這是我大哥買的，不是什麼很貴的豆子，不過我們三兄弟都滿喜歡的。」

何以蔚輕輕頷首，在心裡低低回了句「我知道」，接著默默把早餐吃完，克制著不提邵秦，畢竟他倆現在什麼關係都不是，而且邵秦明顯不想再看到他。

他得有自知之明，今早碰上純屬意外，出了這個門他和邵秦就該是兩條平行線，各過各的生活。

何以蔚拿面紙擦嘴，對著邵齊說：「我要走了。」

邵齊詫異，胡亂吞下剛塞了一嘴的吐司，急著想留何以蔚，差點把自己噎到，「這麼快？我還有點時間，我們不聊聊嗎？」

何以蔚被邵齊的反應逗得心情輕鬆了些，臉上做出惋惜的表情，用半開玩笑的語氣說：「早知道你是邵秦的弟弟我就不理你了。」

「我不知道一夜情要先交代哥哥的名字……」邵齊垮著臉，覺得自己很無辜，他的約炮之路似乎總是不順利。

何以蔚輕笑，「你現在知道了。」

「那我們還約嗎？」邵齊覺得有點可惜，何以蔚比他在夜色裡見過的人加起來都好看，「我不會告訴我哥。」

「嫌我被他揍得不夠重嗎？」何以蔚橫了邵齊一眼，他現在看對方就和看弟弟一樣，沒有半點旖旎心思。

邵齊無奈放棄，但他還是不理解方才是怎麼回事，「我第一次看到我大哥生氣打人，你們眞的只是室友？」

「不信你就問他啊？」既然邵秦不想被弟弟知道兩人交往過，何以蔚也沒興趣提。

邵齊自然是不敢問邵秦，然而他也不想就這樣放何以蔚走，拿出手機，「我們還是能當朋友對吧？加個好友？」

何以蔚笑著拒絕，「不用，以後不會再見面了。」

「太可惜了。」邵齊後悔昨晚沒勸何以蔚少喝兩杯，或者他就不該省下開房的錢，雖然月底了阮囊羞澀，不過他還能刷邵秦的附卡，在夜色附近找間好點的旅館度過美好的一晚。

何以蔚看出邵齊的扼腕，他不覺得可惜反而有些慶幸，要是和邵齊上床，他真的沒臉見邵秦了。他淡淡微笑，起身，「我的衣服呢？」

他現在穿著邵齊的家居服，實在不適合這麼出去。

「我去拿。」

何以蔚回邵齊的房間換衣服，洗過的衣褲散發著淡淡的清香，和方才邵秦靠近時身上的氣味有幾許相似。過去，他把這些小細節當作小確幸，現在想起卻只覺得苦澀。

何以蔚換上衣服，對著鏡子整裝後，微微俯身靠近鏡子仔細地看了看傷處，左頰冰敷後不再熱辣辣地痛，可是瘀青還是很明顯，「不知道多久才能消，這幾天不能見人了，邵秦出手眞狠。」

守在門外的邵齊聽見了，瞪大眼睛，放大了音量問：「你不會告我哥吧？」

何以蔚聽見邵齊的話，開門拍了拍邵齊的肩，「這個提議不錯，你是證人，記得幫我作證。」

邵齊搖頭，緊張地問：「可以不要嗎？這樣太對不起我哥了，要是被判刑會影響他執業，就算緩刑傳出去也不好聽。」

何以蔚點到為止，不捉弄邵齊了，「放心，開個玩笑，我沒打算告他。」他已經狠狠傷過邵秦了，怎麼捨得再傷害他？就當作是晚了六年的報應吧。

邵齊沒想到何以蔚這麼好說話，「真的？你要不要賠償？」

「不用，你如果不放心，我可以簽和解書。」何以蔚說完指著傷處，自嘲地笑了笑，「這傷，是我自作自受。」

邵齊聽不懂，眨著眼睛，「什麼自作自受？」

「亂說話啊。」何以蔚敷衍地找了個似是而非的理由，「你不也聽到了，我說我們上床了，你哥就打我啦。」

「為什麼我哥會生氣呀？他不是那麼衝動的人。」看到邵秦氣到出拳打人，邵齊整個人都很懵。

「你應該去問他啊。」何以蔚輕鬆閃開問題，他當然知道邵秦生氣的原因，但既然決定不把交往過的事告訴邵齊，他就一個字都不會說。

「我不敢問他。」邵齊一臉失望。

「我要走了，你上班別遲到了。」何以蔚拿起大衣、手機、皮夾，確認東西沒有落下，道別之餘不忘提醒。

「對了，我要怎麼把和解書給你？」

「城市飯店，房號一八〇一，放在櫃檯，簽完我會寄給你。」

隔日傍晚，何以蔚接到母親打來的電話，呂秋蘭在電話裡長吁短嘆猛打悲情牌，何以蔚狠不下心，這才回家吃飯。

他臉上的傷不出意外成爲家人關注的焦點，他說是自己摔的。何向榮第一個不信，但也拿兒子沒辦法，在呂秋蘭和何以晴居中調停下，一家人勉強算是心平氣和地吃了一頓飯。

席間聊的都是何以晴結婚的話題，討論婚禮布置、進場時間、節目安排、蜜月地點這些喜氣的事，大家心情都不錯，從氣氛尷尬轉爲笑語不斷。

飯後，何以蔚看了眼手機時間，醞釀著想找個理由脫身。

何向榮發現後搶先說了句：「沒什麼急事就來下盤棋，你媽和小晴都不會下。」

何向榮這話釋出了善意，就看何以蔚接不接。

六年沒見，何以蔚看著父親長出了記憶中沒有的白髮和皺紋，搭配著沒有棋友的感嘆，心裡有些觸動，垂下目光，「好。」

呂秋蘭和何以晴不敢走得太遠，就在客廳裡說話，討論捧花顏色和迎娶細節，同時也注意父子兩人的動靜，要是吵起來還能第一時間應變。

客廳旁便是以木製雕花窗片隔起的茶室，一老一少隔著茶几對坐，中間放著檀木棋盤和棋子，還是何以蔚小時候何向榮手把手教他時的那一副。

管家送上香茗和茶點，兩人邊下棋邊說話，楚河漢界，炮二平五開局。

何向榮目光落在棋盤上，像是在思索後手，徐徐開口，「你有對象了嗎？」

「不敢有對象。」何以蔚也盯著棋盤，目不斜視，起子，走了一步，淡淡地回。

何向榮低低哼了一聲，落子，「你要一個人過一輩子嗎？」

「總比和不喜歡的人過一輩子好。」何以蔚平靜地答。

何向榮不以爲然，「誰逼你和不喜歡的人過了？」

「我不可能和哪個女人結婚的。」

何向榮臉上一僵，拿起天青色茶盞，喝了口茶順順氣，半晌才緩緩開口說道：「我是接受不了你喜歡男人，但我也不想你孤家寡人到老。」

「什麼意思？」何以蔚心思沒在棋局裡，抬眼，似乎在父親眼中看見了妥協。

何向榮還是看著棋子，彷彿自說自話，「我的確愛面子，可你什麼時候在意過別人的眼光了？」

何以蔚輕笑，他理解不了父親矛盾的心情，「你要我別管你的想法？那你別耍手段啊。」

「連父母這關都過不了，表示你們的感情不堅定，以後阻礙還多著。」

何以蔚壓下破口大罵的衝動，深呼吸，語氣平靜地回：「我不想害他們一家餐風露宿，這樣叫感情不堅定？」

「這件事確實有點過了。」何向榮嘆氣，銳氣散去，背看起來似乎駝了一些，口氣也軟了，「當時是我應酬時喝多了，跟小張抱怨兩句，哪知道小張就幫著處理了。我也是在氣頭上，將錯就錯，而且我怎麼知道你不是一時迷惑？」

「所以你現在知道我不是一時迷惑了？」何以蔚沉下臉來，口氣不太好。

何向榮聽了卻沒生氣，也不著急，沉著地倒茶品茶，「我去年動了個小手術，心臟裝了支架，我只告訴你媽，以晴也不知道，那時候我就想，我有什麼放不下的？」

雖然何向榮說是小手術，但何以蔚知道手術都有風險，他還能見到父親實屬老天眷顧，他不敢想像要是手術失敗，彼此天人永隔會有多大的遺憾。原本想生的氣瞬間無影無蹤，他閉上嘴，靜靜聽父親說話。

「以晴有個好丈夫承諾愛她、呵護她，至於你——」何向榮說到這裡嘆了口氣，莫可奈何地看了獨子一眼，復又低頭，「你找個正經的對象好好過，其他的我管不了。」

語畢，落子，深入敵陣，吃掉何以蔚的炮。

何以蔚知道父親這話差不多就是接受他的性向了，只是礙於面子不肯明說，心裡一暖，開心地想大叫，不過還是撐著面不改色，也許他和父親眞的有點像吧？

何以蔚無心棋局，看出敗勢已現，也不掙扎，隨手吃了一子便罷，唇角上揚，打趣地問：「要多正經？」

何向榮神祕一笑，平炮飛起，吃子，「將軍！」

何以蔚輸了，不過心情很好，拿出棋盒打算收棋子。

何向榮還沒過癮，笑著喊，「再來一局！」

「好。」何以蔚默默地重新擺好棋子。

於是，一局接著一局，時間悄悄流逝，等兩人回過神來已經十點半了。

呂秋蘭不得不過來提醒丈夫，「你明天還要早起，得早點睡。」

何向榮久未下棋，這一晚下得盡興，心情舒暢，滿面紅光，有些依依不捨，然而看了眼時間後，知道該停了，一邊收棋子，一邊對獨子說：「你的棋力退步太多了。」

何以蔚太久沒下象棋了，輸多贏少，此時念頭一轉，順著父親的話繞個彎試探，「我以後帶個會下棋的回來。」他記得邵秦也會下棋。

何向榮目光如炬，知子莫若父，緩緩點頭，「我不會手下留情的。」

相視一笑，父子關係拉近不少。

Chapter 7

兩日後，何以晴的婚禮。

何以蔚臉上的傷還有點痕跡，只好拿遮瑕膏覆蓋，看不出來就好。他穿上灰藍色合身西裝，點綴素面暗紋領結，配上那張男女通吃的臉和修長身形，好看得過分。

上午吵吵鬧鬧走完迎娶流程，看到穿上婚紗的女兒被女婿牽著走出家門，兩老都忍不住落淚了。

何以蔚見著安慰兩句，「以晴結婚後就住在附近，想見就能見。」

「哪裡一樣呢？」呂秋蘭輕輕拭淚，就怕把妝給弄糊了，心情平撫一些後，勾住兒子的手臂，語氣裡盡是期盼，「你呢？你也別老待在國外。」

何以蔚拍了拍母親的手，「方棠找我合夥，會在國內待一陣子。」

一旁的何向榮聽見了，眼睛一亮，抓準時機插話，「要做生意怎麼不回自家公司，位置都給你留多久了？」

父子心結解開，何以蔚也就少了一些顧忌，頷首道：「我會考慮的。」

畢業後進入自家公司，和父親學經營管理，在未來的某一天接替父親的位置，似乎是一條理所當然的人生軌跡，令多少人豔羨妒忌。但他就想先在外面闖闖，而不是總活在父母的庇蔭下，感覺自己一無是處。

婚宴辦在城市飯店最大的宴會廳，兩家人長期經商，在各自領域都有一片天，商業伙伴、親朋好友隨便一算都有上千人。婚禮前光是擬賓客名單、安排桌次就夠傷透腦筋，最後席開一百桌，熱鬧登場，其中不乏政商名流、知名公眾人物。

邵秦作爲蕭又維的合夥人兼學弟當然也來了，還是伴郎之一，站在新郎旁邊差點搶過新郎的風采，不少女性的目光都停留在氣宇軒昂的邵律師身上，芳心蕩漾。

就連何以蔚也忍不住多看了幾眼。他沒有主動去找邵秦，是邵秦出現在他的視線裡，看個幾眼不算踰矩吧？

「你還喜歡他？」熟悉的中低音從何以蔚身後傳來。

何以蔚嚇一跳，微微睜大眼睛回頭一看，發現是方棠便立刻收起表情，裝作若無其事般微微一笑，「聽不懂你在說什麼。」

方棠方才看見何以蔚盯著邵秦時心裡實在不是滋味，不過臉上沒表現出來，只是調侃，「你就再裝吧，剛剛眞該幫你拍張照片，失魂落魄的樣子我最好看不出來。」

方棠是有點誇張了，然而這也提醒何以蔚該注意表情管理，視線也不敢再往邵秦的方向望去。

何以蔚指了指旁邊的女方親友席，「入座吧，你和我同桌。」

何向榮當年幫何以蔚申請的大學和方棠同校，表面裝作不聞不問，但私下聯繫了方棠，希望何以蔚出門在外能有個熟人就近照顧。

雖然他們一個讀大學，一個上研究所，不過兩人住得近，成長背景相似，生活上能互相照應，聊天話題也對得上。除了不再上床外，六年下來熟得不能再熟了，安排桌次時也就被放在一起。

兩人到得早，入座時同桌賓客都還沒到，自然地接續了方才的話題。

「他怎麼會來？」方棠今天也是穿正裝，一身細條紋訂製西裝襯托他雅痞的氣質，勾起嘴角微笑時，更顯風流倜儻。

「伴郎。」何以蔚懶得解釋太多，他知道得不比方棠多多少。

「不是你找的？」

「就說沒聯絡了。」何以蔚意興闌珊，不想談邵秦。

「以前的事就讓它過去吧。」方棠知道何以蔚對邵秦還有點感情，那也沒關係，到了這個年紀沒幾個前男友好像都白長歲數了。

何以蔚淡淡地應了一聲，很是敷衍。這種事是他能控制的嗎？

「以蔚，我一直都滿喜歡你的，如果你願意接受我，我可以考慮出櫃。」

這六年來，方棠常有意無意地暗示何以蔚，何以蔚總是不回應。他乾脆挑明說了，語調深情、表情認真，卻也不掩飾會以對自己最有利爲出發點做盤算。

何以蔚微微挑眉，當年邵秦打算和他交往時可沒有計算那麼多，他以前怎麼會覺得方棠有幾分像邵秦？現在一看根本天差地別——這並不表示他討厭方棠，至少方棠坦承不諱，彼此知根知底，相處起來輕鬆自在。

「不用了，我們適合當朋友。」何以蔚知道方棠對他有幾分上心，在國外幫了他不少忙，處處照顧，可是這幾年方棠身邊男伴女伴也沒停過，惦記著他八成是因爲得不到的最誘人。

話說得這麼明白，方棠知道該知難而退了，儘管難掩失望，卻也在預料之中。他彎了彎唇角，挺直背脊，保持著風度，「好吧，你要是反悔，隨時可以來找我。」

何以蔚禮貌地笑了笑，「到時候再說吧。」

「上次說的火鍋店找好店面了，就等你有空一起去看，看完還要接著試菜，你也吃吃看新找的配方，給點建議吧？」方棠三個月前就回來了，他家裡有兄長操持，沒什麼發揮舞台，打算自立門戶出來做餐飲品牌，找何以蔚合夥。

何以蔚覺得有市場就投了一筆錢，之後只當股東又或占個閒職，勞心勞力的事還是由方棠來。

「好啊。」何以蔚點頭，不當床伴、情侶，他們可以是朋友以及事業伙伴。

他們又聊了些合作的細節，直到賓客漸漸坐滿，新人入場。

婚禮熱鬧而隆重，主持人是位主持過電視節目的女明星，漂亮大方且專業可靠，婚禮節奏掌握得宜。婚禮樂隊是小有名氣的爵士樂團，中間穿插知名歌手獻唱祝福新人，宴會廳裡以鮮花和粉色紗幔布置，浪漫得像是偶像劇場景。

蕭又維長相帥氣、文質彬彬，當他牽著何以晴走上台時，小心翼翼的舉止能看出何以晴備受呵護。兩人說起往事時相視一笑，眼裡都是濃情密意，那畫面簡直就是現實版的王子與公主，讓人忍不住嚮往愛情。

何以蔚心情很好，他很開心妹妹能和喜歡的人共結連理，在眾人祝福下迎向幸福的未來。

婚禮上少不了抽捧花的橋段，何以晴的捧花被她的大學同學抽中了，那人開開心心地說了祝福的話後下台。原以為這樣就結束了，主持人卻說新人特別加碼，為未婚男性親友們準備了特製捧花。

何以蔚聽到這個不在預期的節目時心裡就覺得不妙，果不其然，邵秦和他的名字一前一後都被念到。這樣的場合不容他拒絕，只好大方上台，正巧站在邵秦旁邊，兩人目光一觸即分，何以蔚是因為尷尬，至於邵秦……也許是不想看見他吧？

雖然有五名男士被點名叫上了舞台，但眾人的目光大多集中在邵秦和何以蔚身上，好看的男人不論是誰都想多看兩眼。

不少人認出了邵秦是上過電視的律師，年輕有為，前途看好。不過，討論度最高的還是何以蔚，因為主持人介紹時提到他是何向榮的獨子，也是新娘的哥哥，大家都懂這其中的含意——名實相符的高富帥。

同為目光焦點的兩人沒有任何互動，儘管維持著風度，卻生分疏離，沒人看出他們認識彼此，更別提知道他倆曾有過一段戀情。

為了進行這個節目環節，主持人請新郎新娘移步到舞台左側，讓五位男士一字排開面對賓客。邵秦和何以蔚正好站在舞台正中央，兩人身著盛裝，身高相仿，臉上皆掛著淡淡笑容，並肩而立時，隱約能聞到對方身上古龍水的香氣。

何以蔚放眼望去，台下是浪漫夢幻的布置和一桌桌盛裝出席的賓客，一雙雙眼睛望了過來，像是在他和邵秦之間徘徊。恍惚之間，他竟然生出了一種錯覺——如果他和邵秦結婚大概會是這樣的場面吧？

何以蔚被自己的念頭嚇到了，手指不著痕跡地握拳，讓指甲陷進手心，藉由微微的痛楚提醒自己清醒一點。

這個場合有不少達官貴人，不好玩什麼出格的遊戲，主持人只是讓五人各自說了理想對象的條件。

輪到邵秦時，只見他俊朗一笑，低沉嗓音緩緩說著，「沒有什麼條件，專情就夠了。」

專情？何以蔚一聽，差點無法維持笑容。邵秦的話像把刀子直戳他心窩，又快又準，痛得難受卻無法辯駁。想起前幾日邵秦冷漠厭惡的態度，這話顯得特別意有所指。

女主持人配合著炒熱氣氛，「各位女性朋友聽好了，邵律師說了只要專情就夠了。」

台下一陣鼓噪和笑聲，幾名女性的眼神更熱切了。

女主持人看賓客反應不錯，以眼神鼓勵邵秦多說一點，「邵律師還有沒有要補充的呢？」

「能長情一點更好。」邵秦輕輕彎了彎唇角，「因為我一旦喜歡了，就會喜歡很久。」

何以蔚胸口又被戳了一刀，這次捅入後像鋸子般慢慢來回拉扯，故意攪得血肉模糊，何以蔚無力抵抗，任憑新舊傷口汩汩流血。

邵秦說的每一句都合理，也都沒錯，他們的戀情只維持了三個月——對邵秦而言，他不專情，更不長情。

「看來邵律師是位很深情的完美情人。」

女主持人還誇了邵秦什麼何以蔚聽不太清楚，等他回過神的時候只看見站在身前的女主持人挪開麥克風低聲問了一句，「你還好嗎？」

何以蔚趕緊集中精神，低聲道歉，「我沒事。」

於是女主持人拿起麥克風把問題再問了一遍，「請告訴大家，你的理想對象條件是？」

何以蔚接過助理遞上的麥克風，勾唇一笑，用輕鬆自然的語氣說著，「我也沒什麼條件，不嫌棄我就好。」

話一出口，在場又是一陣鼓譟，比方才還大聲，顯然眾人都很出乎意料。

女主持人也不淡定，「何家大公子太謙虛了，你的條件這麼好，怎麼會有人嫌棄你呢？」

何以蔚保持笑容不回話，暗道就是有人會嫌棄，還就在他旁邊。

一旁的邵秦目不斜視，不表示任何意見，只有在何以蔚說出條件時微微蹙眉。捧花最後是被新郎表弟抽走的，其他幾人說了祝福話後就下台了。

回到座位後，何以蔚鬆了一口氣，看見方棠打趣的目光，心裡湧上疲憊，搶先一步開口，「我去趟洗手間。」

何以蔚沒等方棠回應就往外走，直到離開和邵秦共處的空間後才慢慢冷靜下來，然而離得遠了卻又悵然若失。

何以蔚思緒紊亂，但在多年良好教養下仍維持形象，不疾不徐地邁向男性洗手間，推開木門，洗手間裡寬敞明亮、乾燥潔淨，空氣中還有淡淡清香。當他解決完生理需求，洗完手準備離開時，突然有個聲音叫住他。

「Neo－！」

何以蔚的腳步微微頓了一下，隨即繼續往門口走，不理會開口的男人。

男人不放棄，大步追了上來，抓住何以蔚的手，手勁有點大，「是你對吧？我應該沒認錯人。」

何以蔚只好回頭，看著眼前似乎見過的男人，維持著人前慣用的淺笑，語氣有禮卻生疏，「抱歉，我不認識你。」

「我看到你上台了，原來你是何家人啊？」男人看起來約莫三十歲，留著特別短的頭髮，身材壯碩，長相冷酷有個性，身上也穿著西裝，顯然是來赴宴的。

何以蔚手上用力，然而怎麼都掙不開，語氣頓時轉為冰冷，略略提高了音量，「放手。」

「睡過一晚就翻臉不認人了？」男人被何以蔚的態度激怒了，髒話接連出口，「臭婊子、賤人，裝什麼清高！」

何以蔚想起這個人了，他們確實約過，但對方有暴力傾向，當時他嚇得半夜就逃了。

現在重要的是得想辦法脫身，他深吸了一口氣，努力壓下怒氣，事情鬧大了對他沒好處，「先放手，有話好好說。」

「操！還裝？我沒瞎，怎麼可能認錯？」男人氣得把何以蔚往後用力一推。

他的力氣太大，何以蔚猝不及防下背部大力撞在牆上，痛得悶哼一聲，牆上裝飾的掛畫受到波及，畫框掉到地上立刻裂了。

男人露出得意的神色，魁梧的身體跟著靠近，一手按著何以蔚的脖子，一手探向何以蔚的臀部不停揉捏，不懷好意開口，「張開腿再跟我睡一晚吧，我特別想念你那股騷勁，剛才光是看你在台上就看到硬了。」

「做……夢……」何以蔚被掐得呼吸不順，兩手抓向男人掐住他脖子的手，用盡力氣才將手挪開了一些，爭取到新鮮空氣。

此時，洗手間的門被猛然推開，是邵秦。

「放開他！」

邵秦見男人沒有收手，當機立斷，立刻用力把男人扯開，擋在何以蔚身前對男人大聲喝斥，「我懷疑你有致人於死的意圖，你的行爲屬於現行犯，我現在就可以報警將你逮捕。」

男人表情難看，卻不想輸了聲勢，抬著下巴惡狠狠地說著，「你是誰？不會是和他睡過吧？」

還眞的說中了。何以蔚剛喘過氣站直就聽到這話，尷尬得臉都不知道該往哪擺。

男人敏銳地從兩人沉默的反應發現內情，立刻猥瑣地笑了，語調下流，對著何以蔚問：「你到底和多少人睡過啊？」

「我是律師，這是我的名片。」邵秦面不改色，從容遞出名片後接著問：「這位先生，你要不要說說你是誰呢？這樣報案比較方便。」

男人搶過名片，看見邵秦眞的是律師，心生懼意，怕把事情鬧大丟了工作，罵了一句髒話就慌慌張張地走了。

何以蔚這才鬆了一口氣，看了一眼鏡子裡狼狽的自己，暗自苦笑。

難聽的話他早該聽到無感，然而被邵秦聽見還是令他覺得特別難堪，彷彿這讓他已經夠糟的形象更糟了。

「還好嗎？」邵秦的聲音平靜沒有起伏，似乎方才的事和他無關，不值得勾起他半點情緒。

何以蔚略略整理心情後，轉頭迎向邵秦的目光，「抱歉，讓你看笑話了。」

「這不是笑話。」邵秦的目光在何以蔚頸間微紅的指印上停留兩秒，旋即板起臉，腳下退了一步，刻意拉開兩人的距離，聲音平穩而冷淡，「沒事了，我走了。」

「爲什麼幫我？」何以蔚心底燃起一點希望，他猜邵秦對他可能有點舊情？畢竟剛才邵秦看起來是如此生氣，還擋在他身前保護他。

邵秦抿著唇面無表情，讓人猜不透情緒，在何以蔚又問了一次時才客氣而冷淡地搭理，「我看到和解書了，還你一個人情，兩不相欠。」

原來只是爲了還人情？是他自作多情了。

宛如被一桶冷水澆下，何以蔚涼透了心，心底那一點希望瞬間破滅，儘管如此，仍不願被邵秦看出失落，努力保持著微笑，「好，兩不相欠。」

邵秦微微頷首，轉身就要往外走。

何以蔚靈光一閃，開口叫住邵秦，「你在門外多久了？」

邵秦進來的時機太剛好了，有那麼巧的事嗎？

邵秦沒有回頭，低沉的聲音淡淡說著，「聽見他叫你Neo，我猜我可能不方便出現。」

「我知道了。」何以蔚眼神一暗，心裡泛酸，那就是全部都聽到了。

邵秦似乎沒聽出前男友聲音裡的故作堅強，逕自推門離開。才走了幾步，就被迎面而來的人叫住。

「邵律師，好久不見。」方棠笑容滿面地打招呼。

邵秦淡淡地看了方棠一眼，眼神冷漠。

方棠像是沒發現邵秦不想理他，笑著追問：「邵律師不會是忘記我了吧？」

怎麼能忘?邵秦冷笑，「你好。」

他對方棠沒半點好感，沒有轉身就走已經很有修養了。

「小蔚！」方棠笑著朝邵秦身後招手。

邵秦不用回頭就知道是何以蔚來了，他微微欠身，打算離開，但方棠沒有要放他走的意思，「邵律師，別走，你和小蔚很久沒聊聊了吧？」

何以蔚整理好儀容才從廁所出來，原以爲邵秦應該走遠了，沒想到竟然看見邵秦和方棠在說話。他不認爲兩人之間有什麼好聊的，他倆唯一的交集就是自己。

何以蔚正想繞路走就被方棠叫住，只好硬著頭皮上前，「你們在聊什麼？」

方棠笑笑，「剛開始聊你就來了。」

「那我不打擾你們。」何以蔚看出邵秦沒有要和方棠聊天的興致，只是礙於人來人往的公眾場合不方便翻臉。

方棠不是個遲鈍的人，可是他偏偏像沒發現何以蔚和邵秦都想走，搭上何以蔚的肩膀，「我和以蔚很熟，一起出國念書，這六年都是住在一起的室友。」

邵秦的臉色沒有改變，甚至還輕輕笑了一下，但何以蔚直覺邵秦很不高興，散發著生人勿近的氣場。

何以蔚聽到室友就頭皮發麻，他和邵秦以前就是從室友開始的，怕邵秦想偏，連忙解釋，「不是那種室友，我住樓上，他住樓下。」

邵秦輕輕應了一聲，似乎不甚在意。

「不是那種室友？室友還分什麼？」方棠的手還搭在何以蔚的肩上，何以蔚嘗試掙脫了一下，沒掙開，只好先讓方棠搭著。

「我們走吧，你不是還要說開店的事？」何以蔚低聲對方棠說著。

方棠恍若未聞，笑著問邵秦，「邵律師這六年過得還好嗎？」

邵秦目光冷洌，唇角帶笑，慢慢地說著，「很好，這六年我過得很好，還有問題嗎？」

「沒有了。」何以蔚背脊冷汗直冒，一秒都不想多待，趕緊出聲打住話題，「不打擾邵律師，我們還有事得先走了。」

說完他就拉著方棠往宴會廳走，方棠這時竟也就任何以蔚拉著，只是走了十多步後沒忘回頭，朝邵秦扯了個意味不明的笑容。

邵秦迎著方棠的目光，微笑，不落下風。他還站在原地，身姿挺拔，像座英俊又冷漠的雕像，彷彿沒有任何事物能讓他動搖。

隔天下午，何以蔚剛與方棠看完店面、試完菜，回到飯店脫下休閒西裝，坐進沙發，打開電視，慣性切到新聞台，又看見了邵秦。

分割鏡頭的左邊是一棟工廠廠房，畫面正中央有張鋪上米色桌巾的長桌，桌上架著各家電視台的麥克風，背後白牆則是寫有「裕洤」二字的顯眼logo，隱隱能聽見現場吵鬧聲不斷。畫面右半邊拍攝著廠房外，數百名員工頭綁白布條在烈日下靜坐抗議，前排的布條寫著「血汗工廠，超時加班」、「高層爽加薪，員工慘歸西」。

下方跑馬燈播出字幕——裕洤企業委任律師邵秦召開記者會。

沒多久，三名穿著西裝的男子在五六名保全保護下排開抗議員工走進記者會場地。領頭的就是邵秦，他昂首闊步，目不斜視，面容冷峻，對著抗議的員工不露一絲憐憫。鎂光燈不斷閃爍，鼓譟聲一度變大，會場內除了媒體記者、維持秩序的保全外，場內的椅子坐滿穿著抗議制服的工會幹部和員工。

分割畫面切換爲單一畫面，只留下會場的鏡頭占滿螢幕，邵秦就在畫面正中間。他依然西裝筆挺，說話有條不紊，在簡單的開場白後直入主題，「目前勞方代表提交的證據和工作過勞造成的職業災害尚無明顯因果關係，這點在今日已經回文給勞工局和工會，但裕洤企業仍秉持善念，希望用最大的誠意與勞方溝通——」

三名頭上綁著血書白布條的勞工立刻站起來打斷發言，咆嘯著，「殺人兇手、無良企業、助紂爲虐！」

其他抗議的員工見狀，也跟著站起來聲援。

一旁的保全們立刻衝過來，想要隔開勞工和媒體，讓記者會繼續進行，但礙於媒體記者都在，動作不好太過粗暴，導致推擠拉扯不休，場面非常混亂。

不知道是誰拿出了暗藏的雞蛋，往企業方一砸，剛好砸中了邵秦的臉，蛋殼破裂，蛋液順著他的臉頰滑下。

在旁人的驚呼以及訕笑中，邵秦只是微微挑眉，拿出西裝裡的手帕擦掉臉上的狼狽，動作簡潔優雅，表情幾乎沒變。簡單清理後，他不疾不徐地對著鏡頭說：「謝謝各位媒體朋友到場，記者會到此爲止。」

語畢，邵秦從容退場。

這一系列動作進行時仍伴隨著勞方聲嘶力竭的怒罵和控訴，兩造對比下，邵秦冷靜得體得近乎冷血、毫無人性。

何以蔚先是錯愕，接著心疼，最後是莫名地難過。

他還記得邵秦以前說過的話，在那個老舊的公寓裡，年輕的邵秦信誓旦旦地說以後想幫助不懂法律的弱勢群體，爲他們爭取權益。邵秦說這些話時，眼睛是閃著光的，發自肺腑地把濟弱扶傾當作目標。

如今他卻站在邪惡的一方……他的鶴變了嗎？

何以蔚心中五味雜陳，儘管不願相信，然而事實擺在眼前，他喜歡的那個邵秦已經不存在了。

他不確定邵秦變成這樣，自己是不是推了一把。

何以蔚原以爲自己離開後邵秦會過得更好，現在的邵秦看起來光鮮體面、事業有成，但他眞的過得好嗎？

當年爽朗的笑容，彷彿已經從邵秦臉上消失了。

何以蔚關掉電視，洗了個澡，又聽了一整晚的音樂，卻依然感到煩躁。倒在床上翻來覆去遲遲無法入睡，最後他索性起身，上網訂了回美國的機票。

他該收假了，讓自己投入工作中才不會一直想些多餘的事。

邵秦已經和他沒關係了。

老天總愛和人開玩笑，計畫趕不上變化。

何以晴的婚禮結束後，呂秋蘭女士總算有空看醫生了。她最近總覺得暈眩、頭痛、左側手腳發麻無力，原以爲是幫忙籌備婚禮累壞了，沒想到一檢查竟然是小中風。

何向榮立刻聯繫了認識的醫院高層，安排入住VIP病房並由該領域的權威醫師進行診治。

原本準備出國度蜜月的何以晴立刻改了行程，盯著母親住院治療、吃藥、復健，何以蔚也天天去醫院報到。

雖然呂秋蘭覺得兒女大驚小怪，但兩人還是堅持一個人陪上午，一個人陪下午，而何向榮則是推掉了所有應酬，晚上準時下班到醫院陪妻子。

縱使何家人都不希望發生這件事情，不過一家人的互動確實因爲這件事而緊密了起來。

某天，何向榮在醫院碰上何以蔚，何向榮看見妻子睡著了，做了手勢示意兒子到外面休息室說話。

VIP病房旁的休息室有沙發、茶几、書報、電視和小茶水間，因爲樓層高，一整面落地玻璃看出去的視野也很不錯。

父子倆坐在沙發上，何向榮問了幾句妻子今天的狀況後，接著問：「你什麼時候要回美國?」

「也許下個月吧。」何以蔚沒說他原本訂了機票，三天前就該回去了，因爲母親生病才臨時取消。

何向榮卸下了在商場上堅韌不屈的形象，幽幽地嘆了口氣，「你要走我留不住你，可是我和你媽都有年紀了，也不知道能看你幾回。」

「我會盡量每年都回來。」何以蔚目光微垂，不敢看父親殷切的目光和臉上被歲月刻下的紋路。

何向榮不滿意何以蔚的答案，卻也不直接說，而是看著窗外慢慢亮起的點點霓虹，語氣透著疲憊、憧憬和幾許愧疚，「我答應過秋蘭，退休後陪她環遊世界，到處走走看看。你早點接手，我就能早點實踐我的諾言。」

「你不找個專業經理人?」何以蔚覺得接班也不是非他不可。

「我不是沒想過，但再怎麼專業也是外人。」何向榮笑了笑，帶著自豪和豁達繼續說著，「我和你爺爺打拚數十年累積的成果沒那麼容易垮，而且我寧可這份家業敗在自家人手上，也不想被外人掏空。」

「眞是想得開。」何以蔚不曉得該不該誇獎他的父親。

「當年你爺爺也是差不多的想法。」何向榮年輕時也有相似的經歷，明白何以蔚的心情，「城市飯店的老牌子有些僵化了，我打算弄個年輕的中低價品牌，你進公司後就先做這一塊。」

「我想先看一下資料。」何以蔚承認自己心動了，如果遲早要回來學習接班，那晚個三五年和現在就回來似乎差別不大，而且新的子品牌聽起來充滿挑戰，讓他燃起鬥志，躍躍欲試。

何向榮知道何以蔚心動了，頷首，「好，我讓Amy整理好給你。」

何以蔚知道自己會留下來。

何向榮的心臟支架裝得無聲無息，他得知時只感到害怕，而呂秋蘭這一病也眞的嚇到他了，他不敢想像要是再有個萬一，他連趕回來見家人最後一面的機會都沒有。

只要收到的資料看起來可行性不要太低，或是太沒有挑戰性，他都願意留下來闖闖看。而何向榮既然要留住他，丟出來的餌必定可口。

何以蔚每晚會收國外公司發給他的郵件，同時也回覆意見和討論工作。

在兩年多幾乎沒有休假的努力下，他們的公司撐過創業初期的低谷。除了各自出資的種子輪外，在經過數不清的簡報和奔波下拿到天使輪資金，營運步上軌道，使用者突破百萬，還有無限的上升潛力。

他今天打開郵件就收到另外兩位合作伙伴的信，他們一起提出了要繼續爭取A輪募資的想法。時機不等人，他們必須在其他競爭者進入前吃下最大的市場占比，確實需要大筆資金。

何以蔚無奈地嘆了口氣，回美國或者留下，他只能選一個——而他的心已經做出了選擇。

他回了郵件，先是大力支持創業伙伴的決定，分析公司現在還有哪些問題等待解決，以及市場的威脅和機會。最後是鄭重地道歉和道別，辭掉策略長和行銷長的職位，回到股東的身分。

隔天上午，何以蔚就收到Amy寄來的資料，他花了一個小時看完，果然讓他燃起衝勁。

子品牌的名字是何向榮定的，就叫「蔚藍快捷旅店」。目前尚在籌備階段，只有十位幹部和員工，但有城市飯店集團的雄厚資金，只要確定好方向，隨時就可以迅速發展。

何以蔚腦中已經有了幾個點子，立刻興致盎然地寫下接手後想做的方向和工作步驟。專注地工作了三個小時後，蔚藍旅店的組織架構、營運模式、市場區劃、品牌特色已有了雛形。

隨後他便撥了通電話，電話那頭有些說話的背景音，應該是在開會，但何向榮還是接了起來，顯見他對何以蔚的重視。

「爸，我會留在國內。」

「明天進公司？」

「好。」

何以蔚掛上電話後沒多久，就收到人事部寄出的錄取通知、員工編號和新進員工注意事項，速度快到讓他懷疑父親早有預謀。

城市飯店集團的辦公室就在首都市中心的商業大樓裡，由於集團組織龐大，從六樓到十樓一共占了五層。蔚藍旅店的籌備處就在六樓一處約三十坪大小、原本是倉庫的空間，對城市飯店的員工來說，被調到子品牌和發配邊疆差不了多少。

張彥文，國立大學MBA，去年畢業後就加入城市飯店集團，在董事長祕書Amy手下學習了半年，昨天突然收到調職通知，被丟進子品牌蔚藍旅店，職位是總經理祕書。

幹練的Amy笑容滿面地恭喜他升職時，他在錯愕中不敢拒絕。當他還在偷偷做職涯發展SWOT分析時，調職手續以不到一個小時的速度辦好，他從來沒見過公司這麼有效率。

他只好認命，隔天一早就戰戰兢兢地站在大樓大門入口處，等著迎接新任總經理。

張彥文是見過何以蔚的，董事長千金婚禮當天有不少員工都到現場支援，他就是其中一顆小螺絲釘。那是他第一次見到何以蔚，只覺得是個很好看的男人，氣質優雅帶點慵懶，出身矜貴但待人不失溫文禮貌。

可是這些都是表面印象，他不知道現任老闆的工作風格，也不知道會不會很難侍候。

八點半，一輛計程車停在大樓下，後座門開啓，下來一位穿著合身西裝的男人，男人生得俊美，動作從容優雅，拎著公事包邁開長腿就往大廳走。四周來來去去的員工紛紛對他投以注目禮，並非因爲認出何以蔚身分，而是這樣出色的男人本來就值得多看兩眼。

「那個人是哪間公司的？太帥了吧！」

「這麼帥一定不是我們公司的。」

「別人的公司總是不會令我失望。」

張彥文看呆了兩秒後趕緊迎了上去，微微躬身行禮，「何總您好，我、我叫張彥文，是您的祕書，有什麼事情儘管吩咐，我會努力達成。」

張彥文很緊張，心跳有點快，昨晚在家演練過十幾遍的開場白說得結結巴巴。

何以蔚看著張彥文，微笑點頭，邊走邊說，「不介意的話，可以叫你彥文？」

張彥文立刻跟在何以蔚身後半步的位置，「好的，沒問題，請隨便叫。」

「你很緊張？」何以蔚在電梯前站定，看著身邊的年輕男人，他帶著細框眼鏡，外型斯文有股書卷氣，從略顯侷促的生澀反應看來，工作經驗應該不多。

張彥文知道被發現了，老實承認，「有一點。」

「怕我？我沒什麼好怕的吧，還是怕公司會被我弄垮？」何以蔚語氣溫和，沒擺架子，隨口想了幾個張彥文會緊張的理由，「放心吧，有我爸在，我們不會那麼容易倒的。」

張彥文沒想到新老闆比他想像親切，而且竟然如此誠實地靠爸？不小心附和了一句「太好了」。

說完自覺失言，他尷尬地補一句，「我開玩笑的，我沒這麼想過。」

雖然大部分城市飯店的老員工對新品牌和空降的老董兒子都不抱期待，他也曾是其中一員，但這個時候當然不能承認。

何以蔚聞言不禁失笑，看了張彥文一眼，告誡道：「沒必要的話我不想去拜託我爸，所以我們還是要全力以赴，靠現有的資源闖出成績。」

張彥文看著何以蔚變換快速的表情，有點拿捏不住新老闆的脾氣，只得趕緊回應，「好的！」

電梯開門，兩人走了進去，何以蔚淡淡說著，「我會嚴格要求你，你可能得做好女朋友會生氣的心理準備了。」

「啊？」張彥文愣住，他剛說了自己有女朋友的事嗎？給老闆看的員工資料應該沒寫這個吧？

何以蔚指著脖子的地方，朝張彥文眨了眨眼。

張彥文收到暗示，趕緊看向電梯裡的鏡子，赫然見到脖子上留有淺淺的口紅印——那是早上出門時，女朋友和他吻別留下的……

蔚藍旅店辦公室的會議室裡，何以蔚坐在主位，對著年紀比他大上許多的員工們侃侃而談。

目前僅有的十名員工都是何向榮這兩個月來陸續從城市飯店裡抽調的，他們工作經驗豐富，專業能力一流，是蔚藍旅店草創初期的重要幹部，只要蔚藍旅店成功開疆闢土，他們就是元老功臣。不過被調到子品牌心裡難免忐忑，不曉得是被委以大任，還是明升暗降，得知新老闆是董事長的兒子更是不安，就怕是個扶不起的庸才。

何以蔚看著一雙雙質疑、憂心的眼神，知道員工們在想什麼，換作是他也會有一樣的擔心。然而這種事情急不來，對於他能力的質疑，他必須用實績澄清。

於是，第一天他除了簡短的自我介紹和認識彼此外，就是把決定好的策略向下布達，「接下來公司的重心會放在找尋合適的建物，用最短的速度進駐指標地點。」

如果從找地開始，到可以營運最快需要花上三五年的時間，而且需要投入大筆資金，這也代表著投資回報的時間會拉長、風險增加，也更晚才能看到績效。所以何以蔚選擇了收購或長期租賃市面上合適的建物，在合法程序內進行拉皮、改裝，除了壓低投入成本外，還能大幅縮短前期準備時間。

員工們聽見何以蔚的說明後不安的心總算稍稍安定，至少新老闆是認眞想過公司發展、要做實事的，不是傳聞中的紈褲子弟。

何以蔚第一個月都在過濾員工們提交上來的建物標的，評估區位地點、改建成本、之後營運的投資報酬率，反覆精算下總算挑出三個可優先進行的標的。

何以蔚把張彥文叫進辦公室，「接下來的收購和租賃會有一些法律問題要解決，法律顧問找好了嗎？」

「哦，這個部分已經委託了駙——」張彥文原本要說駙馬爺，因為員工們私下都這麼稱呼蕭又維，意識到對象不對，連忙改口，「抱歉，何總，我是說蕭律師。」

他這一個月跟著何以蔚的時間上班下班，每天工作超過十個小時，加班加到懷疑人生，女朋友眞的跟他吵架，蠟燭兩頭燒，頗為心累。

何以蔚微微挑眉，「我記得蕭律師去蜜月了。」

呂秋蘭出院後就催著小倆口去度蜜月，兩人重新規畫行程花了不少時間，主要是因為蕭又維的工作忙，拖到大前天才出發。何以蔚陪著母親去送機，今早也才在社群軟體上看到妹妹在塞班島的照片，笑容燦爛、幸福洋溢。

「合約簽的是居善法律事務所，要不我聯繫看看，我記得他們還有一位律師，也很厲害。」

聞言，何以蔚沉寂的心弦被輕輕地撩撥了一下，他積極投入工作就是不想再想邵秦，沒想到會以這樣的方式再聯繫上。

張彥文看何以蔚不說話，抓不準老闆的心意，試探地問：「要等蕭律師回來嗎？」

何以蔚看著手上的資料，每一個案子的進度他都不想拖，商場上分秒必爭，就怕拖久了夜長夢多，被別人捷足先登。

雖然兩人曾經交往過，但那是過去的事了，他們都是成熟的大人，能做到公私分明，單純談公事應該沒問題吧？

何以蔚控制著聲音和表情，避免被發現端倪，「這些標的條件都很好，不能拖，就找邵律師處理吧。」

「好。」張彥文應下後就往外走，走了兩步後，突然覺得奇怪，回頭問：「何總，你怎麼知道另一位是邵律師？」

何以蔚沒打算解釋，低著頭翻閱文件，沉聲，「快去約時間。」

「是！」

就在約好法律諮詢的那天，何以蔚帶著張彥文和業務部經理一起前往居善法律事務所。直到這個時候，何以蔚才發現他和邵秦的辦公室相隔只有三公里，但這一個月裡他一次都沒巧遇過邵秦。

世界很小，也可以很大，茫茫人海裡，要遇見一個人不是那麼容易。

三人進了這附近最高的辦公大樓，搭上電梯，抵達二十六樓後出電梯右轉，就看見鏤刻著事務所名稱的金屬招牌。

張彥文盡職地做好祕書工作，主動上前按了門鈴，對著對講機說話，「您好，我們是蔚藍旅店，和邵律師有約。」

玻璃大門透過電控很快就開啓，雖是小型事務所，不過裝修現代，以白色爲主色，空間寬敞明亮。一格格的鐵灰色辦公座位中，靠近出口的位置站起一名年輕男人，向三人走近迎接。

他先是對張彥文露出禮貌的微笑，正打算招呼時，便見到走在後頭的何以蔚，當下愣住，「你、你怎麼來了？」

何以蔚微笑，上前和邵齊握了握手，優雅有禮地開口，「你好，我是何以蔚，邵齊，我們又見面了。」

「何、何總？」邵齊愣愣地和何以蔚握了手，他知道蔚藍旅店老闆的名字，卻沒想到會是那位差點和他一夜情的天菜。

何以蔚微笑，「別緊張，今天純粹談公事。」

「怎麼這麼巧？電話上說蔚藍的代表會過來，沒想到是您親自來了！我哥應該還不知道，請各位先到會議室稍坐一下，我去請他過來。」邵齊嘴上招呼道，心理盤算著要去知會邵秦。

不怪邵齊驚訝，雖然他知道邵秦基於律師職責不可能不見他，不過以防萬一，還是讓張彥文別提到自己的名字。

有些話何以蔚想在正式開始合作前，先當面和邵秦說清楚，便抬手示意邵齊別急，轉身對兩名員工說：「你們先進會議室，我去和邵律師打個招呼。」

張彥文和業務部經理當然不會說不好，一一應下，等著邵齊帶路。

「會不會不太方便，你們——」邵齊神色露出慌亂，他還記著大哥打了何以蔚的事，心裡總覺得兩人肯定有什麼恩怨。

「放心。」何以蔚看著邵齊懷疑的表情，莞爾一笑，「上個月我妹婚禮見過面，沒打起來。」

「好吧，往裡面走就能看到我哥了，你們先聊一下，我帶他們去會議室。」說完，邵齊就帶著兩人去會議室。

居善的辦公室隔間都是玻璃材質，何以蔚按邵齊說的往內走幾步，便看見邵秦正在辦公，辦公室的門是虛掩著的，一推就開，何以蔚敲了敲門，手指碰上玻璃發出清脆聲響，「邵律師。」

正在專心打訴狀的邵秦聽見何以蔚的聲音嚇了一跳，抬頭看見那張過分好看的臉正對他笑得明媚燦爛，微一愣怔，便恢復銳利冷靜的眼神，沉著臉問：「你來做什麼？」

何以蔚單手插在西褲口袋，倚著門框，語調像閒聊似地，「我代表蔚藍旅店來做法律諮詢，先來打聲招呼。」

「你是蔚藍的代表？」邵秦很快整理好情緒，他知道蔚藍旅店是城市飯店的子品牌，但這間公司之前都是蕭又維負責，他還不知道何以蔚接手的事情。

既然邵秦沒阻止，何以蔚就走進了辦公室，選了張正對邵秦位置的單人沙發坐下，長腿交疊，抬頭看了看辦公室裡的擺飾，和當年邵秦房間的風格一樣井然有序。

「算是吧，要是邵律師不介意的話，以後都由我過來，蔚藍正值奠基的關鍵時期，很多決策牽涉到法律層面，需要向邵律師當面請教。」任何訊息經由下屬轉達多少會有疏漏，如果可以，何以蔚想避免這種事發生，而且總是會有些不方便透過下屬問的問題，斟酌後他還是決定自己來。

何以蔚說得坦蕩，完全合情合理，邵秦沒有拒絕的理由，冷靜的目光直視著何以蔚，用公事公辦的語氣答應，「好。」

「蕭律師不在你應該很忙，我也不好意思太常打擾，可是最近真的三天兩頭就冒出困擾的問題，能約個一週三次諮詢嗎？」

「兩次，剩下的你可以打電話。」

何以蔚點頭，順著邵秦的話說：「好，一週兩次，你的手機號碼我再問小齊。」

「沒換。」邵秦微微勾起嘴角，語氣似調侃又似譏諷，「我的號碼沒換。」

何以蔚原本遊刃有餘的表情僵了一下，一瞬間有咬舌自盡的衝動，「抱歉。」

對，從分手後他就沒打過邵秦的電話，然而他一直都記得，他連在夢裡都不會背錯。

「是我的換了，我再給小齊吧。」何以蔚歉疚地笑了笑，隨即恢復平常的從容自若，同時提醒自己不要讓話題再牽扯到舊情。他彷彿被邵秦的目光灼傷，整張臉熱熱的，怕多說多錯不敢多待，起身要走，「我先去會議室。」

邵秦叫住了何以蔚，「你的號碼直接給我就好。」

何以蔚停下腳步，沒想到邵秦會這樣說，望向邵秦，一時語塞。

邵秦看見何以蔚詫異的目光，淡淡地解釋，「你不是要找我諮詢嗎？把電話給邵齊做什麼？」

「也對。」何以蔚暗暗告訴自己要鎮定別多想，微微一笑，從西裝口袋拿出銀色名片夾，抽出一張名片，上前遞給邵秦。

邵秦也從桌上的名片盒裡拿起自己的名片，走出辦公桌，而後遞出。

社交場合常見的交換名片動作，在此時卻有些不尋常的心思浮動，眼神各懷情愫，一個故作從容實則小心翼翼，一個冷淡疏離像是不情不願。兩人鼻尖都能聞到對方身上淡淡的香氣，距離近得只要有一個人伸出雙臂，就能將另一位擁入懷裡。

「那個人還有攻擊你嗎？」邵秦聲音依然冷靜理性，沒有多餘的情感。

何以蔚愣了愣，笑了，朝邵秦眨眨眼，「調到東南亞了，沒個一年半載回不來。」

邵秦錯開視線，語氣不冷不熱，「那就好。」

Chapter 8

兩天後的法律諮詢何以蔚沒帶員工，備齊資料獨自前往，剛到大樓時就接到了邵秦的電話。

「抱歉。」話筒另一端傳來邵秦低沉且略帶歉意的聲音，「臨時要去法院一趟，能改個時間嗎？」

何以蔚知道邵秦臨時改期一定是有重要的事，並不生氣，理解地說道：「沒關係，你先忙，我出發得太早了，剛到你們大樓，我能先去事務所等你吧？」

他心想反正人已經到了，等一下也沒關係，工作的事能今天解決，就別拖到明天。以前念書的時候他是懶散了點，但創業後知道時間就是金錢，沒人會和錢過不去，自然而然就督促自己提高效率了。

邵秦理虧在先，並不直接拒絕，只耐心解釋，「我大概得忙到中午，下午也還有約。」

何以蔚看了眼手機上的行事曆，午餐時間沒有其他安排，「不是還有中午嗎？一起吃個飯，邊吃邊談？」

邵秦似乎在思考，短暫沉默後才開口，「好，我讓邵齊準備。」

「等你回來。」何以蔚脫口而出後，從平淡的四個字裡察覺出一絲繾綣，彷彿回到六年前似的。

何以蔚不確定邵秦是否也有相同錯覺，感覺邵秦遲疑了一下才回，「好。」語畢，通話結束。

沒有客套的恭維，也沒有多餘的寒暄敘舊，至少他們現在能心平氣和地說話了——雖然僅限公事。

何以蔚搭著電梯來到居善，收到消息的邵齊立刻上前招呼，寒暄了幾句，領著何以蔚進會議室。會議室大約有十五六個位置，寬敞明亮，一側的玻璃帷幕，能看見襯著藍天白雲的城市景色。

「何總要來點點心嗎，方塊酥、巧克力還是夾心餅乾？」邵齊送上茶水後熱情地問著。

「都不用，喝茶就夠了。對了，你叫我何哥吧，我和邵秦差不多大。」何以蔚聽著何總這個稱呼覺得太過生分，畢竟是邵秦的弟弟，他不想擺出客戶的架子。

「好啊，那我就叫何哥了。」邵齊燦爛一笑，他覺得改口後和何以蔚拉近了不少距離。

「你去忙吧，不用管我，我剛好還有事情要處理。」

邵齊點頭，「有什麼需要就叫我，不用客氣。」說完看何以蔚真的不需要協助就回座位上忙了，有個案子的相關判例他還沒查完，得趕在邵秦回來前完成。

何以蔚從公事包拿出平板，回了幾個訊息和郵件，接著看起工作相關的資料文件。

中午十二點整，事務所其他四位員工都外出用餐，只有邵齊因為中午的會議留在辦公室，他訂了三個便當，分別是何以蔚、邵秦和自己的。

邵齊在會議室桌上擺上兩張日式餐墊，放上便當和餐具，布置就緒後去茶水間泡茶，用茶盤端進來，「今天天氣特別冷，杯子裡冷掉的茶就別喝了，來杯蕭律師推薦的有機養生茶吧，不苦不澀還回甘，補元氣。」

語畢，邵齊便將何以蔚喝了一半的茶收走，換上繪製著風景速寫的馬克杯，杯中盛著的茶湯是淺褐色的，冒著熱氣，傳來淡淡的花草茶香氣。

何以蔚微微一笑，「謝謝。」

「不用客氣，蕭律師最近開始注重養生，買了很多種類的茶，下次再幫你泡另一種。」邵齊說話時，把茶盤上另一個白底黑貓的馬克杯放在何以蔚對座，邵秦的位置。

何以蔚一眼就認出那個杯子，那是他和邵秦一起買的杯子。

「那個杯子是？」

「我哥的杯子啊，用了好幾年了吧，怎麼了嗎？」邵齊訝然，困惑地解釋著。

何以蔚心底冒出了一線希望，抓住機會旁敲側擊，語調自然地開口，「看起來像是對杯，應該還有另一只吧？」

邵齊更驚訝了，瞪大了眼睛，「你怎麼知道？確實有一個黑底白貓的在我哥房裡，但我沒看他用過，我杯子摔破了想跟他要來用，他還不給。」

「我曾經看過這套對杯。」何以蔚有些恍神，隨口解釋著。

邵秦爲什麼留著當初的情侶對杯？一般情侶不歡而散不是會把定情物丟掉嗎？

「原來是這樣。」邵齊沒注意到何以蔚的分神，拿出手機看了一眼，「我哥大概再十分鐘就到了。」

「沒關係，我等他。」何以蔚有點開心又有點緊張，彷彿有了希望，又怕自作多情。

留著對杯又如何，邵秦哪裡像是還喜歡他的樣子？

「我哥可能沒跟你說……」邵齊想了想，覺得還是該幫邵秦解釋，「他自願去登記了義務律師，法院遇上強制辯護案件、被告心智有缺陷就會從名冊上指定律師爲其辯護，今天是突然有個羈押庭，不是故意放你鴿子。」

何以蔚原本就不怪邵秦，知道原因後更不會了，只是被引起好奇心，「所以他不是網路上罵的那樣？」

「冷血律師、血汗公司幫兇是吧？」邵齊一臉不以爲然，憤憤地說：「因爲裕洤企業這個案子，很多人對我哥有很深的誤會。」

何以蔚眼神一亮，「邵秦不是那種人？」

「我哥如果冷血就不會接好幾個法扶的案子，其中有兩三個眞的很慘，他不僅沒收錢，還給了應急的生活費，因爲這樣被蕭律師念了好幾次。所以他當然也得接幾個能賺錢的案子，不然事務所水電、房租、員工薪水該怎麼辦？而且裕洤雖然工時過高有錯，但法律上勞方和資方本來就都能捍衛自己的權益。」

「他沒有欺負那些員工？」

「當然沒有，我不能透露太多，總之要不是我哥說證據不足，那些人也不會發現該準備什麼。有了賴不掉的上下班紀錄、健康檢查和醫師意見，我哥才能告訴裕洤該負起應盡的責任。」

「原來我誤會他了。」何以蔚鬆了一口氣。

邵秦沒變……那他是不是可以相信，邵秦只是變得成熟幹練，內在還是六年前的邵秦，那個愛他的邵秦？

「總之那案子已經進入協商，只剩金額的問題。」邵齊說到這裡就趕緊打住，「我說的這些你可別跟我哥說啊。」

「我不會說出去的。」何以蔚點頭應下，頓了頓後鼓起勇氣開口，「小齊，問個問題，邵秦現在有交往對象嗎？」

「怎麼突然問這個？」

「不方便說沒關係，就當我沒問。」何以蔚承認自己衝動了，然而看見熟悉的情侶對杯就擺在眼前，他實在忍不住。

「不會不方便啊，我哥單身的事整個事務所都知道，蕭律師還經常叫我哥早點下班，說以他的條件只要往夜店一站就能交上女朋友。可惜我哥是工作狂，在這方面好像沒什麼心思。」邵齊說完又覺得有些不對，一臉疑惑地看著何以蔚，「你要幫他介紹對象嗎？」

何以蔚輕輕笑了笑，「我想追他。」

他放棄過、逃避過，但繞了一圈，他現在看著邵秦還是會心動，會想抱他、親他，甚至做更親密的事。

他想再試一次，失敗了也沒關係，至少不會留下遺憾。

邵齊嚇了一跳，「你說什麼？我好像幻聽了……」

何以蔚知道邵齊很驚訝，不過還是用最認真的語氣鄭重地說著，「我喜歡邵秦。」

邵齊的眼睛慢慢瞪大，下巴都快掉下來了，結結巴巴，「我、我知道我哥條件很好，可是他應該不是圈內人……」

何以蔚保持微笑，沒接話。

邵齊似乎從何以蔚的笑容裡讀出點什麼，只不過他還是不敢相信，他從來沒聽說過邵秦喜歡男人，也從未看見他大哥對哪個男人多看一眼，「不會吧？」

「你們在聊什麼？」

熟悉的低沉嗓音打斷了談話，也把邵齊嚇了一跳，回頭看見邵秦站在會議室門口，慌亂地叫了一聲哥。

見邵秦進來，何以蔚揚起嘴角，對著西裝筆挺的邵秦露出好看的笑容，語調輕快，「沒什麼，聊天而已。」

邵秦狐疑地看了邵齊一眼，「是嗎？」

「你們聊，我出去吃飯了。」邵齊不敢多待，快步走出會議室順道將門帶上，回自己座位吃便當。

何以蔚和邵齊聊過後心情很好，連帶覺得邵秦的冷臉愈看愈好看，「快坐下吃飯。」

邵秦拉開椅子坐在何以蔚對面，發現了桌上的杯子，目光一凝，準備拿起筷子的手頓了一下才繼續動作，「先吃吧，邊吃邊說。」

何以蔚看出邵秦的不自在，順著他的目光也看向杯子，「沒想到你還留著。」

「只是個杯子，不代表什麼。」

「那麼多年，你還用著這個杯子，真不容易。」何以蔚表面上語調輕鬆，內心卻是波濤洶湧，面對油鹽不進的邵秦，他不知道怎樣才能確認邵秦的心意。

邵秦抬眼，戒備地問：「什麼意思？」

「我想追你。」

邵秦愣住，深呼吸後，銳利的目光掃向何以蔚，「何以蔚，如果你要談工作以外的事，恕不奉陪。」

何以蔚宛如被當頭澆下一盆冷水，原本的好心情瞬間消失，即便做好被拒絕的心理準備，實際被拒絕時還是很難受。

換作他是邵秦，也沒辦法接受主動提分手後，消失六年的前男友突然說要復合吧？

何以蔚努力整理心情，希望自己的表情不要太難看，只是嘴邊的笑容仍是多了幾分苦澀，「好，我們談公事吧。」

隔天，何以蔚在公司開會，討論收購第一案建物的談判細節。會議剛結束就看到邵秦的來電通知，便趕緊回到自己的辦公室，關上門將聲音隔絕，揚起笑容，接起電話。

「邵律師，難得你主動打給我。」

邵秦的聲音有些高亢急促，「何以蔚，你這是什麼意思？」

「你收到花了？不喜歡嗎？」何以蔚猜想可能是他訂的花送到了，他眞想看看邵秦拿著花的樣子，可惜抽不開身。

「是邵齊收的。」邵秦嚴正聲明，他覺得有必要澄清這一點，要是送來的時候他在，他絕對不會收下。

上午出庭回來，邵秦就看見辦公室裡有一大束粉白相間的桔梗，邵齊和另外四名員工或表情微妙，或笑著跟他說恭喜。一頭霧水的邵秦看見卡片署名時，突然湧起被戲弄的荒謬感。

「我說了要追你，你沒說不行啊。」何以蔚聽出了邵秦不高興，有些苦惱，「抱歉，我沒追過人，不知道該送什麼。你不喜歡就扔掉，我再想想該送什麼。」

邵秦煩躁地在自己的辦公室裡來回踱步，冷硬的聲線隱隱帶著怒氣，「何以蔚，你覺得這樣很好玩嗎？哪天玩膩了再把人甩掉是嗎？」

何以蔚沒想到會被邵秦如此直接地質問，問得他節節敗退無法反駁，畢竟他有前科。

「我是跟很多人玩過，但跟你不是。」何以蔚苦笑，「真的。」

隔間外的好奇目光讓邵秦皺眉，旋即拉上窗簾，忍不住低吼，「當初說膩了的是你，說要分手的也是你，你現在是什麼意思？六年沒見覺得有新鮮感了嗎？」

儘管無人看見，他依然驕傲地挺直背脊，捍衛曾經為了挽留感情而拋下的自尊。同時按著隱隱抽痛的胸口，儘管傷口結痂了，但裡頭依然血肉模糊，過了六年還是沒有痊癒。

「對不起，我不是真的想分手。」何以蔚總算能把這句話說出口，儘管已經晚了。

邵秦語氣冰冷，「現在道歉有意義嗎？」

何以蔚知道自己虧欠邵秦，他願意承受邵秦的怒氣，只要能重拾六年前的感情，一切都值得。他們都長大了，這次沒有任何人事物能阻擋他們相愛。

「我們重新開始好嗎？」

何以蔚說得深情，邵秦回得決絕，「我會讓邵齊把花扔了，這件事情就當作沒發生過。」

說完，他不聽回應就把電話掛了。

何以蔚跌坐進椅子裡，閉上眼，只覺得疲憊不堪，和邵秦講一通電話，簡直比連續工作二十個小時還累。

良久，他嘆了一口氣。

隔兩天，何以蔚整理好心情，再次出現在居善，穿著筆挺西裝，精神奕奕，笑得如沐春風。邵秦要他當送花的事情沒發生過，那他就照辦。

由於邵秦行程滿檔，這次的法律諮詢又約了中午時間，何以蔚與邵齊稍作寒暄，熟門熟路地進了會議室，會議室桌上已經擺好兩份便當。

原以爲邵秦剛拒絕他的追求，會先冷落他，沒想到邵秦還是和前幾次一樣，淡淡地打了招呼，雖不熱絡卻也沒怠慢。

邵秦坐下，示意何以蔚可以開動，「邊吃邊說。」

「好啊。」何以蔚的心情還不錯，沒辦法約會，那就把工作當約會吧。然而一打開便當，他就愣住了，「你準備的？」

邵秦神色不變，隨口回應，「不知道，邵齊隨便買的。」

「他怎麼知道我喜歡吃什麼？」

兩家公司距離近，便當店重複性自然高，這家店的便當何以蔚有印象，有道固定配菜是雪裡紅，每次他都是皺著眉吃掉，連張彥文都沒發現。而眼前便當的配菜明顯特意換過，全都是他喜歡的菜。

他只有在和邵秦交往時提過不喜歡吃的東西，沒想到他記到現在。

邵秦不承認，掰開衛生筷開始吃飯，「碰巧吧。」

何以蔚不信有這麼巧，他知道肯定是邵秦特地交代的，心情不錯，笑著道謝，「謝謝。」

邵秦淡淡地掃了何以蔚一眼，「先吃吧，昨天傳來的合約我看過了，有兩個地方需要調整，吃完再說。」

「好。」何以蔚食欲大開，除了便當菜色喜歡外，還有眼前秀色可餐的人。

面對何以蔚大方欣賞的目光，邵秦恍若未覺，依然是公事公辦的態度，沒有多餘的表情和話語。

中午的一小時過得特別快，吃飯加上談公事很快就過去了。

「這份合約調整後就沒問題了，抱歉，我還有約。」邵秦的聲音生疏而客氣，目光飄向辦公室門口，他的下一位訪客到了。

何以蔚不糾纏，微笑，「好，你先忙。」

他順著邵秦的目光也看見了那位穿著露肩上衣和短裙的年輕女人，依稀覺得在哪見過。

邵秦出了會議室立刻上前迎接女人，女人笑著拍了拍邵秦的手臂，兩人有說有笑，沒多久就進到邵秦辦公室裡說話了。

沒有比較沒有傷害。何以蔚看著這一幕，明顯地感覺到了差別待遇，心裡難受仍強顏歡笑。

收拾東西走出會議室後，他靠向辦公區隔板找邵齊說話，語調輕鬆，「她是誰啊？」

「沈萱啊，她很有名，你不認識嗎？」邵齊看了看左右，確定沒人注意後示意何以蔚靠近點，壓低聲音說：「她和我哥交往過，聽說兩個月就分手了。」

「前女友？怎麼還那麼熱絡？」何以蔚想起在飯店裡看見的新聞。

邵齊得意地挺起胸膛，「可能想復合吧？我哥的追求者很多。」

聽見「想復合」三字，何以蔚彷彿被戳到痛處，嘖了一聲，而後又幫自己打氣，「追求者又怎樣？沒我好看。」

「我哥太難追了，你要不要換個對象？」邵齊打量著何以蔚，在他眼裡何以蔚遠勝沈萱，卻不知道邵秦又是怎麼想的。

對何以蔚來說，才剛被拒絕就出現情敵，無疑是雪上加霜。

邵秦聰明又細心，能注意到他挑食的習慣，不會沒想到兩人碰面的可能，這樣安排八成是想故意讓自己看見這一幕，早點死心。

何以蔚心才剛覺得他在邵秦心中有點特別，就發現那一點點關照根本不值一提。

不過要他死心？還早著呢！

邵秦不好追，但那是他的鶴，他不想隨便找隻雞代替，至少得堅持一陣子吧？

只見何以蔚又勾起好看的笑容，「不換。」

蔚藍旅店創業維艱，有了方向後，一切正慢慢步上軌道。

何以蔚和十名員工的工作依然忙碌，他也依舊時不時找邵秦諮詢，不過都只談公事，看不見復合的曙光。

好在工作有了進展，近日總算完成第一筆建物收購，這意味著第一間蔚藍旅店將在一年後正式營運，對公司而言意義非凡。爲了慶祝階段性成果，何以蔚帶著員工開慶功宴，地點就在方棠的火鍋店，何以蔚也邀請了居善法律事務所，可惜只有邵齊代表出席，然而這不影響眾人興致。

雖然火鍋店不賣酒，但方棠是老闆，何以蔚是股東，一夥人又在獨立包廂裡，慶祝的場合自然而然就想喝上幾杯，杯觥交錯間，很快就酒酣耳熱，氣氛熱絡起來。

方棠知道何以蔚要來，除了安排包廂外，還特地讓廚房送了不少高級食材和招牌小菜，抓準了時間入座作陪，跟著大家起鬨一起灌何以蔚酒。

何以蔚覺得無所謂，剛好心裡有些悶，順著大家的意多喝了幾杯，不小心就沒了節制。

宴罷散場，眾人各自回家，邵齊喝了酒原本想叫計程車，可是邵秦打了電話過來，說自己就在附近可以來接送，也就從善如流。

邵齊喝得不多，微醺中仍行動自如，依指示找到邵秦的車，開心地飛奔過去，趴上車窗，「哥，你這麼快就到了，不會是先來等我吧？」

邵秦還穿著西裝，像是剛結束工作，打開車門讓邵齊坐進副駕，劈頭就問，「何以蔚呢？」

邵齊頭暈，舌頭也不如平時靈活，斷斷續續說著，「他比我還醉呢，趴在椅子上睡著了。不用擔心，他那個姓方的朋友會送他回家。」

邵秦一聽，立刻熄火，解開安全帶下車，「在車上等我。」

「哥，你去哪裡？」

邵秦也不知道自己爲什麼下車，他聽見何以蔚喝醉了還和方棠在一起，就無法淡定。

邵秦邁開步伐，急匆匆地走進火鍋店裡，看見服務生就問何以蔚的去處，連續問了三位服務生，總算有一位告知何以蔚可能還在二樓包廂內。

於是他三步併作兩步跑上二樓，推開邊間包廂門，看見方棠將何以蔚壓在牆上圈禁在懷裡，低頭貪婪地親吻何以蔚的側臉和漂亮的頸間。而何以蔚眼神迷離，一隻手橫在胸前像是想推開方棠卻失敗，只能皺著眉別開臉。

邵秦氣得想揍人，冷喝，「放開他！」

方棠停下，轉頭面露不悅，「邵秦？你來做什麼？」

邵秦皺眉走近，「還不放開他？」

方棠冷笑，「爲什麼？我起碼是以蔚的朋友，你是以蔚的誰？」

邵秦胸口彷彿受了一記重擊，他和何以蔚現在的關係還眞比不上方棠，可是他沒有露怯，義正詞嚴地反擊，「至少我不會趁人之危，他已經拒絕你了，你看不出來嗎？」

「你看錯了吧？我只是在幫他整理衣服。」方棠說著話時，還幫何以蔚順了順襯衫上的皺褶。

邵秦滿臉不信，他見多了睜眼說瞎話的人，方棠肯定是其中臉皮最厚的。他不想多費唇舌，直接表明來意，「我可以送他回家。」

「我也可以。」方棠不打算讓給邵秦。

「那讓以蔚決定。」邵秦心裡也沒底，卻莫名覺得自己有幾分勝算——如果何以蔚是真的喜歡他。

「他已經醉了。」

方棠才剛說完，原本醉得厲害的何以蔚突然看向邵秦的方向，瞇起眼睛，嘴裡喃喃地喊著，「邵秦？」說完，他扯開笑容，似乎非常開心。

「沒錯，是我。」邵秦上前，拉過何以蔚的手臂放到肩上，朝方棠揚起勝利的笑容，「看來他比較希望我送。」

方棠臉色鐵青，只能眼睜睜地看邵秦將何以蔚帶走，「你知道他住哪裡嗎？」

「我會問他。」邵秦不覺得有什麼問題，就算問不出來，他還能把人往家裡帶，反正何以蔚也去過一次了。

「邵齊，你出來，坐計程車回家。」

邵齊原本在車上已經靠著車門睡著了，被開門聲吵醒，聽見邵秦的話一頭霧水，

「啊？你不是說要送我？」

「我送他，你自己先回去。」邵秦攙著何以蔚，何以蔚雖然勉強能走，可是半個身體都靠邵秦支撐，眼睛半閉著沒看路，像是隨時就要昏睡不醒。

「你怎麼忍心把自己的弟弟趕下車？」邵齊故作可憐地說完，看著哥哥不為所動的臉和放在何以蔚腰上的手，突然燃起八卦魂，「所以你不是真的討厭他？你喜歡他嗎？」

「我不需要回答這個問題。」邵秦伸手去拉邵齊，「我知道你還很清醒能自己回家，計程車報公帳，記得拿收據。」

「好，我不打擾你們了！」

看著邵秦反常的舉止，邵齊頓覺醍醐灌頂。

當初聽到何以蔚說要追邵秦，邵齊只覺得驚嚇，心裡不敢相信大哥會喜歡男人。然而仔細回想，邵秦一向穩重，從沒對誰惡言相向，唯獨對何以蔚如此。事出反常必有妖，兩人關係肯定不單純！

邵齊又想起何以蔚送花給邵秦那次，雖然邵秦要他把花丟了，他捨不得便偷偷拿回家擺，事後邵秦雖頗有微詞，還是接受了……

邵秦眼神寫滿警告，催促道：「還有事？」

「好好好，我立刻走。」邵齊笑著揮了揮手，小跑步離開現場。

於是何以蔚取代邵齊坐上副駕，在邵秦的循循善誘下說出了飯店的名字。

一路上，坐在副駕的何以蔚側著臉，只知道看著駕駛座上的邵秦，目光直直的、呆呆的，像是怎麼都看不夠，也像是怕眨眼後人就會不見，嘴裡喃喃叫喚著邵秦的名字。

邵秦轉頭就能看見那雙癡癡凝視著自己的眼睛，那是褪去僞裝、單純喜歡著他的眼神。

邵秦在車裡無處可躲，只能任由何以蔚看著，在何以蔚又喊了邵秦時，輕聲回應，「是我。」聲音如六年前那般溫柔。

邵秦開車駛入城市飯店，停好車後開門下車，隨即繞至副駕駛座，將何以蔚從車內撈出來。

邵秦一手將何以蔚的右手搭在自己肩上，一手攙扶住他的腰，讓何以蔚身體靠著自己，不至於走得歪歪斜斜。

邵秦將何以蔚半拖半帶地扶進了飯店大廳，婉拒了想幫忙的飯店人員，親自將何以蔚送回房。

何以蔚的房間每隔幾天就有專人整理，保持得乾淨整潔，卻又保有生活痕跡。看著書桌上擺滿的工作文件，邵秦突然發現當年常蹺課、拖到考試前才念書的青年，如今已經是成熟幹練的專業經理人了。

邵秦將何以蔚輕輕放到床上，何以蔚的手勾著他的脖子不放手，夢囈般呢喃的聲音顯得特別委屈。

「不要走……你不喜歡我嗎？要怎麼做才能讓你喜歡我？」

邵秦臉上沒了平時的冷硬線條，溫柔哄道：「你喝醉了，早點休息。」

「邵秦，對不起，我不想分手的。」何以蔚烏黑的眼瞳亮晶晶的，固執地盯著邵秦，手還執著地不放開。

「以後別喝那麼醉，被誰占便宜都不知道。」邵秦嘆氣，說完就想走，爲了拉開何以蔚勾住的手，手上用了點力。

何以蔚力氣不如邵秦，即便不想放手還是被扯開了，然而他不放棄地改抓邵秦的領帶。

邵秦本想再拉開何以蔚的手，可是在看見那委委屈屈的可憐眼神和手腕上一圈淡淡紅印後，突然無法下手，想著乾脆把領帶解開，留給何以蔚算了。

何以蔚眨了眨那雙太過多情的眼睛，怯怯地央求著，「你可以親我嗎？」

看著那張紅潤的唇，邵秦有些心動，理智告訴他應該拒絕，但何以蔚總讓他失去理智。

「你嫌棄我對不對？」何以蔚不知道想到什麼，眼眶突然就紅了，卻又咬著下唇不敢哭。

邵秦的手指不受控地撫上何以蔚的臉，從眉骨到鼻梁，最後停在那張誘人的唇上，低低說了一句「沒有」，將手肘撐在何以蔚身側，俯身吻上。

只是一個吻，醒來後何以蔚不會記得，他也不用承認，一切都不會改變，沒關係的。

無奈兩人的雙唇一貼上就分不開了，一開始邵秦還含蓄地停留在唇瓣，後來愈吻愈深，互相吸吮啃咬，唇舌交纏，擦過齒列劃過牙齦帶起陣陣酥麻感。

何以蔚本能地抱住邵秦，下意識胡亂扯開邵秦的領帶又去解襯衫鈕子。他的手急不可待地伸進衣服裡，貼上厚實的胸肌，沒多久又滑向背肌和腹肌，在久違又熟悉的身體上恣意挑逗。

邵秦並不比何以蔚清醒。兩人肌膚相貼時彷彿觸電似的，瞬間喚醒了以前的記憶，才發現對彼此身體的渴求如此強烈，幾乎是一瞬間就燃起燎原慾火，讓堅持了許久的強大自制力潰不成軍。

邵秦的手開始解何以蔚的皮帶、褲頭、拉鍊，沒多久就褪下西褲，露出瑩白筆直的長腿，邵秦低頭看了一眼，充血的性器就脹得難受。

他知道該停下，然而他停不下來。

何以蔚，是你招惹我的。邵秦恍然地想著，他並沒有趁人之危。

何以蔚的腿勾上了邵秦的腰，聲音低啞撩人像極了魔鬼的蠱惑，「我想要。」

「這是你說的。」邵秦眼中情慾更盛，拋去冷靜和克制，腦中想的都是占有和征服。

沒多久，床下都是他們脫下的衣物，床上兩人再無布料阻隔，染上慾望的肌膚變得更加炙熱。邵秦分開何以蔚的腿，順著手感極佳的肌膚探向雙臀之間，手指在穴口輕輕畫圓，慢慢探進一根手指。

何以蔚因爲疼痛和異物感輕輕地呻吟，無論過去多放縱，後穴許久沒有接納男人的性器還是會不適應。

「太緊了，放鬆一點。」邵秦有些煩躁，又感到淡淡的開心，至少何以蔚沒有嚷著要追他，同時跟別人上床，這樣的喜歡顯得更眞誠些。

邵秦猶豫了一下，還是問出口，「潤滑液放哪裡？」

「這裡。」何以蔚的臉染上薄紅，抓起邵秦放在他腰上的手，放在嘴邊，輕輕吻了一下後，將食指一節一節地舔溼，接著是中指，舌頭動作緩慢且色情。

邵秦瞇起眼睛，簡直快被勾了魂，他沒見過何以蔚的這一面。

「好了。」何以蔚笑得就像等著領賞的小孩子，單純無辜偏偏又誘人至極。

邵秦將何以蔚兩腿分得更開，將舔溼的手指放到微張的穴口，在壓抑的悶哼聲中慢慢探入，比方才順利許多。

邵秦被慾望折磨得難受，待擴張得差不多，就將性器對準溼潲的穴口，溫柔地緩緩送入，直至全部沒入。他不自覺地發出快慰的嘆息，性器被溼熱緊緻的肉穴包裹著，那舒服的感覺簡直要把人逼瘋。

即便六年未見，還是能很快重拾往日的親密回憶，邵秦記得何以蔚的敏感帶，也記得性器用什麼角度和頻率抽送會讓何以蔚舒服到哭。

「太快，嗚，慢、慢點……」

何以蔚被頂到深處嗚噎著想逃，卻被邵秦扣著腰胯，不停地在頂弄時輾過前列腺。

後穴裡的痠脹感慢慢轉爲麻癢，身體因爲汗水泛起淡淡的光澤，性器又硬又脹。他雙腿緊繃，連腳趾也無意識蜷曲，熟於性事的身體開始扭腰迎合，索討更多，在羞人的肉體碰撞聲中伴隨著一聲聲撩人的呻吟。

邵秦居高臨下，看到的風景極佳。

何以蔚的臉被慾望薰紅了，俊美的五官在情事時特別勾人性慾，讓人更想狠狠欺負。胸前兩點緋紅因爲興奮挺立著任人採擷，下腹恥毛間猶帶點粉色的性器昂揚著，頂端泛著一層水光亟欲釋放。

往下更不用說了，邵秦壓著何以蔚的腿，讓穴口露出更方便進出，此時那處已經淌著一圈黏膩帶著光澤的液體，都是爲了迎接性器而分泌的腸液。同時他也看見莖身抽出時翻出的一點嫣紅穴肉，那依依不捨的樣子像是在熱情挽留他，令人口乾舌燥只知道繼續將性器送入，一下比一下撞得更狠。

何以蔚感覺後穴愈來愈酥麻，慣於享樂的身體憑著本能賣力迎合，沒多久就迎來滅頂的快感。高潮來臨時，何以蔚只知道喊著邵秦的名字，無人撫慰的性器射出一股股白濁。

邵秦見狀，加大了抽送的頻率，在何以蔚身體裡滿足地釋放。

激烈的性事讓兩人都有片刻的失神，高潮的餘韻太過美好，邵秦抱著何以蔚賴了一會兒才把性器抽出。

「別走。」何以蔚感覺後穴一空，眨著晶亮的眼睛，拉著邵秦的手，用無辜的眼神說著最挑逗的話，「再來。」

邵秦不確定何以蔚是慾望未平或是想用身體留下他，但無論是哪個，他都難以拒絕。

美色誤人。

何以蔚的頭因爲宿醉一抽一抽地痛著，皺著眉慢慢睜眼，竟看見邵秦的臉近在咫尺。

是在做夢嗎?他緊緊閉上眼復又睜開——邵秦還在。

何以蔚驚喜交加，不敢亂動，他發現自己正躺在邵秦臂彎裡，頭枕在邵秦肩上，被子下的身體赤裸地交疊著。他能感覺到對方強而有力的心跳，感受肌膚傳來的熱度，結實健壯的男性身體抱起來手感眞好。

昨晚纏綿的記憶慢慢回來，腰腿和後穴的痠疼腫痛再再提醒著他昨夜的放縱和瘋狂都是眞的。

何以蔚很久沒有抱著喜歡的人醒來了，以前覺得稀鬆平常的場景，現在竟讓他幸福得鼻酸，他貪戀著這美好的瞬間，邵秦的氣息、體溫、臂彎，以及愛。

是吧，邵秦是愛他的，昨晚炙熱的親吻和熱烈地占有，體貼地幫他清理身體，抱著他入睡，這些和以前一樣，都是愛。

邵秦的睫毛顫動，緩緩睜開眼，看見何以蔚時愣了一下，嘴唇開合似乎要說什麼。

何以蔚自然地將唇湊近，輕輕吻了邵秦，「我愛你。」

邵秦眼睛睜大，彷彿觸電似的立刻將何以蔚推開，而後坐起用手揉了揉太陽穴，像是極爲懊惱，聲音冷硬，「昨晚是意外。」

何以蔚錯愕，背脊發涼，方才的幸福感瞬間消失。他深呼吸，勉強穩定心緒，卻沒辦法擠出半點笑容，「什麼意思？」

邵秦腦中迅速跑過幾個念頭，保持距離斷開關係？或者維持現狀？他和何以蔚在工作上還有往來，不可能不見面，且昨晚的歡愉宛如罌粟，令人沉迷，他想，也許何以蔚不會介意……

「一夜情？或者多來幾夜也可以，你不是很擅長嗎？」

何以蔚說不出話，他不曉得邵秦怎麼能說出這樣的話。

「我想試試。」邵秦對著何以蔚揚起笑容。

以往讓人心動的笑，此時卻顯得刺眼又殘忍。何以蔚震驚到幾乎無法思考，花了點時間處理邵秦說的話，但無論怎麼理解，都指向了同一個意思，啞著聲音，「你要跟我……玩？」

他一時之間說不出「炮友」一詞，在他心裡邵秦和這個詞是不相干的，他還記得邵秦說過的話。

「如果沒有想要和對方認眞交往的話，最好不要發展親密關係。」

他還以爲邵秦是接受了他，願意和他交往才發生關係的——可是邵秦點頭了。

何以蔚渾身冰涼，心都冷了，他想拒絕，他不想和邵秦成爲用身體彼此慰藉的關係。

可是他拒絕不了，即便只是炮友，至少他還能抱著邵秦，在肢體交纏互相索求時，假裝他們仍然相愛。他曾經不屑這種自欺欺人的想法，沒想到有一天自己會淪落至此。

這不是一個容易的決定，拒絕的話幾度到了嘴邊，都因爲誘惑太大而嚥了回去，最後何以蔚啞著聲凄然答應，「好。」

只有人，沒有心，也好。

原來不愛一個人時，可以接受有性無愛，愛一個人時，也可以。

邵秦像是沒看見何以蔚眼底的凄楚，滿意地微微揚起唇角，語氣不帶一絲溫度，「我走了，再約。」

語畢，他起身下床，撿起床下的衣服穿上，然後離開。

何以蔚還躺在床上，修長的手輕輕撫過床單上隱約的人形輪廓，試圖用殘留的體溫把冰冷的心焐熱，無奈手指觸到的地方愈來愈涼。

沒多久，他眼中盈滿水光。

那晚肢體交纏深入交流後，理論上何以蔚和邵秦的關係有了突破性進展，然而何以蔚偏偏覺得兩人離得更遠了，追回前男友的計畫暫時擱置。

何以蔚還是該工作就工作，第一案簽約後也不能鬆懈，立刻就以土地和建物為抵押進行融資貸款，同步和建築師、室內設計師討論改裝方案，精算投報。定案後申請建築執照，讓原本的住宅大樓符合相關法規，趕上計畫中的期程營運，同時還有第二案要談。

何以蔚忙得昏天暗地，一碰床就能睡著，如此一來也省得胡思亂想、心煩意亂。雖然通勤空檔或會議前後的零碎時間，腦中還是會閃過一個問題──邵秦說的「再約」是什麼時候？

這天晚上七點，張彥文在辦公室裡坐立難安，焦急地盯著時鐘，最後再也坐不住，從桌上拿起一份不算太急的文件敲響總經理辦公室的門。進門後發現老闆還埋首在工作裡，便送上文件並貼心提醒，「何總，今晚八點您和邵律師有約。」

何以蔚抬頭，「今晚？」

對了，他最近忙著調整第一案的投報方案和旅館配置，前天第二案遇上合資問題，就隨口交代張彥文幫忙約邵秦。

「是的，我約好後和您確認過時間。」

「沒事，我想起來了。」何以蔚點頭，看了一眼時間，「我自己過去，你可以先下班了。」

「好的，我先走了。」張彥文說完從容告退，一關上門就換了個樣，飛快地拿起公事包飛奔下班。他和女友約好七點在餐廳碰面，看來又要遲到了。

何以蔚邊吃著本應是下午點心的三明治塡肚子，邊認眞思考和邵秦現在的關係。炮友？床伴？想到就頭痛，還是先不想了。看著時間差不多，何以蔚將文件塞進公事包，硬著頭皮出門——無論如何能見到邵秦總是開心的。

何以蔚隨手攔了輛計程車，車上正播放廣播電台：「裕浤企業勞資雙方達成和解共識，長時間的罷工抗議活動暫告一段落。據了解，兩名過勞死員工的家屬已簽下和解書及保密協議，裕浤企業委任律師邵秦表示，裕浤將全面改善勞動環境、修正勞動契約，保證一切將符合勞基法規定——」

司機是位長相憨厚的中年男子，聽見廣播忍不住發表感想，「那些老闆都是吸血蟲，那個律師也不是好東西。」

何以蔚不以爲然，「裕浤老闆是怎樣的人我不清楚，但那位邵律師是在執行他的工作，在法律基礎上尋找雙方共識，不能因爲新聞上的片面資訊就說他不是好東西。」

司機沒想到何以蔚竟然和自己持相反意見，有些激動地說著，「那是因爲事情鬧大了，裕浤才不得不妥協，那個律師我看過他幾次，踹個一五八萬，動不動就拿法條壓人。」

見快到目的地，何以蔚不打算再白費唇舌，「前面路口下車，謝謝。」

「你還年輕，不要被騙了。一百二十塊。」

「好。」

抵達居善時，事務所裡的人都下班了，只有邵秦還在會議室裡等他。何以蔚打起精神，笑著打招呼，邵秦看起來依舊冷靜理性，這讓他安心不少。

約莫一小時後，兩人才談完工作。何以蔚順手收起文件，看著律所暗了一半的燈，隨口問了一句，「只有你加班？」

「嗯，讓他們先下班了，邵齊約了朋友跨年。」

何以蔚這才意識到今天是今年的最後一天，恍然大悟，「怪不得我祕書趕著下班。」

邵秦的表情看不出情緒，聲音微冷，「接到你祕書的電話，還以爲你以後不來了。」

「怎麼會？」何以蔚承認有私心，他想見邵秦，另一方面也是不放心將重要的合約交給其他人處理，笑了笑，「我這幾天實在太忙了。」

「哦？」邵秦不冷不熱地應了一聲，不知道是不是接受了何以蔚的說法。

何以蔚起身，思索著是要約邵秦吃消夜，還是要瀟灑告別，「也滿晚了，我想……」

「時間正好，不是嗎？」

「嗯？」

邵秦似乎就在等這一刻，眼神閃了閃，唇角揚起，低沉嗓音遞出邀請，「這個時間沒有人在，我想在這裡上你。」簡單直接。

邵秦眸色深沉，帶著侵略性的目光，沿著何以蔚的臉一路向下。

何以蔚微愣，被看得有些口乾舌燥，他想，既然已經答應了當炮友，那也沒什麼好矜持的。於是換上風情萬種的笑容，輕佻地說著，「你們辦公室沒裝監視器嗎？」

邵秦揚起唇角，心領神會，「關掉了。」

何以蔚放下公事包走上前，手貼上邵秦厚實的胸肌，曖昧地遊走到領口，一把扯開邵秦的領帶，扯掉衣冠楚楚的外殼，露出心底只知求歡的野獸。

「邵律師，你這算預謀嗎？」

「算。」

邵秦呼吸微微重了一些，看著何以蔚的眼神更露骨，像是已經用力扯開何以蔚的襯衫，在手感極佳的柔韌肌膚上狠狠揉捏。

何以蔚很滿意邵秦的反應，至少自己對邵秦還是有吸引力的吧？他眼神斜斜一挑，輕笑，「那還等什麼？」

幾乎是話一出口，邵秦就推著人倒在會議桌上。近三米長的實木會議桌堅固耐用，雖然目的不是為了讓人在上面交合，不過承受兩個成年男人的重量還是沒有問題的。

邵秦低頭吻上何以蔚頸側，都怪那處線條太過好看，還被領帶勾勒出了一股不該在何以蔚身上出現的禁慾感，惹得他心浮氣躁。

乍然竄起的酥麻感讓何以蔚低低地抗議，「癢……」

只是那語調軟軟的，他一手還勾著邵秦的脖子，聽來更像欲拒還迎。

邵秦沒有收斂的意思，唇舌在頸項耳邊又吸又啃，把何以蔚弄得氣息不穩後才將目標轉向微張的雙唇。

何以蔚原本想回應，可是一想起兩人的關係，便生硬地把頭別開，對著愣住的邵秦說：「我不和炮友接吻。」

邵秦的表情似乎冷了些，卻沒說話。

何以蔚抓準時機問，「要不要和我交往？」

邵秦沒想太久，明快地做了決定，「那就不親。」

何以蔚心中一冷，看來自己對邵秦的吸引力沒那麼大，強行壓下失落感後，笑容轉爲輕浮，「也是，當炮友輕鬆多了。」

邵秦扯開何以蔚的皮帶，解開褲頭和拉鍊，將西褲一把拉下，露出性感誘人的長腿。

何以蔚雙腿驟然接觸到冷空氣，微微瑟縮了一下才勾上邵秦的腰，唇角一彎，「我沒帶潤滑液。」

「我有。」邵秦已經承認是預謀了，準備好潤滑液也很合理。

性事進行得很順利，轉眼間，何以蔚身上就只半掛著一件釦子全開的白襯衫。邵秦卻依然衣著整齊，除了被何以蔚扯下領帶外，只拉開西褲拉鍊掏出陰莖，一下又一下地抽送。

何以蔚原本以爲不過換個地點做罷了，然而當衣服都脫了之後，與周遭環境格格不入的羞恥感就上來了，要是律所員工突然回來看見了怎麼辦？邵秦還能拉上拉鍊裝沒事，他幾乎不著寸縷，衣服不知道扔在哪裡，根本百口莫辯。

何以蔚呼吸紊亂，緊咬著下唇，儘管混雜著水聲的肉體碰撞聲已經充斥整間會議室，卻壓抑著不敢叫得太大聲。身體在羞恥感刺激下變得格外敏感，兩條腿和後穴裡夾得更緊。

邵秦看著情動不已的何以蔚，低低壞笑，「你喜歡這樣？」

何以蔚臉上發燙，怕做得太久眞的有人進來，加大迎合幅度催促著，「快點。」

邵秦呼吸一滯，聲音染上情慾變得沙啞，「那就更刺激點？」

說完，他便以交合的姿勢抱起何以蔚，走向會議室靠馬路一側的玻璃帷幕。

何以蔚雙手勾著邵秦的脖子，兩條腿纏在邵秦腰上，感覺性器在體內隨著走動挺送，還正好抵在痠麻的那點。這姿勢由於重力關係避無可避，只能繃緊微微打顫的兩條腿，嘴邊溢出甜膩的呻吟，「啊，嗯啊……」

邵秦注意到何以蔚快射了，壞心地停下動作，放下何以蔚，將人轉向外面一片霓虹閃爍的夜景，「扶著。」

二十六樓居高臨下，附近沒有其他更高的大樓，一整片城市夜景盡收眼底。何以蔚手撐著玻璃帷幕往下看，下方是點點亮光和川流不息的車陣，遠處已有人提早放起零星煙火慶祝。

邵秦按著何以蔚的腰固定，由後方溼漉的穴口進入，下身一邊挺送，一邊俯身湊在何以蔚耳邊啞聲問：「你說會不會有人看見？」

何以蔚不敢想像底下會不會有人抬頭往上看，會不會有認識他們的人？

「你不覺得丟臉……哈啊……我無所謂……啊……」何以蔚被粗長的性器頂弄得腰都軟了，快感太過強烈，兩條腿快站不住，只能靠邵秦幫忙撐著身體，在克制不住的喘息和呻吟聲中斷斷續續地回話。

邵秦看何以蔚的身體反應，知道他就快高潮了，立刻更加猛烈地操弄，每一下都深深沒入滑膩的小穴裡，劃過深藏於內的敏感點。

何以蔚沉浸在性愛的歡愉裡，令人戰慄的快感一波接著一波，呻吟染上了點哭音，眼角泛出生理性淚水，最終迎向高潮。硬挺的性器射出帶著腥騷麝香的白色液體，濺上了身前的玻璃。

邵秦被高潮中的何以蔚一夾，用力頂送幾下後也跟著射了，一股一股的白漿都射進了熱燙甬道的深處，在快慰的嘆息聲中，全身舒暢淋漓。

何以蔚眼角微紅，胸口起伏，大口喘氣，從玻璃的反射看見身上點點紅痕和兩腿間淌下的液體，橫了罪魁禍首一眼，用還有些氣虛的聲音警告，「邵律師，買潤滑液的時候記得買保險套，我不喜歡被炮友內射，留下吻痕也不行。」

邵秦挑眉，含蓄地抗議，「你對炮友的規矩眞多。」

邵秦拿了面紙擦了自己的性器，沒幾分鐘就整理好，看起來依然衣著體面，像是什麼都沒發生過。他接著抽了些面紙幫何以蔚清理，即便是炮友，這點體貼他還是能做到。

何以蔚擦掉性器和腿間的液體，急著去撿脫下的衣服，趕忙穿上襯衫和西褲。穿戴整齊才有說話的餘裕，扣釦子的同時，他扯開笑容，向邵秦眨眨眼，「嫌規矩多，你可以和我交往啊。」

邵秦抿著唇，頓了頓後答：「我能守規矩。」

何以蔚用笑來掩飾失落，悵然若失間恍惚地回應，「那就好。」

此後，法律諮詢能約很多地方，汽車旅館、公園、海邊、車上……有時先諮詢，有時先做愛，有時兩人都不介意同時進行。一次不夠盡興就兩次、三次，像是要把六年的空白塡上似的。

何以蔚有種錯覺，邵秦應該是愛他的，要不怎麼能和同一個人做那麼多次？每次都那麼熱烈，像是想將他馴服、占爲己有。

每當有這種錯覺時，他就會問——

「邵秦，你喜歡上我了嗎？」

邵秦第一次聽見時沒有回答，後來再問時一律都回：「我是喜歡上你。」

何以蔚一開始還覺得失落，後來就習慣了，總是笑得無所謂的樣子，「那我就是喜歡被你上。」

情事總會因此變得更爲難分難捨，不過至少邵秦不再老擺著一張冷臉，臉部線條柔和不少，偶爾也會像六年前那樣笑得陽光帥氣，看著他的眼神少了些冷淡。

兩人的談話內容不再只有公事，邵秦願意和他說兩句瑣事，比如他的父母去年退休了，他在鄉下老家買了房子讓兩老安穩度日。兩個弟弟都很上進，大弟邵明進了大公司，目前外派中，小弟邵齊一邊跟著他工作，一邊準備國考。

雖然講得是平淡的家常，何以蔚卻聽得很專心，也很安心，這讓他覺得六年前的決定沒有錯，儘管代價是他和邵秦漸行漸遠。就算他們現在上床的次數多到記不清，他心裡也總是感到莫名空虛。

何以蔚偶爾也會說說自己的事，他在新學校交到幾個知心的朋友，夏天經常去海邊度假，冬天就開幾個小時的車去滑雪。還說些創業時候的糗事，他們一開始創業很窮，何以蔚把自己的私房錢拿出來也不夠，只好到處找人投資，說投資是好聽的，其實就是要人樂捐，最好是給錢後什麼都不要的，就連方棠都被他誆著投了錢。

邵秦也是很好的聆聽者，在何以蔚說話時靜靜聽著，神情專注，只在聽見方棠的名字時會微微皺眉。

他們共同的默契是，沒人提起六年前分手的事。

Chapter 9

何以晴為期一個半月的瘋狂蜜月結束了，回國那天，何以蔚拗不過母親，只能放下手邊工作一起去接機，接機後直奔自家飯店，一家人團聚吃了頓晚餐。

何以蔚在婚禮前後見過蕭又維，對他的印象還不錯。蕭又維長相一如何以晴說的一樣俊帥，一雙眼睛很有神頗為迷人，身材挺拔、頭腦精明反應快，而且為人風趣，說話的分寸拿捏得恰到好處，非常討人喜歡。

何家二老接連生病後特別注重養生，席間以茶代酒，主要是閒話家常，氣氛溫馨。

蕭又維中途去上了廁所，出來看見何以蔚在外面跟餐廳經理剛說完話，似乎正要回包廂，連忙快步上前，趁著能單獨說話的空檔，向何以蔚道歉，「不好意思，蔚藍的案子本來應該是我負責的，希望沒給大哥添麻煩。」何以蔚是蕭又維的大舅子，現代人沒那麼講究，他就跟著何以晴喊一聲哥。

「下次別叫大哥了，叫我以蔚就好。」何以蔚有些莞爾，蕭又維比他大六歲，雖然輩分上該這麼叫，但聽了幾次總覺得彆扭。他等蕭又維答應後才徐徐開口，「邵律師很專業，幫我解決了不少難題，服務很周到，沒耽誤工作。」至於是哪方面的服務就不說了。

「那就好，邵秦是我學弟，專業能力沒話說，就是有些悶，除了工作外沒什麼嗜好。不過他外冷內熱，相處久了就知道這人很重感情。」

「我知道邵律師人很好。」何以蔚微笑，邵秦是不是外冷內熱他不確定，但做愛時體溫是挺熱的。

蕭又維頓了頓，看何以蔚不像敷衍，才又笑笑地隨口問了一句，「以晴說你們以前認識？」

何以蔚大方承認，「是啊，我們曾經是室友。」

「眞是太巧了！那你知道邵秦之前的事嗎？聽說有一年，他從年級第一掉到倒數幾名，不知道是怎麼回事……」蕭又維覺得自己問太多，連忙解釋，「抱歉，我是關心他才想問問看的。」

何以蔚胸口一揪，他從沒聽邵秦提起過。他不知道邵秦後來經歷了什麼，臉上的微笑差點維持不住，「我後來就出國念書了，不太清楚。」

蕭又維笑了笑，擺擺手，「沒關係，我只是隨口問問，大哥別放在心上。」

何以蔚故作嚴肅，「都說了別叫大哥了。」

「對，該叫以蔚，抱歉，我一時改不了。」蕭又維一臉愧疚，誠懇致歉。

何以蔚重新勾起嘴角，「別緊張，我開玩笑的。」

兩人相視一笑，一起走回包廂。

除了去找邵秦外，何以蔚幾乎都在昏天暗地地工作，方棠約了好幾次都被他推了。

這天方棠特地來公司找何以蔚，好話說盡、死纏爛打才把人拖出去吃晚飯。張彥文難得可以準時下班，眉開眼笑地和女朋友修復關係去了。

方棠挑了一間無菜單日式料理店，餐廳包廂是鋪著榻榻米的和室，客人入內就著坐墊席地而坐。另一側和室門拉開，能看見雅緻的日式枯山水園景，一地扒梳整齊的白砂、兩顆奇石、一叢雅竹，點綴著暖黃燈光，別有逸趣。

隨著菜一道道慢慢上桌，兩人正好可以慢慢聊。

方棠幫何以蔚倒了杯剛溫好的清酒，「你的旅館籌備得怎樣？」

「有點進展，可是還差得遠，沒個三五年看不出成績。」何以蔚脫下西裝外套，解下領帶和領口的釦子，揉了揉脖頸，感覺放鬆了點。他和方棠認識多年，私底下朋友吃飯不用太拘束。

「慢慢來吧，沒那麼快。」方棠知道何以蔚想做出點成績來，一方面是自己的事業心，另一方面也想向長輩和外界證明自己的能力。他們這些企業家的二代、三代，旁人都羨慕他們含著金湯匙出生，然而箇中掙扎和難處只有嘗過的才明白。

「我知道。」何以蔚淡笑，拿起筷子，示意方棠別只顧著說話。

方棠也跟著動筷，淺嘗兩三道菜後，裝作打趣地問：「你和邵秦復合了吧？」

「還沒。」何以蔚苦笑。

方棠訝然，「我都做到那樣了，怎麼會不成功？他看起來不像對你沒意思。」

蔚藍慶功宴那天，眾人散場後，只剩方棠和何以蔚在包廂裡有一搭沒一搭地說話，大多都是方棠開口，何以蔚喝得太醉不大想理方棠。方棠在窗戶邊看見邵秦下車進店，主動提議上演那幕輕薄佳人的戲碼，何以蔚醉得無法思考，半推半就地就被壓在牆上了。

何以蔚嘆氣，「我不知道。」他在邵秦的事上愈來愈沒把握了。

方棠拿起白瓷小酒杯，一口飲下，嗓音染上幾許曖昧，「他沒碰你？」

「碰了。」

方棠倒酒的手頓了一下，促狹地看了眼何以蔚，「那還沒復合？」

何以蔚心裡酸澀，放下筷子，嘴角透著自嘲和無奈，「他只想玩玩。」

方棠看了眼何以蔚，確定何以蔚說的「玩」和他理解的是同一個意思，眼睛微微瞪大，語氣裡不掩飾對邵秦的譏諷，「學壞了啊。」

何以蔚苦笑，不予置評，可能是被他帶壞的吧？

「你還不如跟我交往呢。」方棠半是打趣半是認眞，他很清楚何以蔚喜歡的是邵秦，這麼多年還忘不了，他也是挺佩服的。

「別開玩笑了。」何以蔚拿起酒杯，對方棠笑了笑，「這酒不錯，多喝點。」

「好。」

酒過三巡，何以蔚悶悶地提起邵秦，「聽說當年……對他打擊很大。」

方棠並不同情邵秦，「那又怎樣？你也不好過，前兩年還要靠安眠藥入睡不是？」

「我沒事，早就好了。」何以蔚搖頭，接著又嘆了口氣，「我不想逼他，等他想清楚了再說。」

「眞是搞不懂你們。」

蕭又維回到律所開始工作，第一件事情就是找來邵秦，了解請假期間律所各案件的狀況。

邵秦在工作上一絲不苟，每個案件進度、遇到的爭點都寫得清清楚楚，一一匯報後，把蕭又維負責的案件交還給他。

蕭又維看了看覺得沒什麼問題，就其中幾個案件討論了幾句後，看著清單問道：「蔚藍旅店呢？」

按理來說，蔚藍旅店這案子是蕭又維簽下來的，應該要還給蕭又維，邵秦卻不放手，「我處理上手了，就交給我吧，不用算我的業績沒關係。」

蕭又維覺得意外，單手支著下頷，定睛打量著對座的邵秦，「可以是可以，但這不像你。」

邵秦臉色鎮定，淡淡回了句，「是嗎？」

蕭又維兩手交握放在桌上，手指輕輕地互相敲擊，一番思考後緩緩開口，「我接下來的問題會有點冒昧也不太恰當，可是我還是希望你能回答。」

邵秦猜到蕭又維想問什麼，他覺得不需要向任何人解釋他和何以蔚之間的事。然而蕭又維和他是合夥關係，還是工作上幫了他很多的前輩，牽涉到工作的事他沒辦法讓蕭又維不要問，「學長，你說。」

「你和何以蔚交往過？」

「是。」何以晴不是個能藏住事的人，以蕭又維和何以晴的關係，邵秦覺得蕭又維現在才問，算是很能忍了。

「你們復合了嗎？」

「沒有。」

「你們現在是什麼關係？」

「一言難盡。」

情況從複雜變成難以理解，蕭又維沉默片刻，定定看著邵秦等他解釋，邵秦卻緊閉雙唇沒有要解釋的意思。良久，他嘆了口氣，放棄逼問，「好吧，希望你們的關係不要影響到工作，要不然我對何家不好交代。」

「我知道。」

這次的法律諮詢選在溫泉飯店，一整晚的深入交流令人身心舒暢。何以蔚早上還要看地、看房，天剛亮就先行離去。

邵秦換完衣服後，見桌上擺著何以蔚遺留的文件，追了出去。剛走到飯店大廳，他便瞧見何以蔚站在大門外頭一角正講著電話。邵秦沒多想，朝何以蔚走去，碰巧聽見了談話內容。

「還是不要了吧，上次你把我操得太狠了，難得放假，結果我一整天都下不了床。」

邵秦頓時僵住，停下腳步，他的位置剛好被一叢枝葉茂盛的灌木擋住。

何以蔚不知道被什麼話逗笑了，漂亮的眼睛彎起，染上笑意的樣子特別好看，愉快地回了句，「對，我就是體力不行。」

邵秦臉色鐵青，腦子裡都是何以蔚在別的男人身下的畫面。何以蔚笑得那麼開心，似乎比和自己相處時還快樂？

何以蔚帶著笑意繼續說道：「以後我喊停你就會停？不強迫我？」

邵秦愈聽心愈沉，這段對話怎麼聽都像床笫之事，不堪入耳，糟糕透頂。

可是他連生氣的資格都沒有，他們只是炮友。

一旁的何以蔚臉上盡是拗不過對方的無奈輕笑，「好吧，再信你一次。嗯，明晚七點半見。」語畢便掛上電話，轉身向外走。

邵秦連忙裝作剛到的樣子，上前把人叫住，「等等。」

何以蔚回頭，見是邵秦，露齒一笑，「怎麼了，不睡晚一點？」

邵秦一肚子氣無處發洩，此時的口氣也就不太好，「你的東西忘了。」

「哦，謝謝。」何以蔚笑著接過文件，放進公事包。

「你——」邵秦想問何以蔚剛剛和誰講電話，然而開了個頭就意識到這個問題並不恰當，他不能越界，只能生生把到嘴邊的話嚥下。

就算和別人約炮又怎樣？他早就知道何以蔚是那樣的人了，不是嗎？

邵秦目光冷冽深沉，看得何以蔚心裡發毛，不斷回想自己是不是哪裡做錯惹到邵秦了，「怎麼了？」

邵秦深呼吸，努力壓下破口大罵的衝動，僵硬地開口，「明晚有空嗎？」

「明晚？什麼事？我和人有約了。」何以蔚看邵秦臉色不對，「要不我和對方改期吧？」

改期不就是改天做？有區別嗎？

「不用了，你忙你的吧。」邵秦心中怒火更盛，乾脆不演了，冷聲說完甩手大步離開。

剛剛還好好的，怎麼生氣了？看著他昂首離開的背影，何以蔚覺得自己愈來愈不懂邵秦了。

隔日七點，何以蔚結束工作，搭著計程車到一棟大樓下方，拎著公事包和一個背包獨自下車。

何以蔚正要往大樓裡走，遠遠地便被一道男聲叫住，「以蔚、小蔚，等等我！」

何以蔚停下步伐，轉頭望去，高大健壯的江時戚剛從大樓旁的便利商店出來，又叫又跳朝他揮手，健壯的二頭肌和胸肌把T恤繃出一塊塊肌肉線條。

江時戚走近，露齒一笑，「等到你眞是太好了！」

「我自己會上去，等我做什麼？」

江時戚將手搭上何以蔚的肩，熱絡地拍了拍，「你是VIP，當然要下來迎接。」

何以蔚知道是玩笑，挑眉笑問：「是嗎，那你上次怎麼沒下來接我？」

江時戚掰不下去，揚了揚手上的寶特瓶，哈哈一笑老實交代，「好啦，我是來幫阿豪買東西的，他指定要喝這個牌子的氣泡水，我只能下來買了。」

何以蔚一副果然如此的表情，阿豪是江時戚現在穩定交往的男朋友，也是健身教練。他上次來就看過了，小倆口濃情密意，毫不在意旁人目光，差點把他閃瞎。

江時戚看了看手機時間，領著何以蔚一起走進大樓等電梯，「我們得趕快上去，不然等一下他就要上課了。」

「你們感情眞好。」何以蔚承認自己有點羨慕。

「你也趕快找一個，有人作伴的感覺眞的不一樣。」

何以蔚敷衍地笑了笑，「那也得靠緣分。」他愈來愈沒信心能追到邵秦了。

江時戚瞠目結舌，「只有你看不上的，哪有看不上你的？」

何以蔚被逗笑了，「你這樣誇我，不是要我買課程吧？」

「你不是已經決定好要買了嗎？」

「我只是來上一堂課，買不買課程要看教練教得好不好。」何以蔚會來上課自然是有健身的念頭，不知道是床第之事過於頻繁，還是工作時間太長，他最近深感體力下降，該鍛鍊一下自己。

「我教得當然好。」

兩人有說有笑地進了電梯。

不遠處的黑色轎車裡，傳出一道銳利冰冷的目光，憤怒且幽怨。

年節將近，寒流來襲，天氣又更冷了一些，社會大眾早已忘了某血汗企業的罷工事件。

蔚藍旅店其中一個收購標的在產權上有一些疑慮，爲了釐清法律問題，何以蔚打了電話和邵秦約時間諮詢。

邵秦正在律所加班，就讓何以蔚直接過去。

何以蔚讓城市飯店送了兩份和牛便當過來，帶著文件和熱騰騰的便當下樓，心血來潮選擇開車去居善，他這兩天剛牽了新車，一有機會就想開。

何以蔚將車停在地下室，搭著電梯上了二十六樓，電梯門一開，只有居善的燈還亮著。話雖如此，但律所的人其實都下班了，按了門鈴後邵秦透過電控幫他開門。

何以蔚進門，熟門熟路地通過玄關和辦公區，大步往邵秦的辦公室走，走廊轉彎就看見玻璃隔間裡的邵秦正埋首在案卷堆裡，似乎正在推敲什麼，眉心微蹙卻不減帥氣，而是多了幾分成熟男性的魅力。何以蔚忍不住多看了兩眼，心想如果他是律所員工，可能會無法專心工作吧？

手指在玻璃門上敲了敲，等邵秦抬頭，何以蔚把手上的便當提起晃了下，扯開漂亮的笑容，「我猜你還沒吃，先吃點東西再說？」

邵秦看了一眼時間，發現竟然已經八點了，便放下手上的卷宗，「好，就在這裡吃吧。」

何以蔚瞄了眼桌上資料，隨口問了一句，「那個鬧很大的血汗工廠？」

邵秦點頭，「其實都處理完了，只是還有家屬不滿意。是其中一名過世員工的父親，那男人在小孩五歲就離婚，另外有了家庭，從未盡扶養義務，所以這次賠償金只給了母親。」

「很麻煩嗎？」

「還好，過一陣子就死心了吧。」

何以蔚沒有多問，「辛苦了，這個案子你一定費了很多心力。」

邵秦有些詫異，「你不罵我是資方幫兇，助紂爲虐？」

何以蔚失笑，「你是嗎？」

「我做我該做的，拿我該拿的。」邵秦語氣堅定，問心無愧。

「那還有什麼問題？」何以蔚知道邵秦變了，但只是變成熟了，內心深處還是當年在破公寓裡的邵秦。

邵秦心情不錯，淺笑，「吃飯吧。」

在邵秦的辦公桌前有一個小客廳，擺著兩張單人沙發和一張玻璃茶几，剛好夠兩人在此用餐。

何以蔚心情很好，哼著不成調的歌，開心地從紙袋裡拿出高級便當、甜品、湯和筷子，一一擺好，「你這裡空間明明就夠，怎麼不擺張雙人沙發？你累了還能躺著休息。」

「你常來就換。」邵秦語氣平靜，話裡的訊息量卻非常龐大。

何以蔚毫無困難地接收了龐大的訊息量，臉不紅氣不喘地認眞討論，「要是把沙發弄髒了怎麼辦，事務所裡還有誰敢坐？」

「他們進來通常都站著，說完話就走。」邵秦坐下，打開便當，一邊是九宮格精緻小菜，每一樣都製作用心，另一邊是粒粒分明飽滿Q彈的越光米，上面擺著炙燒到恰到好處的牛肉，肉塊切面色澤漂亮，熟度恰當，「看起來很好吃。」

何以蔚笑著催促，「快點吃，放久就不好吃了。」

邵秦依言動筷，吃了一塊牛肉，軟嫩多汁，味道細膩醇厚，分布均勻的油脂在入口時瞬間化開，口齒留香。

「好吃嗎？」何以蔚迫不及待想問感想，他的印象裡邵秦不挑嘴，卻也因此不確定邵秦喜歡吃什麼。

「不錯。」

「你要是喜歡我下次再帶過來。」

「不用破費。」邵秦看便當菜色就知道不便宜，儘管不是吃不起，可是讓何以蔚再帶來就有占便宜的嫌疑了。

何以蔚不覺得有什麼問題，微微偏頭，眨了眨眼，「我樂意。」

邵秦低頭，掩去眼裡的波動，發現何以蔚還沒動筷，柔聲道：「快吃吧，冷了就不好吃了。」

何以蔚輕笑應下，「好。」果然是律師，用他說過的話來勸他。

晚餐時光很愉快，何以蔚說了點何以晴蜜月旅行時的趣事，氣氛輕鬆，笑語不斷，要不是還得談公事，何以蔚都後悔沒有順便帶瓶紅酒過來了。

餐後，邵秦把吃完的便當和餐具收拾到茶水間，而後回到辦公室，兩人依然坐在沙發上，接著談工作。

何以蔚把文件從公事包拿出來，遞給邵秦，邵秦一邊看，一邊聽何以蔚補充說明，並適時地給出解答。

剛釐清完土地的產權糾紛，何以蔚隨口提了會考慮這塊地和建物的原因，「這塊地的所有權人有兩位，其中一位是我原本就認識的朋友。不過很久沒聯絡我也忘了，方棠剛好也認識他，跟我提起，我們才又約了見面。」

認識的朋友？邵秦有些不專心，腦中不自覺想起江時戚和何以蔚碰面時勾肩搭背的親暱景象，張嘴不小心就失了分寸，「又是炮友？」

何以蔚錯愕，臉上的笑容僵住後迅速消失，「什麼意思？」

邵秦知道自己說錯話，他應該把多餘的忌妒和憤怒都藏好，維持一段沒有負擔的炮友關係。都怪他沒忍住，但既然已經開了口，乾脆挑明了問：「你到底和幾個男人上過床？」

何以蔚被問傻了，他沒想過這個問題，更沒數過。

這種話在臭味相投的朋友間互相調侃說說就算了，那些忌妒他受歡迎的圈內人奚落他也算了，反正他能當沒聽見也不會放在心上，偏偏是邵秦說了。

他沒辦法不在意，沒辦法不心痛，沒辦法輕輕帶過，他不是光挨打不反擊的人。

「邵秦，你是用什麼身分問我的？」何以蔚戲謔地笑了笑，「炮友？」

邵秦的嘴角抿成了一條線，不久前還掛在臉上的笑意消失無蹤，連聲音都變得冷漠，連珠砲似的問句一個接一個，如同法庭上詰問時犀利無比，「就拿方棠來說吧，他一直覬覦你，你不知道嗎？你要是不喜歡他，爲什麼不劃清界線？還是你就喜歡勾引男人？」

何以蔚的心徹底涼透了，他沒想過邵秦會這樣說他。他在遇見邵秦前性關係混亂沒錯，然而邵秦表示過不介意後他們才開始交往，交往期間他也沒有出軌。而現在，即便邵秦只當他是炮友，他也沒和別人上床，這樣還要被說成淫蕩下賤嗎？

何以蔚努力壓下罵回去的衝動，看著他依然深愛卻突然感到陌生的男人，「你在吃醋嗎？」

邵秦沒有承認，而是冷著聲音又問：「你和江時戚是不是又勾搭上了？」

何以蔚錯愕，他沒在邵秦面前提過和江時戚碰面的事，邵秦是怎麼知道的？

何以蔚很快就恢復冷靜，挑著眉道：「你跟蹤我？還是讓人調查我？」

邵秦自知理虧，卻毫不退讓，步步緊逼，「你只要說『是』或『不是』。」

何以蔚放下文件，身體往椅背一靠，長腿交疊，微抬下頷，語調慢而緩，明明是被逼問的一方，氣勢反而似乎占了上風，「邵秦，我眞搞不懂你，你要是不喜歡我，管我和誰上床？」

邵秦也搞不懂自己，嘴上仍不退讓，強辯道：「誰說這和喜歡有關係，或許我只是想要個乾淨點的床伴。」

何以蔚氣笑了，「你說我不乾淨？」

「我沒說。」

何以蔚再也坐不住，拎起公事包起身，冷冷地問：「我問你最後一次，你到底愛不愛我？」

他還抱著一絲希望，他想，如果邵秦說愛他，他可以當那些陰陽怪氣的話只是吃醋不是諷刺挖苦，他還可以當作一切都出自於愛。

邵秦站起，平視讓他有安全感，但無助於他找尋答案。

他看著何以蔚，淡淡地道：「我不想再愛你了。」

何以蔚一陣鼻酸，卻忍著不想失態，苦笑，「你還眞把我當炮友呢。」

「我們不是炮友嗎？」邵秦尾音微微上揚，語氣帶點困惑，又顯得諷刺。

聞言，何以蔚愣了一下，旋即扯開嘴角笑出聲，實在是太好笑了，簡直快笑出淚來。

只有何以蔚知道，他是在笑自己傻，眞傻。

仔細想想，這次重逢，邵秦沒有承諾過炮友以外的關係，是他太過天眞，以爲兩人還能復合。

何以蔚笑罷，而後自嘲，「我在你眼中大概不配被愛了吧？」

邵秦察覺何以蔚眼神裡的落寞和笑聲並不相配，試圖澄清，「我不是這個意思。」

何以蔚深呼吸，努力讓聲音聽起來灑脫不留戀，和以前甩掉炮友時一樣。這件事做起來應該很熟練，然而大概是太久沒練習，他覺得特別艱難。

「我對炮友的規矩還有一條，就是我想結束的時候就得結束。」何以蔚感到很疲傯，逼自己扯開笑容，忍住眼淚，「邵秦，我不想再和你上床了。」

他說這句話時輕微停頓，在「做愛」和「上床」間選擇了後者，比起做愛，上床更貼切，畢竟他們哪裡有愛呢？

這次，邵秦面無表情，沒有六年前的震驚、挽留或乞求，而是用果然如此的語氣說著，「你又膩了？」

「我不要了，我不要了不行嗎？」何以蔚說完，轉身就往大門走。

「當然可以，你知道我都會答應的。」

邵秦的話一字不漏地傳進何以蔚耳裡，何以蔚的腳步停了一下，復又繼續往外走，他不是無動於衷，只是邵秦不愛他，他又能怎麼辦？

也許他這樣的人不適合談感情吧？傷人傷己，何必呢？他對於失敗的自己感到厭倦。

何以蔚離開後，邵秦無法再專心工作。文件上的每個字都能看懂，就是看不進去、無法思考，腦子裡都是何以蔚說的話，和何以蔚轉身離去的背影。

他以爲像何以蔚這樣的人，談感情就是一時興起，玩膩了就不要了。所以他想配合何以蔚的交友習慣，都別投入感情，當炮友就好，兩個人都不受傷，也許能維持久一點。

誰知道不到兩個月就玩完，比交往時的三個月還短。

「我在你眼中大概不配被愛了吧？」

何以蔚的那句話像根針般扎在他心口，每一下呼吸都令邵秦痛徹心扉。

如果他真的那樣想，現在何必痛苦？

他不是不愛了，是不敢愛，偏偏控制不住心。他沒辦法不忌妒，他忌妒方棠這六年能陪在何以蔚身邊，他忌妒江時戚能毫無顧忌地和何以蔚親暱搭肩。也許還有他不知道的男人分享著何以蔚，光是想像就讓他心碎不已。

邵秦氣得握拳用力搥了下桌子，桌上的東西被震起又落下，他的手都紅了仍不解氣，他真想打醒沒用的自己。

他知道自己還愛著何以蔚，該接受何以蔚復合的提議，但沉痾難癒，痛苦的心傷將他變成一個懦夫。他沒辦法再和任何人交往，就算交往了也很快就會分手，更別提見到何以蔚時那種又愛又恨的複雜情緒。

既然無心工作，他索性就收拾東西回家。

邵秦有些心神不寧，憑著習慣關燈關門，搭電梯到地下室，往自己的車走去。

前些日子地下室壞了幾盞燈還沒修，燈光昏暗，視野不佳。

邵秦眼角餘光隱約看見一名身穿黑衣、戴著帽子的中年人走過，那人低著頭沒有看自己，他也沒在意，準備開車。

突然一道人影衝到邵秦身邊，推了他一把，「小心！」

邵秦猛然回神，轉身就看見何以蔚摀著左胸，胸口露出刀柄，滿臉痛苦地倒地。

行凶的黑衣中年人慌慌張張往外跑，邵秦從側臉和身形神態認出兇手，就是那名不滿裕浵企業賠償金都被前妻領走的男子，但現在不是追凶的時機……

「何以蔚！」

邵秦知道此時不能將刀子拔出來，也不敢動作太大移動何以蔚，只能先用最快的速度掏出手機，看似冷靜地報警叫救護車。實際上他的內心已是天崩地裂，慌得快拿不住手機。

「再撐一下，救護車很快就到了。」叫完救護車後，邵秦將公事包墊在何以蔚頭下，稍微移除傷口附近的衣物，並盡量與何以蔚交談，讓他保持清醒。

「我都……不知道當律師……這麼危險……」何以蔚試圖緩和氣氛，雖然每說一個字都痛。

「別說了，求你——」邵秦聲音嘶啞，「求你活著。」

「邵秦……你愛、愛我嗎……」看見邵秦著急的樣子，何以蔚突然就想再問一次。

他想，也許邵秦現在願意騙騙自己？

「我愛你。」邵秦哭了，投降了，他不要自尊，不怕受傷了，不管何以蔚是不是真心的，就算只想跟他玩玩也沒關係了。在生命如此脆弱的一刻，他害怕了，他怕再也見不到何以蔚，他怕他們最後的回憶是無盡的遺憾和一片心痛的血紅色。

如果這是何以蔚生命的最後一刻，他想告訴何以蔚，他喜歡他，無可救藥地喜歡著、愛著。

何以蔚的膚色本來就偏白，這個時候臉色更是蒼白，透著幾許不祥，然而他卻像感覺不到痛似的，堅持地開口，「原諒……我，好嗎？」

「好。」邵秦顫聲應下，這時候不管何以蔚提什麼要求他都會答應。

邵秦度秒如年，不斷在心裡問救護車怎麼還沒來？

「太好……」何以蔚的聲音愈來愈微弱，終至聽不見，眼睛輕輕闔上，像是睡著了。

何以蔚最後的念頭是——太好了，就算因此離開這個世界，他還可以假裝是被愛著的，邵秦原諒他了，兩人之間再無芥蒂。

尾聲

臨近午夜，市立醫院手術室外，森冷的白色長廊上擺著一排塑膠製的家屬等候椅，椅子上坐著一名穿著西裝的男人。男人外型英俊，身材比例完美堪比明星，但西裝和白襯衫上卻有一大片血跡，手上也滿是血汙，看上去非常嚇人。

男人身前站著兩名員警，看起來比較資深的那位闔上了手上的文件夾，對西裝男子客氣地說道：「邵律師，這樣就可以了，等抓到嫌犯會再請你到警局指認。」

這個案子對警方來說不難，邵秦認出了對方的身分，加上地下室和附近都有監視器，抓到兇手是遲早的事。

「好的。」邵秦的反應有些木木的，幾乎是機械性地回答問題，不像平時的口才辨給。

員警出於善意，關心地補了句，「邵律師，你可以回家換件衣服，手術沒那麼快。」

「我要在這裡等。」邵秦堅持著，他不想離開，即便幫不上忙，他就想待在離何以蔚近一點的地方。

旁邊那名年輕員警對於邵秦的堅持感到困惑，「冒昧請問，你和何先生的關係是？」方才筆錄時邵秦說何以蔚是到律所談工作，可是邵秦的態度似乎超過了對工作伙伴的關心？

邵秦微愣，他說不出炮友這兩個字，何況何以蔚已經終止了炮友的關係，他張著嘴，最後只說：「很好很好的朋友。」

兩名警察只是點點頭，沒有多問，「好，那我們先走了。」

「謝謝。」

警察走後約莫過了十分鐘，接到消息的蕭又維和何以晴就到了，蕭又維穿著史努比圖案的家居服，只在外面套了一件黑色風衣，和平時的大律師形象落差很大，明顯是從家裡趕過來的。何以晴穿著寬鬆的粉色連身裙，小腹明顯突起，急匆匆小跑步過來，蕭又維在旁邊一直拉著何以晴的手小心護著，就怕妻子一個不小心碰撞到哪裡動了胎氣。

何以晴還喘著氣就焦急地問：「邵哥，我哥還好嗎？」

「邵秦，現在什麼情況？」蕭又維的擔心不少於何以晴，畢竟何以蔚是被邵秦牽連的，眞要追究起來他在道義上也有責任，要是何以蔚有個萬一，他眞的無顏見何家二老。

「還在手術，院裡最權威的外科醫生已經進去了，只能等結果。」邵秦聲音乾澀，事發經過他在電話裡已經簡略跟蕭又維說了。

何以晴無奈，就算再急也一籌莫展，「先等結果出來再告訴我爸媽，尤其是我爸有心臟病，我怕他情緒起伏太大，心臟受不了。」

「別急，先坐下來等。」

蕭又維扶著妻子坐下，自己跟著坐在邵秦旁邊，仔細地問了事件發生經過，聽完敘述後長嘆了口氣，「我知道了，這件事我會處理，晚點由我通知何董和夫人，你早點回去休息。」

「我想在這裡等他。」邵秦聲音悶悶的，從事發後就一直沉浸在自責的情緒裡，他多希望是自己挨那一刀。

蕭又維敏銳地察覺何以蔚和邵秦之間的感情可能還沒結束，意味深長地開口，「你們……」

「如果他醒來沒改變心意的話，我會和他交往。」

蕭又維見過各種場面，擅於應變各種突發事件，此刻竟也一時語塞，一句恭喜卡在喉嚨裡說不出口，只能安慰地拍了拍邵秦的背，「他會沒事的，你們以後就好好過。」

邵秦依然眉頭深鎖，只是配合地應了一聲，蕭又維知道安慰的話對邵秦效果有限，就不再多說。

三人在塑膠椅上等到深夜，沒人有談話的興致，周遭瀰漫著低氣壓。

好不容易才等到手術室的門推開，三人立刻站起，迎向穿著綠色手術服的醫生，焦急地詢問狀況。

「刀子刺入的角度有偏差，沒有傷到心臟，但是肺葉受損，緊急做了止血和輸血後沒有大礙，生命跡象穩定，病患還很年輕，預後樂觀。」

「謝謝醫師。」三人異口同聲地感謝，瞬間鬆了一口氣。

尤其是邵秦，直到此時才從愁雲慘霧裡慢慢抽離，眼眶不受控地湧出淚水，內心充滿感激，感激醫師，感激上蒼，感激所有的一切。

他和何以蔚還有以後，眞是太好了。

何以蔚手術完就直接送進加護病房，過了探病時間待在醫院也見不到人，蕭又維死勸活勸才把邵秦勸回家。

這一晚，邵秦睡得並不安穩，噩夢連連，隔天一早醒來便趕去醫院。

蕭又維和何以晴回了一趟何家，把何以蔚的狀況告訴何向榮和呂秋蘭，兩人聽得又驚又怒，害怕不已。

何向榮打了電話給醫院院長，拜託院長讓底下的人多費點心，還承諾捐贈一批醫療器材。隨後，醫師確定何以蔚的狀況穩定，不到中午就將病床推到VIP病房。

何向榮和呂秋蘭打完電話就直奔醫院，也見到了守在何以蔚病床旁的邵秦。

何向榮一開門邵秦就發現了，即便他再擔心何以蔚，現在也只是外人，只能起身，把床邊的位置讓給何以蔚的父母。

何向榮在女兒婚宴上見過邵秦，雖然沒有交談，多少有點印象，便點頭致意，「邵律師？」

「何董您好，我是邵秦。你們先看看以蔚，我去外面坐一下。」邵秦體貼地把時間讓出來給何以蔚的父母，說完就往病房外走，在交誼廳的沙發上坐下，打算待會再進去陪何以蔚。

約莫十分鐘後，何向榮出了病房，找到了邵秦，在邵秦旁邊的沙發坐下，微笑後客氣地開口，「邵律師，不介意陪老頭子說幾句話吧？」

何向榮是何以蔚的父親，邵秦自然不會拒絕，趕緊打起精神，「何董，您請說。」

「你父親是邵正信吧？」

「您怎麼知道？」邵秦知道父親就是社會運作中的小螺絲釘，跟何向榮這樣的人物不應該有交集。

何向榮和藹地笑了笑，接著嘆了一口氣，語氣裡略帶幾分歉疚，「不用驚訝，當年是我讓你們兩個分開的，令尊被資遣和復職也和我有點關係。」對於不光彩的陳年舊事，何向榮不想多談，點到為止。

邵秦愕然，想起當年何以蔚突然說要分手時態度丕變，此時有了合理解釋，原來何以蔚不是真的想和他分手，他怎麼就沒想到？

何向榮苦笑，「因為這件事，他有六年都不跟我說話。」

此時的他臉上皺紋好像深了些，背也駝了些，不是叱吒商場的飯店大亨，就只是和兒子吵架的父親。

「小蔚這次回來，我和他說了，只要他找個正經的人，我沒有意見了，活到這個年紀，心境上也不一樣。我原本以為應該是我和他媽會先走，沒想到差點白髮人送黑髮人。」說到此處，何向榮頗有幾分唏噓，喃喃低語，「人還在就好，人還在就好。」

邵秦原本還想質問當年的事，突然就聽到何向榮說要接納他們？接收太多訊息，反而不知道該問些什麼，只能斟酌著開口，「何董，您不反對我和以蔚在一起了？」

「小蔚是我唯一的兒子，他的個性我是知道的，既然他在這件事上不肯退讓，那就只能我退了。」何向榮頓了頓，目光如炬，打量起邵秦，隨後點了點頭，像是肯定兒子看男人的眼光不算太差，「既然他這麼喜歡你，希望你能對他好一點。」

「我會的。」

呂秋蘭原本想陪著何以蔚，無奈身體狀況也沒多好，手腳不太有力氣容易累，便被何向榮帶回家了，留著邵秦陪何以蔚，邵秦也答應了一有狀況就聯繫何向榮。

只一夜沒見，何以蔚彷彿消瘦了很多，臉色蒼白、嘴唇乾裂，讓邵秦愈看愈心疼，一下子摸額頭探體溫，一下子拿棉棒沾溼嘴唇，不時地抬頭注意點滴狀況，努力想要做點什麼，儘管知道能起到的作用可能微乎其微。

當何以蔚昏迷兩晚睜眼時，看到的就是一臉擔憂的邵秦。

何以蔚眨了眨眼，緩緩地開口，一開始沒發出聲音，試了兩三次才用沙啞的聲音叫了邵秦的名字。

這聲呼喚在邵秦聽來宛如天籟。邵秦開心地撫上何以蔚的臉頰、眉骨、髮梢，哽咽地回應，「是我。」

何以蔚見到邵秦也很開心，想要起身，卻在動了之後痛得表情扭曲。何以蔚輕輕拉開寬鬆的病患服領口，低頭看見左胸上用紗布和繃帶包裹的傷處，「痛死我了。」

邵秦見狀心裡跟著一陣抽痛，他實在捨不得讓何以蔚受苦。

「別亂動，你剛開完刀，醫生說要靜養，動作不能太大。」說完，他便走到病床尾端小心地將病床搖起，讓何以蔚可以比較舒服地坐著，「你在地下室幫我擋了一刀，還記得嗎？」

何以蔚點頭，想起昏迷前發生的事，關切地打量邵秦，「你還好嗎？」

「我沒事。」邵秦坐回病床旁的陪病椅，向何以蔚解釋事件起因，「那個男人就是我跟你說過的那位裕洤過世員工的父親。他不滿意賠償金都被前妻領走，恐嚇過我幾次，都怪我沒放在心上……他刺了你一刀後，就慌慌張張地跑了。」

「我看過他，好像是開計程車的。我看他在你車子附近徘徊就覺得可疑。抓到人了嗎？」何以蔚怕再扯動傷口，連呼吸都刻意放輕了，說話也顯得輕聲細語，溫柔許多。

「放心，那一區路口都有監視器，警方已經抓到人了。」邵秦頓了頓後，想到何以蔚當時的危險行為，立刻告誡，「以後遇到這種事你躲遠一點，先報警再說。」

「我也不確定他要做什麼，等到發現他朝你走去的時候已經來不及，還好我距離你近一點，還來得及把你推開。」

邵秦眼裡滿是愧疚，握著何以蔚的手認真叮囑，「以後別這樣了，他的目標是我，我能自己解決。」就算解決不了，他也不想牽連別人。

何以蔚看出邵秦內疚，立刻裝作沒事，「其實這傷不怎麼痛，過幾天就好了。」

邵秦當然不相信，語帶寵溺地說著，「讓我照顧你，你需要什麼就告訴我。」

何以蔚揚眉，眼裡閃過狡黠，「你爲什麼要照顧我？我們什麼關係都不是。」

「我錯了。」邵秦低頭認錯，握了握何以蔚的手，抬頭看向何以蔚，眼神不閃不避，鄭重地問：「以蔚，和我交往好嗎？」

「你是不是覺得我一定會答應？你拒絕了我那麼多次。」何以蔚裝作翻舊帳的樣子，並不立即答應，都怪那些被拒絕的記憶實在太難忘，每次都像往心口捅上一刀。

「你也可以拒絕我，你要拒絕幾次都可以，我一定會再問你要不要和我交往，這次讓我追你。」邵秦語氣堅定，眼神卻有幾分不自信——他怕何以蔚不想和他交往。

「你是因爲我救了你才跟我交往嗎？」何以蔚認爲有必要弄清楚這件事，他不希望邵秦是出於愧疚才和他復合。

「我愛你。」邵秦語氣溫柔且堅定，「我是因爲愛你才要和你交往的。」

「可是你說不想愛我了。」

邵秦無奈，「你的記憶力這麼好要不要背些法條？」他試過不要愛何以蔚，但失敗了，從來就沒成功過。

何以蔚催促邵秦面對，「不要轉移話題。」

邵秦鄭重地親了親何以蔚的手背，動作既珍視又憐惜，接著捧起那隻手貼向臉頰，溫柔的目光看著何以蔚，卸下所有的防備和僞裝，露出脆弱的眞心，緩緩開口，「是我太懦弱，不敢面對自己真實的想法。你很好，你值得任何人愛你，我無時無刻都害怕你不要我，所以先裝作不喜歡你，是我太沒用——」

何以蔚捨不得看邵秦說自己壞話，手掌微微輕撫邵秦的臉，溫言，「好了，我知道了。」

「我跟你道歉，我不是故意說那些難聽的話，原諒我，好嗎？」邵秦好不容易鼓起勇氣，就把該說的話都說了，他希望和何以蔚之間再無芥蒂。

「好。」何以蔚一陣鼻酸，眼眶慢慢地紅了，他們經歷分分合合，總算能好好在一起了。

儘管牽動到傷口，但何以蔚仍固執地伸手要將邵秦拉向自己，控制著表情，笑得張揚好看，「親我。」

邵秦知道親吻是男朋友的特權，是何以蔚答應交往的意思。又看見何以蔚蹙眉，知道傷口在痛，趕緊自己將唇湊上，捧起何以蔚的臉，小心又熱切地親吻覬覦許久的雙唇。

親到後來，兩人臉頰上都有液體滑落。

這是一個縱使難分難捨卻努力克制、帶著淚水鹹味卻甜蜜的吻。

邵秦這陣子都在病房裡照顧何以蔚，只要能做到的事都親力親爲。不過工作也不能丟下，法院庭期和時限內該遞的書狀不會延期，他就把工作帶到病房做，只有遇到出庭之類不好委託他人代勞的工作，才會短暫離開病房。

何以蔚不敢打擾專心工作的邵秦，每天看電視、滑手機久了也很無聊，加上掛心工作，就讓張彥文把筆電和工作資料帶到病房來，雖然不能進公司，至少能在醫院盯緊進度。

張彥文敲門進病房時是邵秦開的門，邵秦穿著襯衫打著領帶，乍看之下和之前因爲工作碰面時沒有區別。

「邵律師，你也在啊？」張彥文很吃驚，沒想到會看見邵秦，但他很快就想好理由，邵秦應該是被請到病房做法律諮詢，畢竟他的老闆是工作狂，連住院都不放過自己。

邵秦微笑，輕輕應了一聲就側身讓張彥文進來，後回到病床旁的陪病椅，拿起暫時擱下的蘋果和水果刀，開始削蘋果。

何以蔚問了張彥文幾件工作上的事，稍稍安心後便讓祕書將筆記型電腦放在升降桌上插好電，帶來的文件則放在邊桌，方便他晚點翻閱。

邵秦剛削好蘋果，蘋果表面漂亮無瑕，蘋果皮從頭削到底部一氣呵成沒有斷，這個畫面被張彥文發現了，由衷地誇了一句，「邵律師削蘋果的技術眞好。」

張彥文說完才想到，邵秦不是來做法律諮詢的嗎，怎麼還幫忙削蘋果，現在律師的服務有那麼好？

他不知道邵秦除了床邊服務做得好，床上服務也做得很好。

邵秦只是笑笑，「還好。」說話同時，他將削好的蘋果切成小塊放到小瓷盤上，拿叉子戳了一塊蘋果餵給何以蔚。

何以蔚本來想接過叉子自己來，然而見到張彥文的表情開始有些微妙，覺得很有趣，起了捉弄和炫耀的心，便張開嘴來，大方享受起邵秦的服務。

張彥文瞪大了眼睛，驚呼，「你、你們感情眞好。」同時心想邵秦的客戶服務做得太周到了吧，他有這麼缺業績嗎？

何以蔚揚起嘴角，朝邵秦勾勾手指，低聲說了一句過來。

看何以蔚的眼神，邵秦就知道男朋友想做什麼。現在只要何以蔚開心，他樂意配合，聽話地站起身，一隻手撐在病床邊，身體前傾低下，將臉湊近。

何以蔚立刻勾上邵秦的脖子將人拉近，嘴對嘴吻上，親了一會兒才分開。

邵秦坐回椅子，看著惡作劇成功後笑容燦爛的何以蔚，不禁莞爾，跟著揚起嘴角。

何以蔚轉頭，朝呆掉的張彥文眨眼，「我們感情就是這麼好。」

張彥文僵住，不知道該說什麼。

「邵秦現在是我的男朋友，你是我的祕書，我得告訴你這件事。」何以蔚說得非常合理，只是這過程對張彥文來說視覺刺激太大。

張彥文腦海中還是方才的衝擊性畫面，看見何以蔚促狹的目光，趕緊收起驚訝表情，問了個聰明的問題補救，「我知道了，這件事我需要保密嗎？」

「不用。」

何以蔚說完又張嘴，再次吃掉邵秦餵過來的蘋果。

張彥文看著眼前的親暱畫面，突然意識到自己在病房裡好像是多餘的，訥訥地開口，「公司還有工作，我能回去了嗎？」

何以蔚應允，「回去吧，趁著能準時下班的這幾天，好好找個對象。」

張彥文愣了一下，老闆到底是怎麼發現他和女朋友分手的？

「你剛才羨慕的眼神太明顯了。」

「有嗎？」

何以蔚笑得意味不明，打趣地問：「需要介紹個男人給你嗎？」

「不用了，我、我自己找。呃，不是，我不要男的。」張彥文趕緊拿起公事包，目光環視一圈確定沒落下東西，接著禮貌地告辭，「何總、邵律師，我先走了。」

何以蔚點頭，「好。」

收到回應的張彥文立刻開門，落荒而逃。

邵秦看著門闔上，好奇地問了句：「你想介紹誰給他？」

何以蔚方才是隨口說說的，邵秦一提才發現還真有個人選，「邵齊？」

邵秦表情微妙，他還沒好好和弟弟談談別去夜店亂帶男人回家的事，「感情的事還是等他考試過了再說，再說張祕書也不喜歡男人。」

何以蔚不是眞的要撮合邵齊和張彥文，只是趁機打趣邵秦，「你原本也不喜歡男的。」

「但我喜歡你。」

何以蔚很滿意這個答案，將唇湊上，吻得難分難捨。

何以蔚住院的事縱使再低調，家人朋友也還是差不多都知道了。於是從他身體狀況變得穩定開始，每天除了工作，就是迎接來探病的親友。

這天輪到方棠。

邵秦開門看見方棠，心中就湧起把門關上的衝動，還好方棠即時打了招呼，「邵律師，你好，我和以蔚有約。」

邵秦這才不情不願地把門打開，「進來吧。」

方棠裝作沒看出邵秦的不歡迎，笑容滿面地進門，朝病床走去。

熟人見面連打招呼都省了，方棠劈頭就是一句，「恭喜你們總算復合了。」

何以蔚眉開眼笑，「你看出來啦？」

「你這春風得意的樣子，我能看不出來嗎?帶了點禮物，要是不夠我再多送幾盒過來。」方棠邊說邊提起手上的兩盒蜆精，讓何以蔚看個清楚。

何以蔚哭笑不得，「你還記恨啊？」

「你不喝就給邵秦喝，剛復合嘛，補一補。」方棠朝邵秦看一眼，笑得善良無害，雖然邵秦依然面色緊繃。

「我倒是想用，無奈傷還沒好。」何以蔚現在有心無力，動作大點就牽動到傷口，名符其實痛得撕心裂肺，還容易喘，實在鬱悶。

邵秦總覺得兩人之間有他不知道的過往，而且沒有要解釋給他聽的意思，禮貌上接過禮盒放到旁邊櫃子上，卻仍不想給方棠好臉色，語氣不冷不熱，「我和以蔚會好好過，不勞你費心。」

方棠不以為意，表現得落落大方，「邵律師，你似乎對我有很深的誤會，我和以蔚眞的只是好朋友。」語畢，朝邵秦伸出手。

何以蔚附和，「方棠幫了我很多，我們只會是朋友，不可能有其他的關係。」

雖然他和方棠有過一夜情，然而當時他單身，沒有對不起任何人，那一晚的荒唐就該留在那一晚。他不會否認，可是也沒必要對邵秦細數互相慰藉過的對象。

邵秦不想在何以蔚面前沒了風度，擠出禮貌性微笑，伸手握上，稍觸即分。

何以蔚打鐵趁熱，補了一句，「好了，你們現在也是朋友了。」

「眞是榮幸，有邵律師這樣的朋友。」方棠笑得特別得意，似乎邵秦愈不開心他就愈解氣，存著捉弄的心拍了拍邵秦的肩，邵秦在何以蔚欣慰的目光下忍著沒發作。

隔天，江時威帶著男朋友阿豪來探病，兩人穿著情侶裝，白色上衣搭配粉色短褲，走到哪都牽著手，看著對方的眼裡都是愛心泡泡。

邵秦一開始還有點戒備，後來發現江時戚和阿豪如膠似漆，比他和何以蔚還閃時，便放下了戒心。

江時戚看何以蔚沒有大礙才放心了點，「安心養傷，你的課程我會幫你請假延期，等身體恢復好了再回來上課。」

何以蔚想到每次課後都汗流浹背、精疲力竭比狗還累，頓時不想回去上課，但在三位肌肉結實漂亮的同性面前，實在說不出怠惰的話，只好禮貌道謝，「謝謝。」

江時戚說完開始打量邵秦，「邵律師身材保養不錯啊，應該有運動習慣吧？不過我們當top的對體力要求比較高，尤其腰力最重要，這個要是沒好好鍛鍊，很快就不行了。我們健身房現在有一個方案，買一百堂送五十堂，你要是捧場我一定幫你打折，再送增肌減脂餐。」

邵秦微微挑眉，「不用了，我的腰力很好。」

江時戚看向何以蔚，求證，「是嗎？」

何以蔚趕緊點頭，給足男朋友面子。

江時戚不放棄，繼續慫恿，「以蔚是我們健身房的會員，你要是買了課程，以後可以一起上課順便約會，這樣不是很好嗎？」

邵秦敏銳地想起何以蔚和江時戚碰面的事，試探地問：「你們是因爲健身課聯繫上的？」

江時戚勾著男朋友的手，坦蕩地回答，「對啊，我給全部的好友都發了邀請，以蔚看到就打給我了。」

「我剛好想『稍微』運動一下。」何以蔚在稍微兩個字上加重了語氣，可惜江時戚完全沒有接收到暗示，下次上課八成還是會要他全力以赴。

邵奏想起何以蔚和江時戚電話裡的曖昧對話，轉頭低聲質問男朋友，「被操到下不了床？」

「你聽到啦？」何以蔚看見邵奏的目光，知道又被誤會了，「我去上了一堂體驗課，體力完全被榨乾，隔天全身肌肉痠痛只能待在床上，真的被操到下不了床，有什麼問題嗎？」

「你以後能不能好好說話？」

何以蔚笑得很欠揍，「不能。」誰叫男朋友吃醋的樣子太可愛了。

兩人交頭接耳竊竊私語時，江時戚也沒閒下來，很快就從背包裡拿出幾張文件，遞到邵奏面前，「我剛好有帶健身房的入會申請書，你要不要順便簽一簽？」

邵奏無言地看著江時戚，真的只是剛好？

江時戚讀懂了邵奏的眼神，哈哈一笑，「我放了一大疊在背包裡，有機會就可以做業績，這年頭很競爭。對了，小蔚條件這麼好，他來上課一堆男人都在看他，你確定不一起來嗎？」

邵奏抽出放在西裝口袋的筆，「好，我簽。」

何以蔚出院後直接被接回何家過年，被養胖了一圈的何以蔚覺得不能再這樣下去，一開工就在公司附近買了套房子，三房兩廳，夠用就好。

縮減下來的通勤時間，他就挪到工作上。

張彥文苦不堪言，他總覺得比以前更晚下班了。後來他找到了對策，他會在八點左右把何以蔚交代要給的文件傳給邵秦，或者在這個時間才回居善寄來的mail。

通常不到半小時，西裝筆挺也在加班的邵律師就會過來找何以蔚，張彥文會懷著感激的心幫邵秦開門。

邵秦點頭致意，「辛苦了，還在加班？」

「不辛苦，應該的。」雖然說著違心的話，不過張彥文的笑容絕對是發自內心。

張彥文領著邵秦進到何以蔚辦公室後，就會回到座位上開始收拾東西，做好下班前的準備。

而何以蔚的辦公室裡，邵秦便會努力把何以蔚勸回家。

「你的身體還沒完全恢復，不能太累，工作明天再忙也是一樣的，沒什麼事比你的身體重要。」

何以蔚不以為然，「你剛剛也在加班吧？」

邵秦不否認，要不是看見張彥文的mail發現何以蔚還沒下班，他就會全心投入工作到深夜，「我不一樣，我沒受傷。」

何以蔚看邵秦堅持，心裡已經妥協了，臉上仍裝作不樂意，「回家好無聊啊，就我一個人，沒事做。」

邵秦聽懂何以蔚的暗示，主動提議，「我去陪你？」

何以蔚笑容燦爛，恃寵而驕得寸進尺，開始點餐，「好啊，你煎牛排，我剛買了幾瓶不錯的紅酒。」

「煎牛排沒問題，但紅酒你最多只能喝半杯，不能過量。」邵秦現在是何以蔚的健康管理小助手，什麼飲食禁忌都記得清清楚楚。

何以蔚滿臉遺憾，「這樣我就不能喝醉撲倒你了。」

「你沒醉的時候不也這樣做嗎？」邵秦很冷靜地指出問題。

何以蔚點頭，就算被看穿了也沒半點羞澀，「說的也是，那還等什麼？趕快下班回家吧。」

他開始期待今晚了。

兩人毫無顧忌，大方牽著手穿過還有員工的辦公室，走進電梯下樓。

何以蔚問：「對了，明天放假有空嗎？」

邵秦看了眼手機行事曆，有個不重要的行程，能排開，便答：「有。」

「我要回家一趟，你跟我回去吧？」

邵秦點頭，「好。」

何以蔚想了想，又問：「你會下象棋嗎？」

「會。」邵秦不知道何以蔚爲什麼這麼問，還是乖巧地回答了。

「很好，記得第一盤不能贏，第二盤可以拿出實力。對了，我媽喜歡西市場那間老店的桂花糕，明天我去買，就當你送的。」

「一起去買。」邵秦一聽就明白，何以蔚再幫他想如何討二老歡心，握著的手緊了緊，「還要注意什麼就告訴我。」

「他們會喜歡你的，你是我看上的鶴。」

邵秦困惑，「什麼鶴？」

「祕密，你不用懂。」何以蔚笑得神祕，他不知道怎麼解釋那種在人群中一眼就看上了邵秦，心跳加速的感覺。把邵秦來電顯示改成鶴的事，他也暫時還不想說。

邵秦寵溺地看了何以蔚一眼，「我懂得愛你就好。」

何以蔚眼睛瞇起，「這個我也懂。」

兩人對視，笑得濃情密意，幸福不言而喻。

全文完

番外
他的溫度

舊公寓裡，陽光斜斜灑進沒開燈的客廳，客廳裡放著一組有點歲月痕跡但依舊堅固的木製桌椅。餐桌上有幾包零食和繳費單，廚房裡鍋碗瓢盆各種調料一應俱全，貓咪對杯洗乾淨了放在塑膠盤上，一切都沒變——只有何以蔚的房間空了。

搬家公司把東西搬得很徹底，除了房東的家具外，沒留下一點私人物品，何以蔚的痕跡被徹底抹去，彷彿他從來沒出現過。

一切都是幻覺？可是貓咪對杯還在，手機裡曾經的對話也還在，怎麼可能是幻覺？似乎有股寒意從邵秦心口冒了出來，將他凍住，呆坐在木椅上動彈不得。

他看著空蕩蕩的屋內，竟然還能看見何以蔚生活在這裡的樣子。何以蔚總喜歡窩在他附近，在他看書、做報告時湊過來靜靜地看他，或者就在旁邊玩手遊，兩人之間就算不說話也很自在。

「你好，我是何以蔚。」

最初見面只是為了徵室友分攤房租，邵秦沒想過會和這位外系同校同學變成情侶，在大學談戀愛不在他的計畫內，更別提對象是同性。

「邵秦，我喜歡你，我怎麼能這麼喜歡你？」

他記得何以蔚喊他時的樣子，有著深深眼褶的漂亮眼睛總是帶著笑意。

他原以為何以蔚對人都是這樣笑，笑得善良無害招人喜歡，後來才發現那是只對他展露的笑容。當兩人獨處時，何以蔚經常會放軟語調，尾音微微揚起就像撒嬌，這點細微差異可能何以蔚自己都沒發現，但邵秦很喜歡，喜歡到不敢告訴何以蔚，就怕何以蔚知道後改掉，他就聽不到了。

「邵秦，你怎麼能每天念書？累了就休息，來陪我睡，或是來睡我？」

交往那陣子是他這輩子最縱欲過度的時期，何以蔚一個邀請的眼神就能讓他失控。何以蔚的喘息、呻吟、氣息、體溫、觸感、輕顫、迎合、討饒……邵秦都記得清楚。

邵秦堅信兩人相愛，即便何以蔚有過荒唐的性關係，只有和他是身心契合、靈肉合一——邵秦知道的，縱使他開始不確定了。

「邵秦，你要是考不上律師或不想當律師都沒關係，我不會嫌棄你，到時候我們開一家小店，賣點吃的也能過日子。」

邵秦還記著兩人十指緊扣、裸身相擁，頭靠著頭共同規畫著未來藍圖——卻再也無法實現了。

「邵秦，我們分手吧。」

聽到這句話時的震驚仍餘波盪漾，他們之間出了什麼問題？因爲他說要休學嗎？還是兩人家世落差？抑或眞的只是膩了？

怎麼會膩呢？邵秦眼裡不知不覺有了淚。

這樣的日子過了多久呢？三天？五天？還是一週？他不太確定，機場目送何以蔚離開後他就感覺不到時間的流逝。日子只有兩種差別，何以蔚離開前和何以蔚離開後，而從今以後都是後者，他感覺到絕望，彷彿之後的快樂都被抽走了。

他把自己關在公寓裡，有時坐在何以蔚經常坐著的椅子上，有時就去何以蔚的房間睡，躺在他倆睡過的床上假裝兩人相擁入眠，然後在半夜獨自驚醒，淚溼枕頭。

自從何以蔚離開後，他連咖啡都不會泡了，總是不小心泡了兩人份。他只好把黑咖啡斟滿兩只馬克杯，放在餐桌的兩邊。只有咖啡看著太孤單，他又煎了兩人份的奶油吐司，放進兩個餐盤，擺好餐具坐在餐桌前，恍惚間，對面好像也坐了個人，睡眼惺忪地朝他笑。

他總會跟著笑，笑到視線模糊，食不下嚥。

日子幾乎快過不下去，就算哭乾了淚，胸口撕裂般的痛楚依然鮮明。

把邵秦拉回現實生活的是一通電話。

那天，他突然想看看手機裡的合照，才發現手機沒電了。充好電一開機，便接到沈寬文的電話。

沈寬文是和他關係不錯的班上同學，邵秦無心打工後便將家教都轉介給他，擔心是家教出問題，基於責任心還是接起了電話。

「喂？」久未與人對話，邵秦一開口才發現自己的聲音乾啞，像是換了個人似的。

沈寬文語氣略帶遲疑，「邵秦，你還好嗎？」

「我很好。」邵秦說著自己也不相信的話。

「你已經兩個星期沒來上課了，是不是發生什麼事？」從不蹺課的邵秦消失兩週，這很不尋常。沈寬文一開始是傳訊息留言，發現邵秦不讀不回，這幾天開始打電話，直到今天才打通。

「沒事。」邵秦已經想掛電話了。

「你還住在學校對面吧？我把這兩週的筆記帶過去給你。」

「不用了。」邵秦拒絕，他現在沒心情想學業的事。

沈寬文再遲鈍也能感覺到邵秦的狀態不太對勁，雖然被拒絕了，但仍堅持說道：「我已經在樓下了，一樓大門沒鎖，我自己上去。」沈寬文之前爲了分組報告的事來過一次，記得清楚。說完，他不等邵秦回應就把電話掛了。

沒多久，門鈴果然響起，邵秦木木地開了門。

沈寬文看見邵秦時愣了一下，劈頭就是一句：「邵秦，你怎麼把自己弄成這樣，你眞的沒事嗎？」

弄成怎樣了？邵秦想了想，丟下沈寬文，去廁所照了鏡子。嗯，鬍子長了，臉頰凹了，看起來確實不太好。

沈寬文自己進門，把筆記放在客廳茶几，自動自發地坐下，「這幾天我打你手機都關機，還以爲你出了什麼意外。」

邵秦走回客廳，聞言勉強扯了一下唇角，「我很好。」

沈寬文看著邵秦一副生無可戀的樣子，關心了幾句，「你是不是遇上什麼打擊了？家裡出事？還是失戀了？」

邵秦臉色微變，胸口又隱隱作痛，冷聲，「不關你的事。」

邵秦向來待人溫和，從未如此說話，沈寬文愣了一下，尷尬地笑了笑帶過，「好，我不問。可是就快考試了，你還是來一下學校吧？不考會被當耶。」

從前那麼重視的課業，現在卻覺得放棄也沒有關係。但邵秦知道自己不應如此，這樣下去他要如何面對以他爲傲的家人？

難道他的人生到此爲止了嗎？他之前的努力都白費了嗎？他還是得爲自己而活。

「我會去上課。」

聞言，沈寬文心下稍寬，「你那麼聰明，現在把進度補回來就好。我把筆記放這裡，你慢慢看，好好保重。」

察覺到邵秦沒想多聊的意思，沈寬文自顧自地把話說完，便道別離開了。

隔日，邵秦勉強振作，刮掉鬍子，簡單打理了頭髮和衣著回學校上課。

即使回到課堂，狀態也沒那麼容易恢復，邵秦經常走神，無法專注，以前思路清晰，現在反應遲鈍，連和人聊天也經常接不上話。他變得不太愛笑，對人疏離淡漠，沒有溫度。

「沒有溫度」不知道是哪位同學說的，後來傳到他耳裡，他沒生氣，反而覺得形容得很好。

他的溫度被那個人帶走了。是的，那個人，他再也說不出那三個字，雖然他的名字深刻地刻在心底，然而大概是因爲太深刻了，一碰就痛，所以他提都不敢提。

對了，這學期的成績單果然很難看，從小品學兼優的邵秦第一次因爲成績的事被父母罵了。

邵秦知道父母是出於關心，上一輩的人不懂得如何和孩子溝通，一急就說了重話，儘管難受他卻沒解釋，只說了會改。

新的學期，新的開始，他開始學習，學著煮一人份的咖啡，學著一個人入睡，學著和新室友相處，學著習慣沒有那個人的日子……他花了很長的時間才學會。

他知道時間可以沖淡一切，他也希望可以，他逼自己再次專注在課業上，必修、選修、重修塡滿課表，下課了就在圖書館待到閉館，回公寓就洗澡睡覺。他的新室友是一名轉學生，和早出晚歸的邵秦一個月碰不到幾次面，入住時邵秦沒說什麼住宿公約，只說了不准碰廚房裡的貓咪對杯。

邵秦畢業後應屆考取律師資格，在國內知名大型律師事務所任職，他工作認眞、自我要求高，幾乎以事務所爲家。同組的前輩蕭又維覺得小學弟是可造之材，工作上不吝指導邵秦，一起合作了好幾宗案件，建立了革命情感，當蕭又維想自立門戶時便帶上邵秦，合夥開了居善法律事務所。

邵秦年少有爲又一表人才，總有人想爲他介紹對象，他都以工作很忙推託。直到遇上不能得罪、又堅持要介紹女兒給他的委託人，才不得已謊稱有交往對象，並找來沈寬文的妹妹沈萱當煙霧彈。

知道內情的只有他們三個，連邵齊都被蒙在鼓裡。這段關係只維持兩個月，等那案子結束後，兩人就恢復普通朋友關係。

蕭又維人面廣又善於交際，加上律所屢次勝訴的實績加持，居善的名氣漸漸遠播，業務也蒸蒸日上。

何以晴和學姊一起來居善諮詢時，看到何以晴的當下，邵秦儘管維持著表面鎮定，內心卻震驚不已，平靜許久的心突然狠狠抽痛。

還好，何以晴說她哥哥還在國外。

隨著蕭又維和何以晴愛得愈來愈火熱，進而宣布結婚喜訊，邵秦知道自己會再見到何以蔚，避也避不開。他暗暗希望這一刻愈晚愈好，沒想到那人會突然出現在他剛貸款買下的家，猝不及防。

「何以蔚？」天知道要有多大的勇氣，他才說得出這個名字。

何以蔚的長相比記憶中略成熟一些，依然漂亮俊秀，依然牢牢吸引住他的目光，片刻發愣後，他才注意到何以蔚是從邵齊的房間出來的。

「你怎麼在這裡？」邵秦承認，他一開始心裡就有了不好的猜想，他不該未審先判，可是誰叫何以蔚劣跡斑斑，還穿著邵齊的衣服呢？

當何以蔚說出那句「你弟昨晚很熱情啊，我到現在腿還是軟的」時，邵秦簡直瘋了，氣血上湧，下意識給了何以蔚一拳。出手的時候他就後悔，雖然收了力，回過神時何以蔚已臉上帶傷——他發現自己捨不得。

邵秦緊緊握住拳頭，雙唇抿成一條線，努力壓抑，不讓自己說出關心何以蔚傷勢的話。他告訴自己，是何以蔚亂說話誤導他在先，他完全有理由生氣。

然而他不確定自己是氣何以蔚招惹邵齊，還是氣何以蔚遊戲人間的模樣？也許，他是氣自己爲什麼還會被何以蔚牽動情緒。

年輕時有一段太過莽撞的愛情又如何？他們都是成熟的大人了，六年的時間已經足夠療傷，前任相見又如何，因此動怒不就表示還放不下嗎？

出門前，他控制不住，多看了一眼何以蔚。

他想問何以蔚過得好不好，和方棠是什麼關係？現在住哪裡，做什麼工作，有沒有對象，爲什麼隨便找人過夜？

邵秦在工作上能言善辯，此時卻一個問題都問不出口，他知道不該問，最後只能轉身把門關上。

何以蔚的出現在邵秦心湖投下一顆小石子，綻出一圈圈漣漪。他一閒下來就忍不住回想交往時的事，只好又接了幾件吃力不討好的工作，將時間塡滿，讓自己沒空胡思亂想。

即便他想避開何以蔚，卻不能不參加蕭又維和何以晴的婚禮。蕭又維是他的事業伙伴，對他而言亦師亦友，結婚又是人生大事，邵秦於情於理都找不到理由不參加，何況蕭又維還拜託他當伴郎。

邵秦是由衷替蕭又維開心，但看到何以蔚時又如坐針氈。何以蔚飄過來的眼神總是會讓他多想——何以蔚是不是還在意自己？

邵秦不敢問也不敢多看，和何以蔚並肩站在台上時，更是目不斜視。

過去的都過去了，此刻他只想劃清界線。

回答主持人問題的那些話，不是針對何以蔚，而是眞的發自肺腑。第一次談戀愛就讓他心如刀割，他不想再經歷一次了，如果可以，他只想找一個願意和他長長久久的人。

然而言者無心，聽者有意。

宴會廳中有不少鏡子，他剛好從其中一面裡看見何以蔚嘴角苦澀的笑容。風水輪流轉，他隨後也被何以蔚那句「不嫌棄我就好」給扎了心。

邵秦記性很好，他記得何以蔚出現在他家的那個早晨，他盛怒之下，罵何以蔚生性放蕩……

邵秦想說他沒有嫌棄何以蔚，當年是何以蔚提分手，被嫌棄的明明是自己，不是嗎？只是說出口的話已經收不回來了。

後來，他幫何以蔚解圍、被方棠挖苦，他並非無動於衷，只是又能說什麼呢？他只是個前男友。

蕭又維去蜜月，邵秦自然得接手蕭又維的工作。

當看見何以蔚站在他辦公室門口時，他是驚慌的，他不是怕何以蔚，而是怕心口的舊傷又被情字這把利刃攪得血肉模糊。

邵秦只能催眠自己，不過是做慣了的法律諮詢，他早就駕輕就熟，公事公辦，不參雜個人情感，他能辦到。

沒想到他不能。儘管用平靜無波的表情和冷淡的語氣掩飾，他還是仔細注意著何以蔚的一舉一動，那帶著笑意的眼睛、獨處時微微上揚的語調，竟和六年前沒有分別。

他忍不住想，眼前這具身體是不是也和記憶中的一樣？那露骨的情話、熱切的呻吟、難耐的喘息、修長誘人的腿、溼熱銷魂的密穴……

他暗罵自己衣冠禽獸，何以蔚每次單獨過來，他都想把人按在會議桌上狠狠操弄，想聽何以蔚呻吟求饒，想看何以蔚難耐地扭腰。光憑想像，他的下身就有了反應，於是邵秦刻意保持距離，盡可能地表現冷淡，不斷提醒自己不能越界。

至於何以蔚說要追他？他瘋了才和何以蔚復合。

何以蔚說分手就分手，說交往就交往嗎？憑什麼？他沒辦法再把心交出去任人宰割，也沒那麼多自尊可以任人踐踏，而且——

也許不答應，可以讓何以蔚追他追久一點？

蔚藍旅店聚餐那晚，他讓邵齊代表出席。他不想和何以蔚走得太近就沒參加，但一想到方棠也在便坐立難安，他早就看出方棠對何以蔚有意思。

無心工作下，他把車開到餐廳附近熄火等待，他無數次都想掉頭回家，卻都沒有轉動鑰匙，一直等到邵齊和何以蔚醉倒的消息。

如果何以蔚願意接受方棠也就算了，邵秦絕對轉頭就走，可是何以蔚明顯就不願意，他怎麼能袖手旁觀？

送何以蔚回城市飯店的那夜，兩人彷彿依然相戀。

何以蔚喊著他的名字，渴求著他的撫慰，任他一次又一次占有。愛到底是不是做出來的？他不知道答案，只知道抱著何以蔚時，竟然有種幸福的錯覺。

然而錯覺終究是錯覺，當何以蔚說出「我愛你」時，邵秦頓時驚醒，脫口而出，「昨晚是意外。」

他們身體很契合，卻不適合交往。

邵秦試圖找到適合他們的關係，他想起何以蔚的炮友，「一夜情？或者多來幾夜也可以，你不是很擅長嗎？」

邵秦不太熟練，還是努力揚起輕佻的笑容，送出邀請，「我想試試。」

如果哪一天何以蔚又覺得膩了，他還能說服自己他們沒交往，沒必要難過。

何以蔚沉默了很久，這讓他感到忐忑不安，還好最後何以蔚還是答應了。他沒有開口問何以蔚在想些什麼，只覺得自己像是做了壞事，懊惱地逃離現場。

至於後來情事時何以蔚的諸多規矩，不能親吻、不能內射、不能留下吻痕，儘管邵秦心裡不太舒服，還是一一答應了。

既然是為了生理需求建立的關係，宣洩慾望就夠了，他也說不出需要接吻的理由。

原來這就是炮友嗎？明明沒把心交出去，怎麼還是會隱隱作痛？

那就更激烈地做愛吧，別想多餘的事。

他以為這樣就安全了，但在看到何以蔚和江時威重燃舊情，他卻像個妒夫，幽怨地質問：「你和江時威是不是又勾搭上了？」

話一說出口，邵秦就知道自己說錯話了。

何以蔚不甘示弱地回問：「邵秦，我真搞不懂你，你要是不喜歡我，管我和誰上床？」

邵秦也搞不懂自己，他明明決定好扮演炮友的角色，為什麼要和何以蔚說那些多餘的話？

他愛何以蔚嗎？他不知道，也許是想裝作不知道。

邵秦想了想，給出答案，「我不想再愛你了。」心底卻隱隱有個聲音，說著不是不想，是不敢。

不出他的意外，事情果然往最糟糕的方向發展。

「邵秦，我不想再和你上床了。」

這句話等於宣告炮友關係結束，他們連炮友都不是了。

邵秦覺得有些暈眩，背脊冒著冷汗，六年前分手的那幕彷彿又重演了，「你又膩了？」

「我不要了，我不要了不行嗎？」何以蔚沒有回答他的問題，表情和語氣脆弱又決絕，彷彿最殘忍的人是邵秦。

「當然可以，你知道我都會答應的。」心口上的傷又從同一處流出汩汩鮮血，新舊傷交雜，血肉模糊。

手術室外，邵秦頹然坐在塑膠椅上，低頭看著雙手上的血汙——那是何以蔚的血。鮮紅的血已經變成鐵鏽般的顏色，帶著一股令人不安的血腥氣味。有好心人塞了衛生紙讓他擦手，可是滲進掌紋與指縫裡的血汙卻擦不掉，又有人告訴他廁所的方向，讓他先去洗手，他反射性地說了謝謝，卻不動作。

他做完能做的處置，聯絡了該連絡的人，還勉強打起精神做了筆錄後，總算能好好盯著自己這雙手。他想牢牢記住這一刻，想讓自己警醒，再也不要讓這種事發生。

他現在的心情除了後悔還是後悔，他早該提醒大樓警衛注意那個男人、私下用手段讓對方知難而退，或者在地下室時，他該早點注意到可疑人物……

最後悔的是，他竟然不敢相信何以蔚眞的愛他。

他拒絕了何以蔚那麼多次，在刀子刺傷何以蔚前，他又何嘗不是往何以蔚心口刺了一刀又一刀呢？

邵秦無法原諒自己，他們明明可以早點重新交往，經營一段美好的愛情，他怎麼會那麼懦弱，那麼自私？他害怕受傷，何以蔚就不怕受傷嗎？

好幾次，他都看見何以蔚輕佻笑容下的故作鎮定，尤其是問完那句「你喜歡上我了嗎」後。何以蔚總會把受傷的眼神別開，他不是沒發現端倪，他只是裝作沒發現……

在醫生的搶救下，何以蔚脫離險境，此刻邵秦心裡只有滿滿的感激，感謝上蒼，他們還有重來的機會，還有以後。

在那之後，何向榮揭曉了當年分手真相。他才知道自己沒有被背叛，也沒有被玩弄。

原來，他們始終相愛。

他既高興又難過，守在病床旁握著何以蔚的手發誓，他要加倍地愛何以蔚，再也不傷害他了。

後來的後來，他經常在何以蔚買的公寓裡過夜，公寓的位置離他們的公司都很近，三房兩廳兩衛的房型，採光良好，裝修簡約溫馨，用得多是暖色調。

邵秦第一次過夜時，不知道該打開哪一扇房門，「我睡哪？」

沙發上的何以蔚瞪了邵秦一眼，嫌男朋友不上道，「當然是跟我睡，另外兩間沒有床。」

「我能睡客廳，或者打地鋪。」何以蔚的沙發夠長，睡一晚不是問題。

語畢，邵秦發現男朋友的眼神愈來愈哀怨，連忙解釋，「我是怕壓到你的傷。」

「早就好了！」何以蔚找邵秦來當然不是爲了讓他睡客廳，被他的體貼氣得牙癢癢，卻又感覺溫暖。

邵秦遲疑道：「謹愼點比較好。」

何以蔚舔了舔嘴唇，勾起唇角，朝邵秦斜斜一笑。仰起頭，修長的手指扯開領帶，接著慢慢地解開襯衫鈕子，露出一片肉色，壓低了嗓音，「邵秦，你不想上我嗎？可以接吻，可以不戴套，可以留吻痕，可以玩點刺激的……」

因爲何以蔚的傷，邵秦禁慾快三個月，哪裡禁得起撩撥。邵秦語調低沉溫柔，又染上幾分情慾，「不舒服說一聲我就停下，你的身體重要。」

何以蔚朝邵秦丟去風情萬種的眼神，慢條斯理地說：「我的確很不舒服。」

邵秦一聽立刻坐到何以蔚身旁，仔細查看，急問：「哪裡？」

何以蔚拉著邵秦的手，慢慢撫過胸口、腹部、性器，探向兩腿間的隱密處，「這裡，想要有東西放進來。」

邵秦呼吸一窒，理智瞬間就敗給了慾望。

隨著邵秦留宿的日子變多，公寓也多了許多邵秦的東西，西裝、日用品、咖啡豆、烹飪器具，還有貓咪對杯。

早晨，兩人在柔軟的大床上醒來，邵秦會體貼地哄何以蔚再睡一會兒，自己先起床進廚房做早餐。他很快就抓準兩人份咖啡的分量，裝在貓咪對杯裡，煎兩份奶油吐司，何以蔚聞到香氣，就會起床。

一如當年在那棟老舊公寓裡的畫面，兩人坐在餐桌前一起吃早餐，邵秦會不自覺地碰碰何以蔚的手，感受男朋友的存在。何以蔚不知道邵秦的小心思，只當是調情，然後都會回以笑容，或者握住那隻手不放。

他倆上班都不需要打卡，偶爾也會吃早餐吃到床上去，晚點進公司。

兩人日子過得甜蜜又滋潤，根本藏不住。

有天，蕭又維和邵秦討論完案件，隨口閒聊，「你最近心情不錯啊？」

邵秦微笑，「還好，怎麼了？」

蕭又維看了看邵秦，「你好像變得常笑了，多了點溫度。」

邵秦一聽，扯開嘴角，承認，「是多了點溫度。」

因爲他的溫度回來了。

後記

何以慰情

這個故事正式落筆是在二〇二〇年，中間停了一段時間，在完成《暗夜流光》後繼續寫，不過何以蔚這個角色在更早之前就有了模糊的輪廓。

印象中是在某次往返家鄉的客運上，冒出了愛情到底是什麼的念頭，就有了何以蔚。他嚮往愛情，卻在感情上受過傷，跌得太深，以至於他害怕愛情，於是轉而告訴自己——他只需要體溫的慰藉，他不適合和人談感情。

偏偏他又在試過相愛之後不能自拔。

在寫邵秦時，最初想到的畫面是一位對何以蔚說出「我不行嗎」的室友，室友是個直男，卻被相同性別的何以蔚吸引，直掰彎，不管寫了幾次還是寫不膩。

邵秦說自己是個長情的人，其實何以蔚也是。只是在愛情裡，愈愛就傷得愈重，人受過傷就會記取教訓，所以何以蔚學會隱藏、故作灑脫，也學會了有性無愛，邵秦算是步上後塵，還眞是學壞了。

多情卻似總無情。不是冷漠、冷血、不愛，而是太愛了，愛到不知道該用什麼方法愛對方，才能讓彼此都不受傷。

還好他們還年輕，還有很多未來，還來得及相愛。

何以蔚、邵秦，兩位主角的名字在發想初期就有了方向，何以爲情？何以慰情？

這個問題很難，希望大家都能找到自己的答案。

本書的角色實在太容易一喝酒就沒節制，導致發生了很多事情，意識到這點的作者突然覺得應該放個警語——請理性飲酒。

故事裡何家父母觀念雖然保守，但對兒女的教養還是比較寬鬆的，讓他們念一般的學校，有著盡量貼近普通人的價值觀。所以何以蔚沒有嫌棄邵秦，他什麼都有了，心裡最大的缺口就是愛情。

邵秦後來振作起來，拚了命努力工作，內心深處就是渴望成功，既是希望賺錢改善家境，也是希望有一天遇上喜歡的人後，不要因爲現實的經濟因素分開，他想變得足夠強大，強大到自尊不會覺得受傷。當然，這和他偶爾會接些不賺錢的工作也不抵觸。

我眞的不擅長寫後記，爲了達到目標字數很容易寫成小說解析，其實不該說得太多——說好的作者已死呢？

故事撰寫途中，遇上好心讀者提供了關於律師職業的諮詢，非常感謝她耐心回答各種奇怪的問題。（我猜她可能沒有想要在BL小說裡露出名字？畢竟在這裡打廣告可能效果不會太好，還是我應該要專業一點幫大家要折扣？帶著這本書去做法律諮詢、委託可以打折？）

故事上半曾以《何以慰情》爲名發表在PTT BB-Love版，謝謝版友們溫柔的回應，謝謝總編馥蔓推了一把，促使故事完稿進而出版，也謝謝編輯高高耐心找出故事裡各種bug，讓故事更完整。

最感謝的還是支持我的讀者們，謝謝舊雨新知打開本書，在這什麼都太過快速、片面的年代，靜下心閱讀文字。

希望還能和你們在下個故事相遇。（揮手）

林落

國家圖書館出版品預行編目資料

今天你喜歡上我了嗎？ / 林落著. -- 初版. -- 臺北市
：城邦原創股份有限公司出版：英屬蓋曼群島商
家庭傳媒股份有限公司城邦分公司發行, 2023.01
面；公分. --

ISBN 978-626-7217-08-5（平裝）

863.57 111019906

今天你喜歡上我了嗎？

作　　者／林落
企畫選書／楊馥蔓　　行銷業務／林政杰
責任編輯／高郁涵、林辰柔　　版　　權／李婷雯

副總經理／陳靜芬
總 經 理／黃淑貞
發 行 人／何飛鵬
法律顧問／元禾法律事務所　王子文律師
出　　版／城邦原創股份有限公司
台北市南港區昆陽街 16 號 4 樓
電話：(02) 2509-5506　傳真：(02) 2500-1933
E-mail：service@popo.tw
發　　行／英屬蓋曼群島商家庭傳媒股份有限公司城邦分公司
聯絡地址：台北市南港區昆陽街 16 號 8 樓
書虫客服服務專線：(02) 25007718．(02) 25007719
24小時傳眞服務：(02) 25001990．(02) 25001991
服務時間：週一至週五09:30-12:00．13:30-17:00
郵撥帳號：19863813　戶名：書虫股份有限公司
讀者服務信箱 email：service@readingclub.com.tw
城邦讀書花園網址：www.cite.com.tw
香港發行所／城邦（香港）出版集團有限公司
地址：香港九龍土瓜灣土瓜灣道86號順聯工業大廈6樓A室
email：hkcite@biznetvigator.com
電話：(852)25086231　傳眞：(852) 25789337
馬新發行所／城邦（馬新）出版集團 Cité(M)Sdn. Bhd.
41, Jalan Radin Anum, Bandar Baru Sri Petaling,
57000 Kuala Lumpur, Malaysia.
電話：(603) 90563833　傳眞：(603) 90576622
email:services@cite.my

封面插畫／九品
封面設計／Gincy
電腦排版／游淑萍
印　　刷／漾格科技股份有限公司
經 銷 商／聯合發行股份有限公司
電話：(02)2917-8022　傳眞：(02)2911-0053

■ 2023 年 1 月初版　　Printed in Taiwan
■ 2024 年 8 月初版 2.5 刷

定價／360元

ISBN　978-626-7217-08-5

POPO城邦原創 www.popo.tw　城邦讀書花園 www.cite.com.tw